Futuros Abundantes
Abundant Futures

Obras de la colección TBA21
Thyssen-Bornemisza Art Contemporary

C3A Centro de Creación Contemporánea de Andalucía, Córdoba

Editado por Eva Ebersberger y Daniela Zyman

TURNER

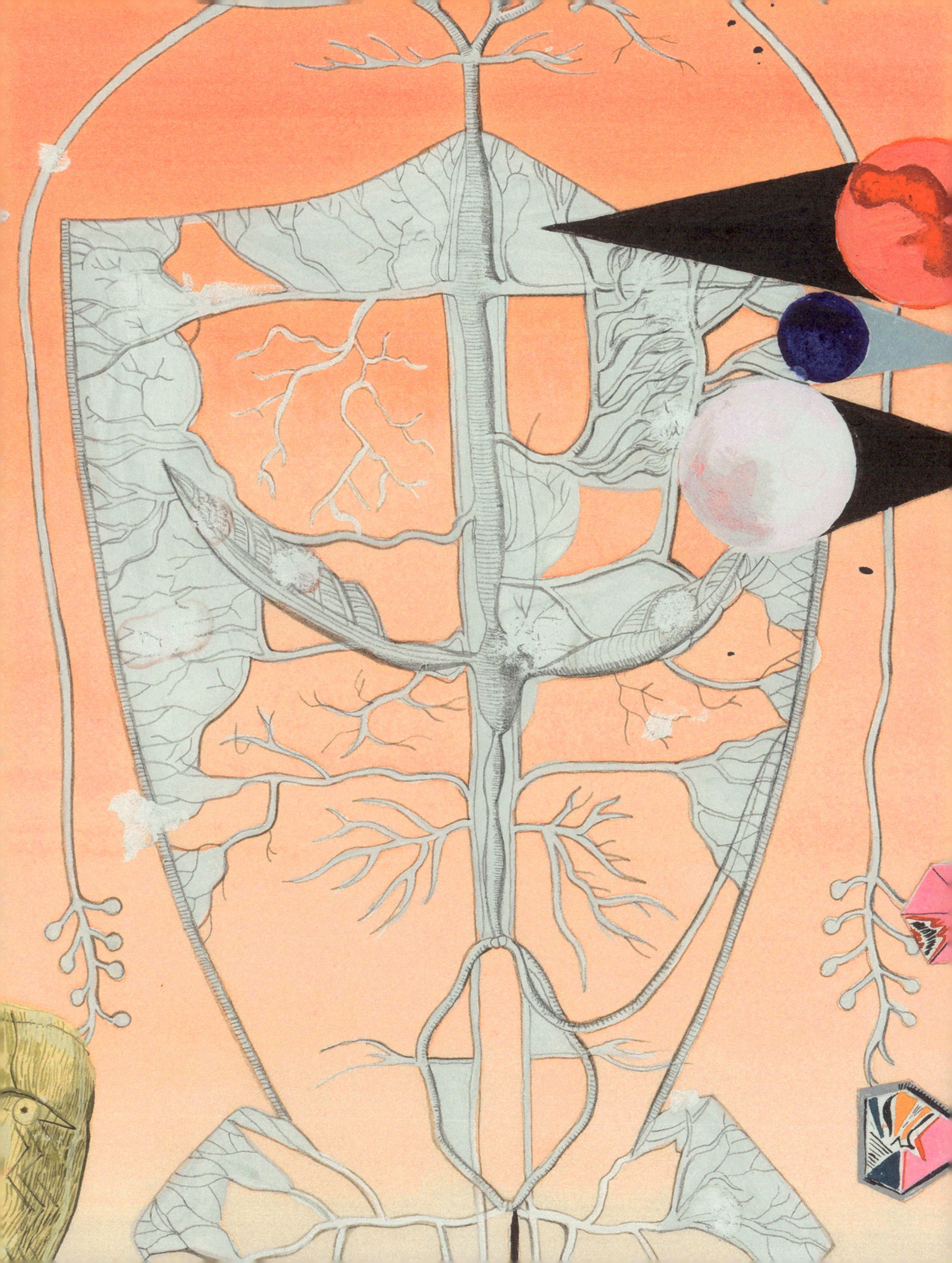

Una apuesta por la convivencia

Arturo Bernal Bergua
Consejero de Turismo, Cultura y Deporte de la
Junta de Andalucía

La exposición «Futuros abundantes», inaugurada a principios de abril de 2022, es la primera de las tres muestras anuales que se recogen en el acuerdo firmado entre la Fundación TBA21 y el Centro Andaluz de Arte Contemporáneo (CAAC) para su realización con obras de importantes artistas contemporáneos internacionales que pertenecen a la colección de Francesca Thyssen-Bornemisza en el C3A Centro de Creación Contemporánea de Andalucía, Córdoba. La buena acogida pone de manifiesto el interés que ha despertado entre el público tanto de la ciudad como de otros muchos lugares, convirtiendo a Córdoba en un centro de interés no solo por su importantísimo patrimonio histórico, sino también por su cultura contemporánea.

El título «Futuros abundantes» proviene de un manifiesto realizado por un grupo de geógrafas norteamericanas en el que se señala que vivimos en un planeta que produce abundancia y que es necesario reconocer la riqueza de especies que habitan en él para promover la convivencia. Esta exposición se preparó durante la pandemia del COVID-19 y, más concretamente, durante los meses en los que ya se atisbaba la esperanza de su superación. Sin embargo, poco antes de la inauguración, se produjo el inicio de la guerra en Ucrania, que ha sumido de nuevo en una situación oscura a una Europa que esperaba haber puesto fin para siempre a estos conflictos bélicos. De ahí que en la renovación de la primera exposición anual que recoge el acuerdo entre TBA21 y CAAC, donde se sustituye aproximadamente un tercio de lo expuesto, se haya añadido al título la expresión «en tiempos convulsos». En este cambio realizado en el mes de octubre se incluyen obras de afamados artistas actuales como Olafur Eliasson o Pipilotti Rist, junto a las de nuevas promesas como Patricia Domínguez o Teresa Solar, que se suman a las de Ernesto Neto, Ai Weiwei, Camille Henrot o la andaluza Regina de Miguel.

El acuerdo firmado con la Fundación TBA21 supone mucho más que una gran exposición anual que se renueva durante su recorrido temporal, puesto que incluye también multitud de actividades como performances, conferencias, encuentros y seminarios, producción de obras nuevas, colaboraciones con artistas y colectivos locales y, además, un programa de cercanía que busca interactuar con el público de la ciudad y con todo aquel que nos visite atraído por esta magnífica colección.

Todo esto no sería posible sin la colaboración entre administraciones, en este caso, entre la Consejería de Turismo, Cultura y Deporte de la Junta de Andalucía y el Ayuntamiento de Córdoba, que desde el primer momento comprendieron la importancia de este propósito. Su apoyo y aportación han sido, y continúan siendo, decisivos para conseguir que esta ciudad y Andalucía sean también sinónimos de contemporaneidad.

Ningún gran proyecto como este llega a su culminación sin los equipos que consiguen sacarlos adelante. Por ello, quisiera agradecer en primer lugar al equipo de TBA21, encabezado por su director, Carlos Urroz, y a la comisaria de la exposición, Daniela Zyman, su gran implicación y dedicación. También al director y equipo humano del C3A y del CAAC, que buscan siempre dar lo mejor de sí en cada actividad que programan. Pero sobre todo quisiera dar las gracias a Francesca Thyssen-Bornemisza por su pasión por el arte y por continuar la saga familiar como coleccionista, puesto que ha comprendido el signo de los tiempos en que vivimos y la importancia de Andalucía y Córdoba en ese contexto.

El arte y su impacto social
Una propuesta de TBA21 Thyssen-Bornemisza Art Contemporary para la ciudad de Córdoba

José María Bellido Roche
Alcalde de Córdoba

La exposición «Futuros abundantes» inaugura un espacio de diálogo y cultura en la ciudad de Córdoba de la mano de la Fundación TBA21 Thyssen-Bornemisza Art Contemporary. El objetivo de esta muestra de arte contemporáneo de prestigio internacional es interpelar a nuestra sociedad para generar espacios de debate duraderos vinculados al legado de una ciudad milenaria como es Córdoba.

Creación actual y patrimonio histórico desde Córdoba y con la mirada puesta en uno de los retos más importantes que afrontamos en la actualidad: la protección del patrimonio natural que hemos heredado y que tenemos obligación de legar en las mejores condiciones a las generaciones futuras. Es responsabilidad de todos contribuir a un futuro abundante en riqueza natural.

La alianza entre TBA21 Thyssen-Bornemisza Art Contemporary, el Ayuntamiento de Córdoba y la Junta de Andalucía ha permitido trabajar en este objetivo común. Con «Futuros abundantes» se inicia un sólido camino ligado al arte contemporáneo de excelencia que involucra a una parte sustancial del ecosistema social, cultural, humanista y turístico de la ciudad.

La colección TBA21 Thyssen-Bornemisza Art Contemporary exhibe en esta exposición obras de primer nivel de artistas de proyección internacional, quienes durante las últimas dos décadas han contribuido a incrementar la reputación, relevancia y calidad de dicha colección, así como a desarrollar las principales líneas de trabajo de la creación contemporánea.

Estamos ante un paso clave y con vocación de permanencia para esta tierra. Córdoba es una ciudad de encuentro, icono de mestizaje cultural a lo largo de su historia y también de libertad. Córdoba reivindica este pasado, pero con la mirada puesta en el futuro. Y el arte es fundamental en este recorrido. «Futuros abundantes» aporta esa perspectiva crítica y reflexiva, esa voz creativa imprescindible que se erige como herramienta de transformación del mundo y que cuenta con la necesaria transgresión e inconformismo para enfrentar los desafíos del presente.

Desafíos mayúsculos que tienen que ver con la sostenibilidad, la lucha contra el cambio climático o la necesaria protección de una sociedad plural y abierta para todos. Nos va la vida en ello. A nosotros y a las generaciones venideras. Juntos y unidos debemos aspirar a un futuro mejor. Construir una sociedad y un porvenir de todos requiere de la fuerza creativa para cohesionar y dar proyección a nuestra tierra y su abundancia.

El Ayuntamiento de Córdoba apuesta con rotundidad por este proyecto. Y lo hace con convicción y con el deseo de que perdure en la memoria de esta tierra y sea motor de nuevas iniciativas. El arte hace visible aquello que no siempre resulta evidente; genera espacios de diálogo, pensamiento y reflexión; transforma, crea y divulga conocimiento; interpela e impacta en la sociedad, y Córdoba no podía permanecer por más tiempo al margen de los debates que marcan y conforman nuestro presente.

Por todo ello, desde estas líneas, quiero agradecer a Francesca Thyssen-Bornemisza y a la Fundación TBA21 por situar a Córdoba en el mapa internacional del arte contemporáneo. Córdoba, decíamos, es conocida por su impresionante pasado, pero es esencial otorgarle también hoy la relevancia y protagonismo que merece. Hacer que ocupe en el presente el lugar que le corresponde por su historia.

La luminosidad del arte en tiempos convulsos

Francesca Thyssen-Bornemisza
Presidenta y fundadora de TBA21
Thyssen-Bornemisza Art Contemporary

A veces no hace falta mucho para cambiar nuestra forma de ver las cosas. En mi caso, bastó un paseo por un pinar austriaco. Corría el mes de junio y me encontré con un pequeño pino que alguien había decorado con adornos navideños el invierno anterior. Decorar un árbol en el bosque en lugar de talarlo es un gesto sencillo que demuestra que las acciones más simples pueden ser muy significativas. El arbolito me hizo pensar en la implacable tala del Amazonas, los bosques boreales y los numerosos ecosistemas ancestrales que se sacrifican en nombre del progreso y el desarrollo.

También me recordó una conversación que mantuve con Bruno Latour, uno de los grandes pensadores de nuestra época, que tristemente falleció en octubre de 2022. Latour resumió en una frase algo muy importante: «el obstáculo reside en la propia expresión "relación con el mundo", que presupone dos ámbitos diferentes, el de la naturaleza y el de la cultura, que son al mismo tiempo distintos e imposibles de separar por completo». Empecé a advertir la existencia de un camino de transformación en el arte y a través del arte, y comprendí que debíamos adentrarnos en él para acercarnos más a ese espacio contiguo y disputado que denominamos «naturaleza». Sentí que TBA21 debía alimentar «relaciones con el mundo» diferentes y consagrarse a un entendimiento vibrante de la naturaleza y la cultura, tejiendo nuevas relaciones y, en última instancia, convirtiéndose al cabo del tiempo en una institución distinta, más alineada con la ética de nuestra época.

El coleccionismo, en el sentido tradicional de la palabra, ya no es sostenible. Como coleccionistas y agentes culturales necesitamos establecer hoy nuevos paradigmas. Desde la creación de TBA21, hace veinte años, hemos fomentado las ecologías del cuidado poniendo el foco sobre aquellas injusticias y errores de los que no se habla lo suficiente, y creando alianzas con artistas y comunidades de todo el mundo. A lo largo de los años, hemos colaborado con artistas maravillosos que han explorado y actuado sobre las realidades ecológicas y sociales que habitan, o les han dado una nueva vida a través de sus visiones, sus investigaciones y su imaginación. Mediante el apoyo y el fomento de la investigación y la producción de arte, la labor de la fundación TBA21 cultiva modos de ver, experimentar y sentir que aspiran a reimaginar y revertir —o al menos reajustar— las formas de relacionamos con nuestro planeta.

Con «Futuros abundantes» TBA21 inaugura un ciclo trienal de programación cultural en Córdoba, Andalucía, en concreto, en el C3A Centro de Creación Contemporánea de Andalucía; un momento que marca también el vigésimo aniversario de la fundación. TBA21 aspira a desarrollar una programación cultural en esta ciudad más allá de los formatos expositivos habituales. Creemos en la necesidad de un cambio cultural que transforme nuestras actitudes y formas de vida, y, al mismo tiempo, apele a distintas sensibilidades. Por ello, incentivamos la colaboración entre científicos, legisladores, activistas climáticos, artistas y comisarios que imaginen con nosotros los cambios estructurales que exige nuestro futuro.

La exposición, que aúna obras de los primeros años de la colección TBA21 y adquisiciones y encargos recientes de jóvenes artistas, invita a redescubrir estos trabajos en un contexto de prácticas regeneradoras y sanadoras, y a aprender de comunidades que han basado su relación con el común en la reparación y la custodia. De las aguas del Guadalquivir a las salinas de Huelva, la exposición reúne un amplio abanico de ecologías que se expanden desde Andalucía hasta otras zonas que requieren nuestra atención y a las que los artistas se han dedicado a conciencia. Las obras de la colección TBA21 que hemos seleccionado dan fe de dos décadas de compromiso artístico y ecológico en las que hemos trabajado junto a los creadores para hallar nuevas formas de producción artística, acción y conservación medioambiental a través de encargos, adquisiciones y actividades. Con un programa público inquieto que va más allá de los muros del museo, la exposición se convierte en un espacio donde generar encuentros que inviten a pensar y alumbren largas conversaciones con los públicos, las comunidades cercanas, el mundo académico y las iniciativas a pie de calle.

En Córdoba, TBA21 también quiere reconectar con la extraordinaria tradición de convivencia religiosa que distingue a esta ciudad caracterizada por un gran espíritu de tolerancia. En sintonía con este espíritu, canalizamos nuestras investigaciones hacia diversas prácticas de sanación, paz y resolución de conflictos surgidas o asentadas en esta zona. Esperamos que esta programación cultural multidimensional tenga un impacto duradero en esta maravillosa ciudad y sirva para consolidar en España las prácticas ecocríticas de TBA21.

Quiero reconocer el trabajo y el esfuerzo que todo el equipo de TBA21 ha asumido para adoptar este nuevo rumbo. Estoy muy agradecida a maravillosos comisarios y comisarias como Nadim Samman y Boris Ondreička, que comisariaron «Rare Earth», en 2015; Stefanie Hessler, que comisarió «Tidalectics», en 2017, y «Joan Jonas: Moving Off The Land II», en 2019; y a Daniela Zyman, que comisarió «Oceans in Transformation», en 2020, y la muestra que nos ocupa, «Futuros abundantes», este año 2022 en el C3A. Me gustaría dar las gracias a Markus Reymann por embarcarnos desde 2011 en una exploración del océano y por construir el increíble programa que hoy constituye TBA21–Academy, el alma exploradora de TBA21 en la encrucijada entre el arte, la ciencia y la legislación. Doy también las gracias a Sofia Lemos por comisariar el programa Meandering, inaugurado este año, que acerca nuestra Academia (Academy) a otras aguas como las del gran río Guadalquivir que atraviesa Córdoba. Podría seguir hasta el infinito, mencionando todas las obras inspiradas en la naturaleza que conforman la colección, pero prefiero invitarte a leer este catálogo y a descubrir esta sublime exposición que condensa nuestro interés por este tema a lo largo de los años.

Nuestra curiosidad se ha visto desbordada ante la riqueza y la diversidad cultural de la región, con su extraordinario legado de tolerancia que nos inspira a todos. Quiero dar las gracias a Juan Antonio Álvarez Reyes, director del C3A, que nos invitó a sumarnos a su ambiciosa visión de la cultura en Andalucía, y a su equipo: Yolanda Torrubia Fernández, Alberto Luis Marcos Egler, Elena González Alcántara, Marta Carrasco Benítez, Guillermo Garrido Giménez, Francisco Javier Morales Salcedo y Noelia Centeno González. Estoy en deuda con la iniciativa Flora (Emilio Ruiz Mateo y María Van den Eynde), que nos ha hecho descubrir la importancia histórica del legado agrícola de Córdoba y cómo pasó de ser el huerto de Europa a un sector en apuros. También quiero dar gracias a Fernando Vacas, cuya profunda relación con el flamenco ha permitido que nuestros colaboradores se adentren en los misterios de este patrimonio inabarcable que hunde sus raíces en India, Mesopotamia y la cultura bereber. Pero, ante todo, quiero expresar mi gratitud más profunda y sincera por la acogida extraordinariamente cálida y generosa que TBA21 ha recibido desde nuestra llegada a Córdoba, y por el entusiasmo con que sus habitantes han recibido nuestra propuesta. Nuestra relación con Juan Manuel Moreno Bonilla, presidente de la Junta de Andalucía, y José María Bellido Roche, alcalde de Córdoba, cuyo genuino entusiasmo para que este acuerdo fuera más allá de una exposición ayudó a generar una colaboración real entre su Concejalía de Cultura y los equipos curatoriales de TBA21, ha sido fundamental en este proceso.

También debo gratitud a nuestros colaboradores en Córdoba —Alcázar de los Reyes Cristianos; Casa Árabe; Centro de Recepción de Visitantes - Turismo de Córdoba (IMTUR); Cervezas Alhambra; Córdoba Ciudad de las Ideas; IMGEMA Real Jardín Botánico de Córdoba; Institute for Postnatural Studies; Museo Arqueológico de Córdoba; Universidad Loyola y Universidad de Córdoba— por hacer tan grata esta experiencia. Espero que esta exposición nos inspire a todos a la hora de apreciar el maravilloso tesoro de la naturaleza y nos anime a asumir la tarea urgente de hacer todo lo posible para proteger a nuestra Madre Tierra frente a la explotación, así como a regenerar esa naturaleza abundante que hemos dado por sentada desde hace demasiado tiempo.

Córdoba nos ha inspirado de múltiples maneras y esperamos que nuestra modesta aportación a esta hermosa ciudad se reciba y aprecie con alegría y apertura. Hemos disfrutado enormemente interactuando con todos nuestros colaboradores y sabemos que este viaje de descubrimiento compartido no ha hecho más que empezar.

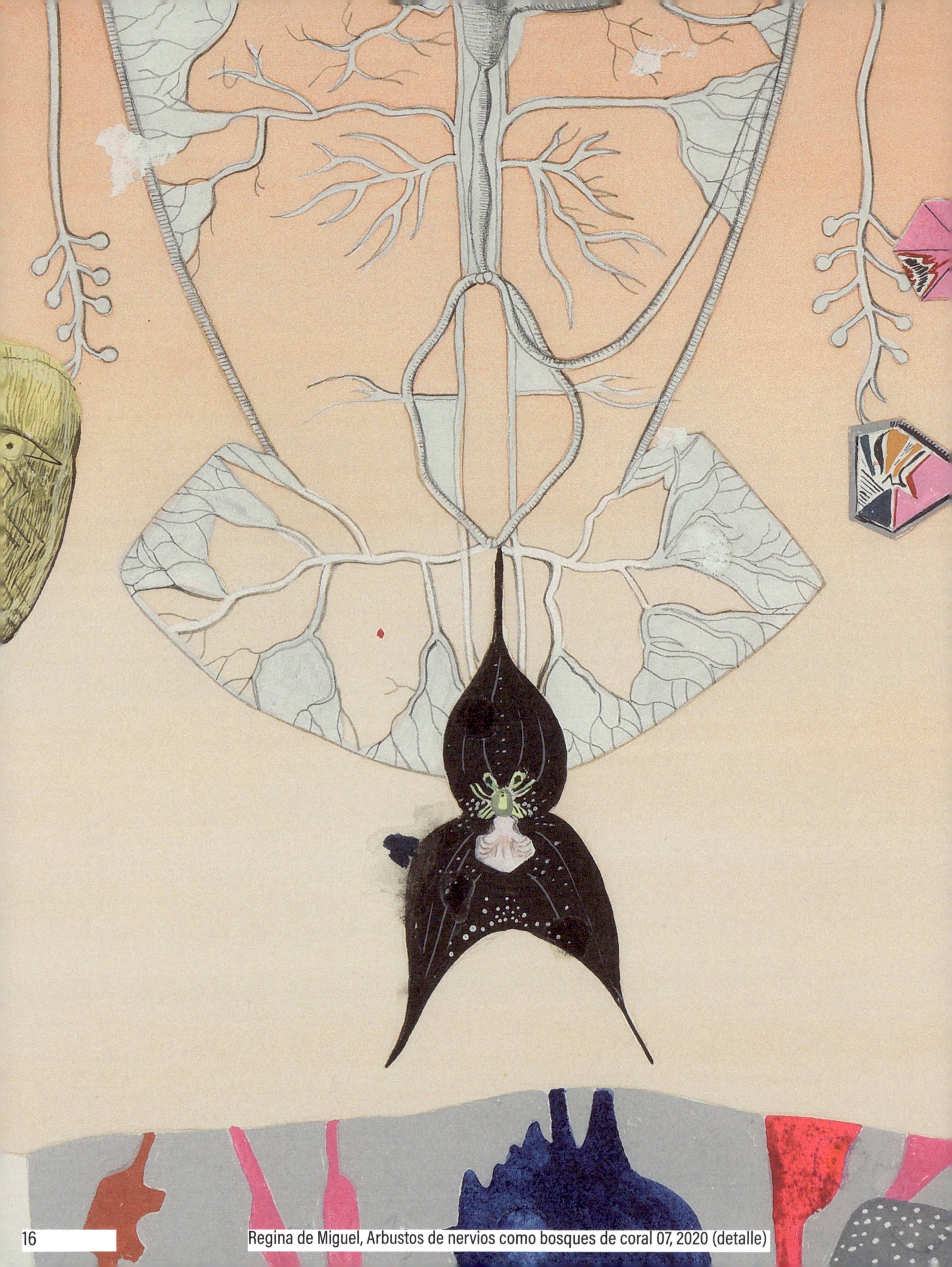

Regina de Miguel, Arbustos de nervios como bosques de coral 07, 2020 (detalle)

Un mundo de muchos mundos: promover la abundancia en tiempos de escasez

Daniela Zyman

> «Promover la abundancia implica tejer relaciones más allá de lo que nos diferencia. Relaciones basadas en la solidaridad y el movimiento colectivo que permitan a humanos y no-humanos, desde sus distintas posiciones, apreciar la abundancia y construir un mundo donde quepan muchos mundos».
> —Rosemary-Claire Collard, Jessica Dempsey y Juanita Sundberg, «Manifiesto para futuros abundantes»

Imagina un mundo de abundancia. Sería exuberante, pleno y ancestral; la base de una topografía de conexiones, un sistema de relaciones. La abundancia nos arraiga en el mundo a través de la plenitud, la multiplicación y la pluralidad, referidas no solo a los humanos, sino también a otras formas de vida y entidades generadoras de vida. Es la expresión de un proceso dinámico que entreteje la vida humana con la de los no-humanos. La sensibilidad nacida de la abundancia produce múltiples formas de inspiración y cultiva una ética de la alegría comprometida con el arte de la convivencia; un terreno para empezar de nuevo, un espacio donde la diferencia y la creatividad proyectan nuevas ideas y formas de vivir en el mundo. En las fabulosas pinturas holobiontes de Regina de Miguel, *Arbustos de nervios como bosques de coral* (2020-2022), las relaciones simbióticas entre los mundos animal, vegetal, micelial y mineral encapsulan la exuberancia de la abundancia. Sus holobiontes desafían las prerrogativas de la individualidad y la identidad. Son criaturas hechas de otras criaturas, objetos artificiales y seres terrestres: unidades de vida múltiple que desmienten los relatos biológicos individualistas sustituyendo la autosuficiencia por la intersuficiencia, y la autonomía por la interdependencia. Las sensuales composiciones de De Miguel ilustran cómo la capacidad para construir comunidades depende de todos los que participan en ellas.

En 2022, TBA21 inauguró su trilogía expositiva, y su colaboración de tres años, en el C3A Centro de Creación Contemporánea de Andalucía y en otras localizaciones de Córdoba con la ambición de reformular y anticipar prácticas visionarias en lo ecológico, lo social y lo político que conforman nuestras experiencias del mundo. «Futuros abundantes», la primera exposición del ciclo, manifiesta un intento audaz de imaginar la construcción del planeta y los futuros ecológicos bajo la premisa de la abundancia y la plenitud. Se construye así sobre la noción de abundancia no como concepto, sino como principio vital, como una cuestión ontológica, ética y de pensamiento ecológico. En un momento de ansiedad colectiva frente al futuro, la abundancia nos invita a reconsiderar nuestros horizontes de acción y pensamiento. Asimismo, interpretar la colección TBA21 a través de la óptica de «Futuros abundantes» nos anima a fijar la vista en propuestas artísticas basadas en los principios de la propia vida: multiplicación, creatividad, belleza y relacionalidad.

Las tres exposiciones del ciclo, concebidas en torno a los temas de la abundancia, la sanación y la paz, son los tentáculos que surgen de una cuestión principal: creemos que difundir estas ideas no solo es un modo de reflexionar sobre el profundo daño que los humanos han causado a este planeta, sino el camino que conduce a formas de reconexión creativas y conscientes. El daño causado no tiene marcha atrás. Está grabado a fuego en los sistemas terrestres que gobiernan la vida. En esta crisis sin precedentes, en esta encrucijada climática —y en las múltiples extinciones derivadas de ella—, estabilizar los procesos y las fuerzas planetarias requiere valor y esfuerzo para la construcción del mundo. Incluso en una situación de pérdida y dificultad, que también podría entenderse como privación y empobrecimiento, debemos concentrar nuestras fuerzas en lo que la antropóloga Elizabeth Povinelli ha denominado la «ciencia del habitar»; es decir, en acciones, prácticas y creaciones que nos permitan construir realidades y relatos significativos para nuestras vidas. Más allá del compromiso con lo que nos rodea, esta ciencia nos enseñaría a estar y vivir en estos entornos (hostiles) y a restaurarlos para dejar un legado mejor a las futuras generaciones.

Lo más probable es que el futuro nos depare menos abundancia. Lo más probable es que aumenten la pobreza, las migraciones forzosas, la inseguridad y la ansiedad. Con toda probabilidad, pronto habrá menos diversidad entre las especies, una degradación de los ecosistemas vitales, menos insectos en nuestros jardines. La suma de las olas de calor, las cosechas perdidas, las continuas guerras y las dificultades para abastecernos de energía aumentarán la presión sobre nuestras frágiles economías, ya muy debilitadas tras las medidas del COVID-19. Estamos, de hecho, viviendo tiempos difíciles y se avecinan más dificultades. Mientras los indicadores apuntan lo evidente e inevitable, en este ensayo trato de desvelar en profundidad la complejidad y el origen de estos problemas; es decir, cómo se difunden —con frecuencia a través de retóricas populistas— ciertas articulaciones y políticas erigidas en torno a los cuatro jinetes de la escasez, por usar un símil bíblico: la conquista, la guerra, el hambre y la muerte. Espero desenmascarar las bases sobre las que la escasez, la carencia y la crisis se infiltran en el tejido social y crean fronteras internas fruto del miedo. En definitiva, me gustaría abrir un espacio de debate, que en otras circunstancias resultaría frívolo, sobre la posibilidad de plenitud encapsulada en «Futuros abundantes».

Mi curiosidad me ha llevado a analizar estas cuestiones desde tres perspectivas entrelazadas. En primer lugar, planteo el modo en que el marco conceptual de la escasez ha propiciado regímenes políticos y económicos de gobierno que afectan más a unos cuerpos que a otros, agravando así las desigualdades sociales perpetuadas en las historias de racismo y construcción nacional. En segundo lugar, entiendo la ecología como «el reconocimiento de la enorme complejidad que conlleva que cualquier ente —humano o no-humano— tenga voz propia, representación y conexión con otros»[1]. Esta visión se desmarca del discurso de la política de naturalización que aspira a «tratar a los humanos como a las plantas o los animales»[2]. Por último, me centro en la recuperación

1 Bruno Latour y Peter Weibel, «The Parliament of Nature», en Bruno Latour y Peter Weibe (eds.), *Making Things Public: Atmospheres of Democracy*, Cambridge, MA: MIT Press, 2005, pp. 458-459.

2 Ibíd.

de ideas y ontologías «esotéricas» etiquetadas como metafóricas, poéticas, premodernas, místicas o activistas. Todos esos términos sirven para marginar planteamientos que no se consideran epistemológicos; es decir, que no generan conocimiento. Por el contrario, mi posicionamiento es considerar que dichos términos alimentan metodologías de desobediencia transformadora, salvajismo o locura, que pueden ser útiles en los campos de la filosofía social y el pensamiento ecológico. A lo largo de este recorrido, me detendré en piezas concretas de la exposición del C3A y sus programas complementarios, y trazaré algunos paralelismos entre el marco teórico y las obras de arte de «Futuros abundantes».

La invención de la escasez

«Futuros abundantes» es una propuesta visionaria que se ubica en una posición radicalmente opuesta a las predicciones catastróficas sobre el futuro en la Tierra. Sin embargo, la escasez ya se ha infiltrado en nuestra forma de imaginar el desafío al que nos enfrentamos. De hecho, los caprichos de la historia han estado marcados por lo que percibimos como altibajos de opulencia e insuficiencia. Las fluctuaciones y rupturas de los denominados servicios ecosistémicos —la distribución de nutrientes y otros recursos procedentes de los ríos, los océanos y la tierra— han sido documentadas en numerosas ocasiones a lo largo de los siglos. Las denominadas «carestías» temporales —es decir, la incapacidad del ecosistema para producir las cantidades deseadas en cada cosecha— tenían su origen en las fluctuaciones de la temperatura planetaria y en las presiones ejercidas por el aumento de la población humana, la deforestación, los embalses, el vertido de aguas residuales, la pesca, la ganadería y la agricultura. Mientras la escasez fue algo posible, ocasional y estrechamente vigilado, no hubo señales de «políticas de escasez»; estas llegaron posteriormente con el apogeo de la denominada Era de los Descubrimientos. En esta época, una gran parte de los europeos comían, como plantea Richard C. Hoffman, «por encima de los límites de los ecosistemas naturales locales»[3], por lo que la colonización y la transformación de entornos lejanos se convirtió rápidamente en un modo de satisfacer el hambre imperial de Europa. El codiciado «Nuevo Mundo» sufrió tanto el impacto de la fiebre del oro como el desabastecimiento de bienes básicos y «comida fronteriza»[4], recursos que eran destinados a satisfacer la demanda creciente de una Europa que iniciaba la degradación ecológica mundial. Las transacciones económicas entre la metrópolis y sus prósperas periferias y el saqueo hicieron imposible la preservación ecológica *in situ* y eliminaron las fronteras de los sistemas naturales. Esto condujo a abandonar prácticas sostenibles a costa de «externalizar [la obtención de recursos], olvidando incluso los costes sociales y medioambientales»[5] con el fin de satisfacer los hábitos de consumo europeo.

A finales del siglo XVIII, la lógica de la escasez se reconceptualizó de un modo llamativo. La teoría de la escasez natural nació cuando las oscilaciones

3 Richard C. Hoffmann, «Frontier Foods for Late Medieval Consumers: Culture, Economy, Ecology», *Environment and History*, vol. 7, n.º 2, 1 de mayo de 2001, p. 131. Disponible en línea: https://doi.org/10.3197/096734001129342432 (última consulta: 11/11/2022).

4 Ibíd.

5 Ibíd.

periódicas dieron paso a una insuficiencia de recursos generalizada como consecuencia del saqueo colonial. En la época de la pérdida de los dominios imperiales y de los temores inducidos por la Revolución francesa, el economista británico Thomas Malthus sentó las bases teóricas del modelo de la escasez (también denominado «catástrofe malthusiana»), basado en los principios de una insuficiencia perpetua, en lugar de temporal. En *An Essay on the Principle of Population* (Ensayo sobre el principio de la población, 1826), defendía que «la capacidad de la Tierra para garantizar al hombre su subsistencia»[6] ya no podía satisfacer la demanda creciente, teniendo en cuenta el ritmo de crecimiento de la población planetaria. La percepción malthusiana de la escasez como condición inherente a la existencia humana se convertiría en un axioma económico universalista raramente cuestionado que justificaría entonces la normalización de la pobreza y el subdesarrollo. Con el amanecer de la era industrial, las nuevas figuras del pobre y el desempleado debían encajar en la lógica de un orden natural que pudiera ser expresado científicamente. Estas figuras coincidían, según Sylvia Wynter, con el tópico judeocristiano sobre la esclavitud y con los sujetos racializados, considerados estos genéticamente inferiores a sus homólogos de piel blanca. Wynter escribe: «lo abyecto [...] pasó a estar ligado a la esclavitud potencial de la humanidad en virtud de una "escasez natural" de origen externo y, por tanto, a la amenaza de insuficiencia de recursos terrestres, tal y como demuestra la condición empírica de los nuevos parias que son el pobre y el desempleado»[7].

En su análisis, Wynter indaga en el modo en que la escasez se naturalizó, es decir, se atribuyó a la naturaleza y sus leyes en lugar de al orden económico predominante. Dicho de otro modo, la autora califica la noción de la escasez, frente a la de escaseces, «como un invento moderno»[8] ideado por el científico político Nicholas Xenos. La lógica malthusiana de una escasez perpetua e inevitable, agravada por la progresión estadística y las malas cosechas, debidas más a procesos naturales que al liberalismo, sentó las bases para formas de gobierno basadas en la biopolítica. Tal y como afirma el geógrafo David Harvey, «a menudo se asume de forma errónea que la escasez es algo inherente a la naturaleza, cuando su definición tiene un origen inextricablemente social y cultural»[9]. Si aceptamos la teoría de la escasez y, en consecuencia, de la pobreza como algo natural, Harvey argumenta que «el resultado inevitable será una política interior basada en la represión contra clases y etnias determinadas, y una política exterior basada en el imperialismo y el neoimperialismo»[10]. La escasez de recursos socialmente generada y la extracción y derroche excesivos de los mismos conducen en ciertos lugares al trabajo precario, el agotamiento y la muerte de agentes humanos y no-humanos en un intento de saciar el futuro dudoso de una economía devoradora políticamente impuesta.

6 Thomas Malthus, *An Essay on the Principle of Population*, Amherst, NY: Prometheus Books, 1998, p. 16.

7 Sylvia Wynter, «Rethinking "Aesthetics": Notes Towards a Deciphering Practice», en Mbye B. Cham (ed.), *Ex-Iles: Essays on Caribbean Cinema*, Trenton, NJ: Africa World Press, 1992, p. 257.

8 Nicholas Xenos, *Scarcity and Modernity*, Londres y New York: Routledge, 1989, p. 3.

9 David Harvey, «The Political Implications of Population-Resources Theory», *Climate & Capitalism*, 23 de mayo de 2010. Publicación en línea: https://climateandcapitalism.com/2010/05/23/david-harvey-the-political-implications-of-population-resources-theory (última consulta: 11/11/2022).

10 Ibíd.

La ruina escultórica *Apagón* (2016), de Allora & Calzadilla, traza las pistas concretas de la escasez ante la complejidad de un desastre concreto. *Apagón* está compuesta por piezas industriales procedentes de los aislantes cerámicos y las bobinas de un transformador de energía electromagnética gestionado por la Autoridad de Energía Eléctrica de Puerto Rico (PREPA) hasta su explosión en 2016. La obra describe la maquinaria interna de las políticas explotadoras de la escasez, la dependencia de la deuda financiera y «lo que Achille Mbembe define como el "ennegrecimiento" del mundo, un apagón global de empobrecimiento, necropolítica e injusticia político-climática»[11]. Pese a que el transformador había quedado inutilizado tras varios huracanes muy dañinos y estaba inoperativo tiempo antes de su explosión, el incidente produjo un apagón de energía en toda la isla que desencadenó una grave crisis energética y social. Además, PREPA es uno de los principales responsables de la deuda creciente de Puerto Rico, la cual, hoy en día, asciende a 72.000 millones de dólares. Para cumplir con los pagos de esta deuda, la economía de la isla sufrió brutales ajustes estructurales —el equivalente estadounidense a las políticas europeas de austeridad— bajo la supervisión de una junta de gestión y control financiero nombrada por Estados Unidos, y se retiraron recursos de escuelas, hospitales, pensiones e infraestructuras para dirigirlos a los prestamistas, «poniendo los beneficios de estos literalmente por encima de las personas, y la acumulación de riqueza por encima de las vidas humanas», tal y como describe T. J. Demos[12].

La obra de Allora & Calzadilla recuerda cómo en el siglo XXI la deuda impuesta y la, en ocasiones artificial, escasez de recursos —en el caso de Puerto Rico, la crisis energética se podría haber evitado gracias a la energía solar— se usan como pretextos ideológicos para propagar medidas de austeridad. Los altibajos económicos episódicos y los «periodo[s] de insuficiencia»[13], en palabras de Xenos, se consideran escasez general, sin tener en cuenta las múltiples posibilidades que ofrecen la negociación y la compensación. De hecho, las normas de austeridad se han convertido en el arma más afilada del tardocapitalismo para promover reformas sociales, producir nuevas formas de extracción y restringir la capacidad de imaginación. Así, implementadas a costa de los servicios esenciales, las políticas de la austeridad introducen los principios ideológicos de la carencia en las bases de las «nuevas normalidades», es decir, en las etapas que siguen a las crisis —o periodos de escasez— y en las que se establecen nuevas condiciones de vida.

La matriz ecológica

«Futuros abundantes» presta atención a la matriz ecológica, a todo lo que la nutre, circula y se integra en ella, a lo que la hace creadora y plena, y a todos los entes que la habitan. Como ciencia experimental y descriptiva, la ecología aspira a articular las interrelaciones entre toda la materia orgánica e inorgánica. Su punto de partida es la noción de ecosistemas, entendidos como ensamblajes

11 T. J. Demos, «*The Night We Became People Again:* On Allora & Calzadilla's Art of Intersectionality», en Hou Hanru y Anne Palopoli (eds.), *Blackout: Allora & Calzadilla*, Milán y Roma: Lazy Dog y MAXXI, 2018.

12 Ibíd.

13 Xenos, *op. cit.*, p. 3.

de organismos y sus entornos que se crean y prosperan a través de densas cadenas de interacciones. En un ecosistema, los flujos energéticos canalizan relaciones materiales entre componentes vivos y no vivos. Por definición, este ensamblaje vivo se puede describir, tal y como hace Mary Louise Pratt, como una «zona de contacto» formada por espacios de «copresencia, interacción, entendimientos y prácticas entrelazados»[14].

La zona de contacto fomenta saltos de imaginación que permiten intuir muchos modos de existencia compleja e interconexión multiespecie. En ella tienen lugar novedosos «acontecimientos de conocimiento»[15] que surgen del encuentro entre las incertidumbres de los mundos humano, biológico y material. Desde esta perspectiva, el conocimiento ya no procede de la racionalidad, el universalismo o la excepcionalidad humana, sino que es un proceso de cofabricación donde todos los humanos y no-humanos implicados se afectan mutuamente. Pregunta la filósofa de la ciencia Isabelle Stengers: «¿Cómo lograr trabajar juntos si los fenómenos siguen [...] hablando desde la pluralidad de voces; si se niegan a ser reinventados como testigos unívocos, como objetos en el sentido kantiano?»[16]. El reto que Stengers advierte en el conocimiento (científico) también es aplicable a las formas de investigación, y requiere reflexionar sobre los múltiples mundos que intervienen en el trabajo empírico y artístico.

En esta publicación, los comisarios Max Andrews y Mariana Cánepa Luna (Latitudes) abordan la reescritura de viejos y nuevos relatos que «vuelven a tejer la extrañeza entre las actividades humanas y la naturaleza». Su propuesta es una forma de pensamiento generativa, lodosa y sintonizada con la tierra, y defienden que superar la gran división —cuya metáfora es el árbol diagramático de la historia del arte moderno — fomenta una creación de mundos imaginativa, fértil y orientada hacia el futuro. La fertilidad, defienden, y específicamente la fertilidad del suelo, es un proceso complejo que implica una circulación constante de nutrientes entre lo orgánico y lo inorgánico, en un equilibrio inestable entre composición y descomposición. Al deshacerse de «seducciones soporíferas de un regreso al Edén»[17], pensar *con* el suelo supone un proceso definido por la materia vegetal y los desechos animales, el trabajo de microorganismos versátiles, minerales, la erosión y la desaparición. También centran la atención en las fuerzas políticas, económicas y culturales que influyen en la fertilidad y deterioro de la composición del suelo.

La propuesta *Matriz verde*, del colectivo cordobés Plata, abordaba estas cuestiones a través del suelo comunitario. Su punto de partida era un descampado, un trozo de tierra que había quedado como vestigio de la bonanza

14 Mary Louise Pratt, *Imperial Eyes: Travel Writing and Transculturation*, Londres y Nueva York: Routledge, 2008, p. 7.

15 Isabelle Stengers, «Events and Histories of Knowledge», *Review (Fernand Braudel Center)*, vol. 28, n.º 2, 2005, pp. 143-159.

16 Isabelle Stengers, *Power and Invention: Situating Science*, Minneapolis: University of Minnesota Press, 1997, p. 89.

17 Donna Haraway, «Speculative Fabulations for Technoculture's Generations: Taking Care of Unexpected Country», en Eben Kirksey (ed.), *The Multispecies Salon*, Durham: Duke University Press, 2014. Disponible en línea: http://www.patriciapiccinini.net/a-essay.php?id=30 (última consulta: 11/11/2022).

urbanística frustrada de principios de los años dos mil, ubicado en el exterior de la valla que delimita el C3A. Plata sugirió adoptar este lugar y ponerlo bajo la tutela del centro de arte. En este paisaje habían surgido espontáneamente más de sesenta especies diferentes, entre ellas, la poco habitual *Astragalus boeticus*, conocida como el «café del pobre» porque se utilizaba como sustituto de esta bebida en tiempos de escasez. *Matriz verde* se inspiraba en distintos planteamientos. Por una parte, desarrollaba un análisis ruderal de la ciudad de Córdoba que combinaba el cuidado de los terrenos baldíos y sus ecologías resilientes, y efectivamente regeneradas, con cuestiones de justicia social urbana y de acceso al terreno comunitario (*rudus* significa «escombros», y ruderal alude a las plantas que crecen en vertederos, en suelos deteriorados o en las grietas del asfalto). La iniciativa también aspiraba a revertir la desaparición del manto vegetal en las ciudades, a proteger los corredores verdes urbanos y a reconciliar las necesidades de los ecosistemas vegetales con los usos culturales de los humanos.

Durante un breve pero esperanzador momento, el arte sirvió para acompañar y catalizar la práctica de pensar *en* y *con* esta parcela abandonada. Sin embargo, finalmente este espacio se convirtió en un aparcamiento. Justo antes de eso, a solo dos semanas de la inauguración de la exposición, el artista mexicano Abraham Cruzvillegas produjo una serie de *collages* cuyo título procede de la antigua denominación de este lugar. *El Campo de la Verdad* (2022) yuxtapone las especies vegetales identificadas por el biólogo Rafael Tamajón en este enclave durante una cosecha de domingo y una serie de recortes de prensa de periódicos locales e internacionales. Concebidos como forma de recaudar fondos para mantener las «tierras baldías», los *collages* son un testimonio duradero de su fertilidad y revelan las historias del daño causado en este entorno, así como las de sus usuarios, vecinos y guardianes. Lo que se perdió en este encuentro interrumpido entre humanos y plantas es la posibilidad, como decía Donna Haraway, «de volver a asumir la propia responsabilidad frente al tiempo, el espacio y las generaciones, de un modo que conduzca a la restauración y reconciliación ecológica y social»[18].

Matriz verde operaba en el tejido conectivo que liga las identidades urbanas a los entornos degradados, la falta de acceso a zonas sin un uso preestablecido, la desigualdad y la marginalidad. Del mismo modo, perseguir la abundancia nos invita a afrontar los conflictos existentes entre la ecología y la identidad, la naturaleza y el concepto de pureza o autenticidad. Podría decirse que el conflicto surgido de la intersección entre pensamiento ecológico y ciertas políticas de la identidad ha generado diferencias incómodas entre ambos campos. Tanto la política ecológica como la identitaria apelan, en cierto modo, a una retórica de la autenticidad. Cuando la ecología se naturaliza y universaliza con fines políticos, equiparando a los seres en virtud de una existencia y origen común, categorías como raza, género o clase, así como las problemáticas y desigualdades asociadas a estas, resultan silenciadas o erosionadas con demasiada facilidad. En respuesta, las políticas de la identidad se radicalizan y aluden a una «carencia imposible de representar», que a menudo se manifiesta en forma de luchas por los derechos y la visibilidad

18 Ibíd.

de grupos oprimidos. Tal y como defiende la investigadora feminista negra Zakiyyah Iman Jackson, solo pueden renunciar a la humanidad (el hecho de ser reconocido como plenamente humano) aquellos grupos e individuos que han sido admitidos en la categoría normativa de «lo humano»[19]. Jackson defiende con elocuencia la necesidad de conexiones interdiscursivas más equilibradas entre dos extremos: por un lado, el entusiasmo imaginativo y sin límites del poshumanismo, y, por otro, las divisiones supuestamente estables y jerárquicas entre humanos, plantas, animales y piedras. Por decirlo de otro modo, y citando a Elizabeth Povinelli, estos mundos entremezclados ni carecen de fronteras ni se reducen a un único objeto perfectamente delimitado[20]. En las redes de materia, algunas entidades disfrutan de amplias libertades y capacidades para alterar sus mundos, mientras que otras viven sometidas a fuerzas externas.

Los imaginarios ontológicos de la abundancia apuntan a la democracia radical formulada por teóricos como Jane Bennett y Paul Patton. Estos se oponen a la ontología de la carencia o escasez, que opera en el corazón de cualquier tema o sistema de significación, tal y como formularon Jacques Lacan y Ernesto Laclau[21]. Tratando de compensar un reduccionismo excesivamente simple, los pensadores de la abundancia suelen cultivar una «fertilización cruzada» en sus compromisos con formas alternativas de construcción del mundo a través de estrategias de pluralización que subrayan la importancia del conocimiento situado, la interseccionalidad y la capacidad de respuesta crítica. En su opinión, las prácticas políticas siempre parten de un compromiso poliédrico y perenne con la alteridad y la otredad, el cual no se disuelve en una homogeneidad indiferenciada, sino que pone la diferencia por encima de la identidad. Avanzar en dirección a esos futuros abundantes requiere una «elasticidad discursiva»[22] que permita a la abundancia transformar el mundo de distintos modos. Esta elasticidad puede ayudar a establecer los marcos políticos, filosóficos y estratégicos necesarios para llegar a «una visión pautada que indique cómo moverse y qué temer en la topografía de un presente imposible y, sin embargo, real», reivindica Haraway[23]. La promesa de un presente alternativo basado en la exuberancia, sometido a nuevas enmiendas y a una participación multitudinaria, surgiere, en todo caso, un replanteamiento de las relaciones entre humanos y no-humanos implementado con cautela y sentido crítico.

Promover la abundancia

Una de las paradojas de las economías actuales basadas en la escasez es la celebración y reificación de la riqueza y la prosperidad en forma de consumismo temerario. Un vestigio de la «sociedad opulenta», como denominó el economista

19 Zakiyyah Iman Jackson, «Animal: New Directions in the Theorization of Race and Posthumanism», en Kalpana Rahita Seshadri, Michael Lundblad y Mel Y. Chen (eds.), *Feminist Studies*, vol. 39, n.º 3, 2013, pp. 669-685.

20 Elizabeth A. Povinelli, *Between Gaia and Ground: Four Axioms of Existence and the Ancestral Catastrophe of Late Liberalism*, Durham: Duke University Press, 2021.

21 Lars Tønder and Lasse Thomassen (eds.), *Radical Democracy: Politics Between Abundance and Lack*, Manchester: Manchester University Press, 2014, p. 5.

22 Peter C. Van Wyck, *Primitives in the Wilderness: Deep Ecology and the Missing Human Subject*, Albany: State University of New York Press, 1997, p. 11.

23 Donna J. Haraway, «The Promises of Monsters: A Regenerative Politics for Inappropriate/d Others», *The Haraway Reader*, Londres y Nueva York: Routledge, 2004, p. 61.

de Harvard John Kenneth Galbraith al Estados Unidos de la segunda posguerra en su libro homónimo (*The Affluent Society*, 1958), que «parecía haber resuelto de forma definitiva el enigma de la escasez»[24] mientras la disponibilidad de productos de consumo fabricados de forma barata encapsulaba la fe en el progreso y la satisfacción material. El progreso proporciona una estructura narrativa que, al mismo tiempo, quita peso a la abundancia y la escasez, y activa un mecanismo capaz de liberarnos de las ideas de carencia y falta. En respuesta a estas falsas promesas utópicas, escritores como Ursula K. Le Guin y Philip K. Dick recurrieron a la ciencia ficción para esgrimir la escasez frente a la abundancia. J. Jesse Ramírez identifica la cara negativa de la utopía en los relatos de Dick *Pay for the Printer* (La paga del duplicador, 1956) y de Le Guin *The Dispossessed* (Los desposeídos, 1974). «Al destruir Estados Unidos y reintroducir la escasez», escribe, «Dick creó un espacio imaginativo donde unos pocos objetos humildes bastan para sugerir un futuro en que los seres humanos puedan volver a controlar su propio destino»[25].

Me gustaría detenerme en la interrelación del paradigma de abundancia-escasez desarrollado de forma ejemplar por ambos autores. En su formulación más radical, la escasez no desplaza el horizonte de la abundancia, sino que se considera una decisión comunitaria voluntaria para promover, experimentar y salvaguardar la plenitud personal y colectiva. Sirve como contrapeso al «hedonismo abstracto» que Karl Marx atribuía al capitalismo, en su afán desatado de acumulación que no se detiene ni por la satisfacción momentánea ni por la plenitud, y que se traduce en una interiorización de la carencia en los deseos más profundos de los sujetos económicos. Por tanto, la limitación y la abundancia están estrechamente relacionadas, tal y como defienden los partidarios del decrecimiento y los concienciados con el agotamiento del planeta Tierra. Ambos movimientos actuales denuncian lo arraigados que están el sentimiento del derecho a la prosperidad y el resentimiento creciente hacia los migrantes y refugiados, surgido del miedo a que su presencia prive a los grupos privilegiados de su derecho a una vida acaudalada. Restringir deliberadamente las formas imperiales de vida no solo reduce la huella ecológica de cada individuo; a la larga, supone ajustar cuentas con el imaginario de la carencia que persigue a las sociedades más ricas. De forma paradójica, la limitación genera plenitud, atenciones y cuidado: una clase de humildad que a menudo atribuimos a las formas de vida agrarias o indígenas.

La obra de Asunción Molinos Gordo que forma parte de «Futuros abundantes» sigue este planteamiento. La artista, que investiga sobre el campesinado contemporáneo, plantea una reflexión sobre temas como la distribución del agua y la desaparición de las fuentes, especialmente en zonas secas, poniendo sobre la mesa distintos sistemas tradicionales de cooperación, solidaridad y conservación. Así, subraya la profunda sabiduría del conocimiento vernáculo y el exquisito valor de la alfarería tradicional. Con su serie de esculturas cerámicas totémicas *¡Cuánto río allá arriba!* (2021), Molinos Gordo rinde homenaje a los múltiples usos y la magistral imaginación de la alfarería

24 J. Jesse Ramírez, «From Anti-Abundance to Anti-AntiAbundance: Scarcity, Abundance, and Utopia in Two Science Fiction Writers», en Frederike Felcht y Katie Ritson (eds.), *The Imagination of Limits. Exploring Scarcity and Abundance*, Múnich: Rachel Carson Center Perspectives, 2015, p. 85.

25 Ibíd.

como forma de conservar y transportar agua, y señala al mismo tiempo las dinámicas y los juegos de poder que regulan el acceso al agua. La instalación es una acumulación de cántaros, jarras, cantimploras, palanganas y ritones producidos con la colaboración de tres talleres de Manises (España), una localidad con un papel crucial en el comercio hispano-morisco durante la Edad Media y el Renacimiento. Cada escultura replica formas utilizadas durante siglos en la cuenca mediterránea para transportar, beber y conservar el agua. Por su parte, en el vídeo *Barruntaremos* (2021), Molinos Gordo adopta un rumbo claramente etnográfico. La voz de Pedro Sanz Moreno, un guardián del saber tradicional de predicción del tiempo llamado cabañuelas, resucita la práctica de leer el paisaje y los elementos atmosféricos para detectar cambios meteorológicos. A partir de la observación atenta de indicios ligados a los colores y las formas de las nubes, los vientos, la niebla, las estrellas, la tierra y el comportamiento de los animales, Sanz Moreno ha ideado un sistema complejo para detectar y predecir patrones climáticos. Presta especial atención a los animales e interpreta la actividad de las hormigas y las orugas, la capacidad de los burros de detectar el peligro y los cambios de comportamiento de ovejas y pájaros a la hora de anticipar las lluvias y los vientos.

Promover la abundancia a través de la limitación es resultado de una fusión trascendental y consecuente de ideas aparentemente incompatibles que busca responder al agotamiento actual de cuerpos y biomas. Esta propuesta atañe a las tradiciones derivadas de esta supuesta separación entre escasez y abundancia, y nos aleja de preguntas demasiado materiales y mundanas. Los futuros abundantes, desde este punto de vista, también nos conducen a un caudal inexplorado, subestimado, espiritual y místico. Para los y las poetas, místicas, espiritistas y santas de todas las tradiciones, las tensiones surgidas entre la plenitud material y la búsqueda espiritual fueron decisivas a la hora de emprender una lucha por el cambio social emancipador. Como defiende el jurista Radha D'Souza, «los poetas-santos eran pensadores y filósofos sociales críticos con el academicismo dominante, las estructuras de poder, las desigualdades sociales y la injusticia»[26]. Sus obras están repletas de conceptos gozosamente rebeldes sobre la humanidad, la libertad y las relaciones de poder, y de una filosofía que se aparta radicalmente del canon moderno racional y dualista que sustenta las leyes de la propiedad y del liberalismo.

La ecléctica escultura de Abraham Cruzvillegas *Una cita a ciegas con Ibn Zaydun, entre el aceite y el agua* (2022), un encargo específico para la exposición, ejecutada *in situ* con materiales y objetos encontrados en Córdoba, invita a los espectadores a debatir desde una perspectiva contemporánea e histórica. Conocido como el «poeta jardinero» por sus prolijas descripciones botánicas, Ibn Zaydun tal vez sea el autor andalusí más célebre del siglo XI. Escribió encendidas *nuniyyas* destinadas a su amada, la poeta y princesa Wallada bint al-Mustakfi, trabajó como estadista y lideró las revueltas cordobesas contra el califato omeya. La escultura hace dialogar a este poeta olvidado con los elementos y recursos que conforman los paisajes de Córdoba.

26 Radha D'Souza, «What Can Activist Scholars Learn from Rumi?», *Philosophy East and West*, vol. 64, n.º 1, 2014, p. 2. Disponible en línea: https://doi.org/10.1353/pew.2014.0001 (última consulta: 11/11/2022).

Esta cita a ciegas tiene lugar entre el agua del vecino Guadalquivir, conocido en árabe como *Wadi' al-Kabir*, «Gran río», a la izquierda, y el aceite de oliva orgánico a la derecha. Con la forma de un puente que conectaría las dos orillas del Guadalquivir entre el casco antiguo (*medina*) y el antaño denominado «Campo de la Verdad», donde tuvo lugar una importante batalla medieval, Cruzvillegas cede la palabra literalmente a los materiales, tal y como explica: «Todos los objetos están vivos cuando los uso en mi obra. Las cosas tienen una opinión, y te preguntan o no». Estos materiales, dispuestos en precario equilibrio mediante cuerdas, cables y la propia gravedad, articulan las estrategias conceptuales, las coordenadas políticas y la estética contingente que el artista quiere subrayar.

En las culturas sintéticas y polimorfas de Andalucía y Córdoba, la tradición sigue presente de un modo u otro. «La capacidad de poner en valor dos [o más] ideas opuestas al mismo tiempo» y de aceptar las complejidades, encantos y retos de las contradicciones más profundas caracterizó a los poetas-filósofos-místicos de al-Ándalus y Sefarad, según la medievalista María Rosa Menocal[27]. Hoy nos interpelan con su indómito, siempre exiliado y opaco, por emplear el término de Édouard Glissant, «lenguaje de la frontera», tal y como lo denomina Gloria E. Andalzúa. Eran, en su mayoría, hombres y mujeres «para quienes el lenguaje de la poesía que se recitaba y el nombre del Dios al que se rezaba, las ropas que vestían y la ciencia en la que creían no tenían que "armonizar" e incluso podían debatir con vehemencia sin por ello dejar de amar»[28]. Es precisamente a esta desobediencia plural y discordante a la que me refiero.

A menudo «devaluadas» como raptos de inspiración de poetas, místicos y espiritistas, argumenta D'Souza, ha llegado el momento de asumir e intensificar estas provocativas ideas y prácticas. Su misión es «trastocar» las visiones rígidas del mundo y el orden reconfortante producido por la confianza excesiva en el conocimiento, la ciencia y la política, así como en el complejo sistema derivado de instituciones, protocolos y marcos conceptuales. El llamado «esoterismo» a menudo impregna la labor de artistas, activistas, amantes de los océanos, defensores del medioambiente y otros disidentes y pensadores no occidentales cuyas aportaciones suelen calificarse como idealistas, heterodoxas y periféricas. Lo mismo sucede con la inspiración, la locura y el primitivismo. Al igual que los creyentes medievales, encarnan de manera literal el desenfreno, la locura y la abundancia de pensamientos y sentimientos, y su aspiración es batallar metafóricamente con los poderes y fuerzas de la represión y su gramática de lo banal.

Coda

Si la escasez es posible, también lo son, por definición, la abundancia y la suficiencia. Ambas son constructos sociales, políticos y económicos. Restaurar

27 María Rosa Menocal, *The Ornament of the World: How Muslims, Jews, and Christians Created a Culture of Tolerance in Medieval Spain*, Nueva York: Little Brown, 2009, p. 10.

28 María Rosa Menocal, «Culture in the Time of Tolerance: Al-Andalus as a Model of Our Time», *Occasional Papers*, Paper 1, New Haven: Yale Law School, 2000. Disponible en línea: https://openyls.law.yale.edu/bitstream/handle/20.500.13051/17668/Menocal_paper.pdf?sequence=2&isAllowed=y (última consulta: 25/11/2022).

la abundancia de posibilidades tras una era de austeridad es una tarea que debe ser cultivada y promovida por nuestras sociedades. Si este objetivo se pone en el centro de un marco conceptual relativo a la distribución y uso de las capacidades materiales e inmateriales, y de las instituciones surgidas de ellas, la abundancia puede tener una importancia fundamental a la hora de redefinir la convivencia y la ética. La abundancia promete suficiencia y se opone a las tentaciones, siempre limitadas y limitantes, de prosperidad y riqueza, que son fundamentalmente materialistas y extractivas. Construir futuros abundantes implica apoyar iniciativas existentes y aprender de ellas. Supone reorganizar el trabajo de manera justa, redistribuir los recursos disponibles para hacer frente a las desigualdades, renunciar a lo que sea necesario con tal de promover más vida, y decrecer nuestro ritmo productivo y de generación de residuos por el bien común. Debemos interrumpir los ciclos de ruina y destrucción que caracterizan al progreso y a la injusticia, y hacerlo guiados por una ética basada en los cuidados y la búsqueda de soluciones. Este proyecto se construye a partir de las voces de los que protestan, de los que son y se sienten excluidos y marginados, y del reconocimiento de sus aportaciones para construir un mundo no-solo-humano. Si queremos imaginar y organizar el mundo de forma diferente, tendremos que cultivar nuevos horizontes para nuestra política y nuestras relaciones. Más allá de la simplificación y la deslegitimación de las relaciones de jerarquía social y marginación, ya deterioradas por los imaginarios de mezcla indiferenciada que se enraízan en el ecocentrismo y el deseo de salvar la naturaleza, pensar en la abundancia exige interrogarse y calibrar la posición de cada ser para actuar en sus respectivos ecosistemas. En estos tiempos de desesperación, proclamar y dirigir nuestra atención y devoción a lo que se puede decir, expresar, hablar, hacer o imaginar, e integrar las múltiples formas de estar en el mundo, son acciones capaces de producir nuevas formas de abundancia.

Regina de Miguel, Mater suspiriorum, 2022 (detail)

Manifiesto para futuros abundantes

Rosemary-Claire Collard
Jessica Dempsey
Juanita Sundberg

En cualquier caso, el Antropoceno es una chispa que encenderá un fuego en nuestros imaginarios. Es hora de pensar a lo grande, de soñar. Soñamos con futuros abundantes. A continuación, ofrecemos este sueño en forma de manifiesto, una declaración de estrategias para crear las condiciones necesarias con las que apoyar diversas formas de vida y maneras de vivir.

Los marcos de referencia, la política y la ética descolonizadores guían nuestra reflexión sobre las condiciones necesarias para generar abundancia. Aunque «los resultados deseados de la descolonización son diversos y se sitúan en múltiples lugares y de múltiples formas»[1], nuestra sensibilidad descolonizadora se basa en estudios y movimientos de las sociedades colonizadas en favor de la autodeterminación indígena. En este contexto, prestamos especial atención a los modos en que la naturaleza está impregnada de patrones coloniales de poder y conocimiento. Sostenemos que hay que enfrentarse a la naturaleza como un artefacto del imperio, aunque no «como materia muerta o restos de un régimen caduco» que pueda ser ignorado[2]. Más bien, como señala Ann Laura Stoler, las ruinas imperiales tienen vida política, «inciden en la asignación del espacio y los recursos, y en los confines de la vida material» en el presente[3]. Discernir cómo los residuos de la naturaleza se reactivan en la política de conservación contemporánea para seguir desposeyendo es crucial en la práctica de la descolonización.

La violencia del colonialismo de colonos continúa[4] porque «la tierra se convierte en propiedad y las relaciones humanas con la tierra se reducen a la relación entre el propietario y su propiedad»[5]. La investigadora y activista anishinaabeg Leanne Simpson formula de una manera muy hermosa esta transformación de la tierra y los cuerpos:

> La extracción y la asimilación van unidas. El colonialismo y el capitalismo se basan en extraer y asimilar. Mi tierra se considera un recurso. Mis familiares de los mundos vegetal y animal se consideran recursos. Mi cultura y conocimiento es un recurso. Mi cuerpo es un recurso y mis hijos son un recurso porque son el potencial para aumentar, mantener y sostener el sistema de extracción-asimilación. El acto de extracción elimina todas las relaciones que dan sentido a lo que se extrae. Extraer es tomar. En realidad, extraer es robar: es tomar sin consentimiento, sin pensar, sin preocuparse o incluso sin saber el impacto que la extracción tiene en los otros seres vivos de ese entorno. Todo esto siempre ha formado parte del colonialismo y la conquista. El colonialismo siempre ha expropiado a los indígenas[6].

Como sugiere Simpson, la extracción colonial conlleva también intentos de borrar distintos modos de dar vida a los mundos. Transformar estas condiciones requiere una lucha política basada en la descolonización. Inspiradas por Simpson y otros autores, planteamos ahora tres estrategias políticas concretas necesarias para lograr las condiciones de creación de abundancia en lugar de limitarnos a la conservación posnatural. Estas estrategias se basan en esfuerzos transformadores que ya se están dando en todo el mundo.

Estrategia 1: ajustar cuentas con la ruina colonial-capitalista

En línea con los conservacionistas posnaturales, no creemos en una conservación basada en el mito colonial de un pasado prístino. Sin embargo, la respuesta no es centrarse implacablemente en el futuro. A la hora de considerar cómo intervenir de forma responsable y ética, es crucial un reconocimiento continuo y activo del pasado. Nuestra mirada al pasado no tiene por qué ser edénica, sino un modo de entender la infraestructura discursiva material que hemos heredado: ¿cómo hemos llegado a la situación actual, a un mundo de asimetrías sociales y empobrecimiento ecológico? Eduardo Galeano[7] y Mike Davis[8] sostienen que hemos llegado al «subdesarrollo» contemporáneo a través del colonialismo y el desarrollo imperial capitalista. La violencia fue fundamental en dichos procesos: «Murieron millones de personas», escribe Davis, «no en el exterior del "sistema del mundo moderno", sino en el propio proceso de ser incorporadas por la fuerza a sus estructuras económicas y políticas»[9]. El «Capitaloceno», el contraconcepto de Donna Haraway para el Antropoceno, pone en primer plano los modos capitalistas de economía política —y su apego a los combustibles fósiles— como impulsores de las ecologías empobrecidas[10]. Recordar esta violencia no es un ejercicio de nostalgia ni de anacronismo, sino un paso fundamental para entender que cualquier intervención que se plantea hoy va inevitablemente ligada a procesos de ruina imperial.

De la misma manera, debemos prestar atención a las historias de abundancia no humanas y a las violencias que condujeron a su disminución. J. B. MacKinnon ve el pasado como una medida de posibilidad de lo que «puede volver a ser»[11]. Para MacKinnon, esto no supone invocar «un regreso romántico a un Edén prehumano», por el contrario, plantea que «un relato de pérdida no siempre es, y no es únicamente, un lamento; también puede ser una medida de posibilidad. Lo que fue una vez puede volver a ser». De nuevo, según este autor, esto significa entender la abundancia del pasado como un marcador de lo posible; mirar al pasado nos muestra cómo eran aquellos mundos de riqueza socioecológica[12].

«Nuestros sistemas están diseñados para promover más vida», dice Leanne Simpson sobre su comunidad anishinaabeg[13]. Trabajando con el concepto anishinaabeg de *mino bimaadiziwin*, que se ha traducido como «buena vida» y «renacimiento continuo», Simpson identifica una alternativa a los mundos que se conforman a través del utilitarismo y la extracción. «El propósito de la vida», dice, «es el renacer continuo, es promover más vida. En la sociedad anishinaabeg, nuestros sistemas económicos, nuestros sistemas educativos, nuestros sistemas de gobierno y nuestros sistemas políticos se diseñaron a partir de este principio básico». La noción de promover la vida difiere considerablemente en un aspecto fundamental de las ciencias de la sostenibilidad y de los sistemas terrestres, ocupadas en averiguar los límites del desarrollo o hasta dónde los ecosistemas pueden degradarse antes de que la función ecológica se vea perjudicada o resulte irreparable. Por el contrario, como afirma Simpson, lo que valora su comunidad es «a cuánto puedes renunciar para promover más vida»[14].

Nos aliamos con estrategias como esta última para producir abundancia. Siguiendo a Tewolde Egziabher, el incansable defensor etíope de los derechos de los agricultores y la diversidad agrícola, fomentar la creación y el sostenimiento de la diversidad biológica exige rechazar los procesos capitalistas que cercan la tierra, el agua y a los seres vivientes, incluyendo las patentes sobre la vida[15]. Nos aliamos, asimismo, con Vía Campesina y sus más de 200.000 miembros en todo el planeta en la defensa de «los derechos colectivos de los agricultores campesinos al acceso a la tierra» frente a quienes se apropian de ella «con fines de lucro»[16]. Los campesinos afiliados a Vía Campesina luchan sin descanso contra el *statu quo*, contra la Organización Mundial del Comercio y otros acuerdos comerciales que privilegian a los actores corporativos, contra los gobiernos que facilitan el acaparamiento de las tierras y contra los cercamientos empresariales. A través de estas acciones, crean instituciones y alianzas que van más allá de las fronteras nacionales, como, por ejemplo, el Foro Social Mundial, los intercambios entre agricultores y las redes de conservación de semillas.

Estrategia 2: actuar de forma pluriversal

Reconocer lo intrincado no basta para deshacer nociones coloniales como la naturaleza. Por tanto, nos aliamos con otros fomentando la capacidad de actuar de forma pluriversal en lugar de universal[17]. El universo se representa a través de la asunción ontológica de la realidad o la naturaleza como entes singulares, sobre los cuales distintas culturas ofrecen concepciones diversas[18]. Este planteamiento equipara la ontología con los mapas mentales o la cultura, y deja intacto el supuesto de que las diferentes perspectivas del mundo pueden entenderse mediante categorías eurocéntricas y reducirse a ellas. Basándose en el pensamiento indígena y en ciertas investigaciones científicas, Mario Blaser[19] enmarca la ontología en términos de prácticas y performaciones para crear mundos. Es decir, del ser, el hacer y el saber; la realidad «se hace y promulga más que se observa»[20]. La creación del mundo posibilita la existencia de mundos; diferentes relatos representan diferentes mundos que pueden converger, conectarse parcialmente o entrar en conflicto. Blaser propone el pluriverso como una «propuesta heurística»[21], un compromiso con el fomento de la multiplicidad ontológica que nos aparte de la constante performación del universo. Si diferentes relatos dan lugar a mundos diferentes pero interconectados, las formas de construir el mundo se pueden valorar en función de sus efectos: algunas prácticas podrían ser erróneas si «promueven mundos (constructos) en los que no queremos vivir, o que no nos dejan vivir, o dejan vivir a unos pero no a otros»[22].

Creemos que generar futuros abundantes significa apoyar la creación de mundos ya existentes en los que se promueven modos de existencia diferentes a los del imperialismo europeo y el colonialismo de las poblaciones. Nos aliamos con Idle No More, un movimiento indígena que abarca todo Canadá y que surgió en 2012 como respuesta a los esfuerzos federales para implantar cambios legislativos que debilitaban la soberanía indígena y las regulaciones medioambientales. Fundado por cuatro mujeres, el movimiento se difundió como un reguero de pólvora, atrayendo la atención nacional sobre las luchas indígenas en curso, y provocando, revitalizando y apoyando los esfuerzos de descolonización en múltiples comunidades. Los activistas y escritores Simpson[23] y Glen Coulthard[24] definen el papel del movimiento como el apoyo al «resurgir del pensamiento político indígena» relacionado con modelos de gobernanza y «alternativas político-económicas indígenas».

Respondemos así a la invitación de Idle No More a «unirnos en una revolución pacífica que rinda homenaje a la soberanía indígena y proteja la tierra y el agua»[25]. Promover la abundancia implica tejer relaciones más allá de lo que nos diferencia. Relaciones basadas en la solidaridad y el movimiento colectivo que permitan a humanos y no-humanos, desde sus distintas posiciones, apreciar la abundancia y construir un mundo donde quepan muchos mundos. Al pensar en cómo movernos de manera colectiva, nos inspiramos en el concepto de «caminar» juntos formulado en la Sexta Declaración de la Selva Lacandona del movimiento zapatista[26]. En este marco de solidaridad, «caminar» juntos supone un compromiso con el activismo en apoyo a la lucha común contra el neoliberalismo y a favor de la democracia, la libertad y la justicia desde la posición de cada cual. De este modo, la solidaridad fomenta formas autónomas de construcción del mundo.

Estrategia 3: reconocer la autonomía animal

Reconocer la intrincada relación entre especies no es un pretexto para intensificar el control humano sobre la vida no-humana. Los futuros abundantes incluyen a los animales no-humanos, no como recursos o bancos de capital natural al servicio de los humanos, sino como seres con redes familiares, sociales y ecológicas propias, con miradas, agendas y necesidades propias. En un futuro abundante, los no-humanos viven vidas salvajes como «otros no colonizados»[27]. Seguimos las ideas de William Cronon, probablemente el más citado de los académicos que problematizan el concepto de «lo silvestre» (*wilderness*) y que defiende, por el contrario, la conservación de lo salvaje: «celebrar lo salvaje» es cuestión de «aprender a recordar y reconocer la autonomía del otro»[28]. Mientras lo silvestre alude a una naturaleza imposiblemente pura, lo salvaje se refiere a la autonomía, la otredad y la sensibilidad de los animales[29]. Por autonomía entendemos la expresión más plena de la vida animal, incluida la capacidad de movimiento, de asociación social y familiar, y de trabajo y juego. Estas capacidades se han visto profundamente reducidas por el confinamiento, el control y la gestión que han llegado a caracterizar las relaciones de los humanos con el mundo en general en los regímenes humanistas coloniales y capitalistas. En concreto, el encierro espacial y corporal de los animales (en zoológicos y acuarios públicos, laboratorios y granjas industriales) impide su autonomía y abundancia.

No obstante, una vida autónoma nunca es una vida aislada. Ya estén encerrados o no, los animales siempre forman una parte, de manera ineludible, de las redes socionaturales (al igual que nosotros). Por tanto, ¿qué diferencia hay entre estas redes? La red salvaje ofrece —dentro de ciertos límites—

apertura, posibilidad, un cierto grado de elección y autodeterminación. En oposición, la encerrada está controlada, encorsetada, contenida y cercada. Pero ni lo salvaje ni la autonomía animal significan que no haya intervención humana; en un mundo que siempre ha estado tan entrelazado que hace imposible para imaginar una «salida», lo salvaje y la autonomía son relacionales. No defendemos un regreso a la antigua misantropía de la conservación, sino una orientación que entienda lo salvaje de forma relacional, no como la ausencia de humanos, sino como interrelaciones que contemplen la autonomía de los animales. El grado en que un animal es salvaje, por consiguiente, tiene poco que ver con su proximidad a los humanos, sino con las condiciones de vida, como las espaciales (que el animal pueda ir y venir), las subjetivas (que el animal pueda expresarse), las energéticas (que el animal pueda trabajar por sí mismo) y las sociales (que el animal pueda formar redes). Estas son condiciones de posibilidad, son potenciales, no estados forzados.

Nos aliamos con los pocos conservacionistas cuya prioridad es el bienestar de los individuos animales[30] y con esfuerzos como la reciente campaña de Zoocheck y otras organizaciones tanto de Toronto como internacionales que condujo al traslado de tres elefantes del zoológico de Toronto a un santuario de fauna salvaje en California. Como parte de un movimiento más amplio que aboga por el fin de la cautividad de elefantes, la liberación de estos tres animales es un indicio del creciente reconocimiento de los efectos de la cautividad en criaturas tan sociales. Orientarse hacia futuros abundantes requiere caminar con múltiples formas de resistencia a las lógicas y prácticas capitalistas y coloniales de extracción y asimilación. La descolonización es nuestra guía en este proceso. La descolonización, como un proceso profundamente desestabilizador, «aspira a cambiar el orden del mundo», tal y como sugirió Frantz Fanon hace cincuenta años[31]. Las organizaciones, los movimientos y las personas de las que se habla en estas páginas demuestran que la desestabilización ya está sucediendo pluriversalmente. Aunque nunca sean procesos perfectos, son nuestra mejor oportunidad para generar futuros socioecológicos abundantes.

*Este texto es un fragmento del escrito más extenso de Rosemary-Claire Collard, Jessica Dempsey y Juanita Sundberg, publicado originalmente como «A Manifesto for Abundant Future» en *Annals of the Association of American Geographers,* vol. 105, n.º 2, 2015, pp. 322-330.

1 Aman Sium, Chandni Desai y Eric Ritskes, «Towards the "Tangible Unknown": Decolonization and the Indigenous Future», *Decolonization: Indigeneity, Education & Society*, vol. 1, n.º 1, 2012, pp. i-xiii, 2.
2 Ann Laura Stoler, «Imperial Debris: Reflections on Ruins and Ruination», *Cultural Anthropology*, vol. 23, n.º 2, 2008, pp. 191-219, 196.
3 Ibíd., p. 195.
4 Patrick Wolfe, «Settler Colonialism and the Elimination of the Native», *Journal of Genocide Research*, vol. 8, n.º 4, 2006, pp. 387-409.
5 Eve Tuck y K. Wayne Yang, «Decolonization is not a Metaphor», *Decolonization: Indigeneity, Education & Society*, vol. 1, n.º 1, 2012, pp. 1-40, 5.
6 Citado en Naomi Klein, «Dancing the World into Being: A Conversation with Idle No More's Leanne Simpson», *YES! Magazine*, 6 de marzo de 2013. Disponible en línea: http:// www.yesmagazine.org/peacejustice /dancing-the-world-into-being-a-conversation-with-idle-no-more -leanne-simpson (última consulta: 10/11/2022).
7 Eduardo Galeano, *Open Veins of Latin America: Five Centuries of the Pillage of a Continent*, Nueva York: Monthly Review, 1973.
8 Mike Davis, *Late Victorian Holocausts: El Niño Famines and the Making of the Third World*, Londres: Verso, 2002.
9 Ibíd., p. 11.
10 Donna Haraway, *SF: String Figures, Multispecies Muddles, Staying with the Trouble*, conferencia pronunciada en la Universidad de Alberta, Edmonton, Canadá, el 24 de marzo de 2014. Disponible en el canal de YouTube KIASualberta (Kule Institute of Advanced Study): https://www .youtube.com/watch?v=Z1uTVnhIHS8 (última consulta: 4/11/2022).
11 J. B. MacKinnon, *The Once and Future World*, Toronto: Random House, 2013.
12 Íd. MacKinnon se basa a su vez en William Denevan, *Cultivated Landscapes of Native Amazonia*, Nueva York: Oxford University Press, 2001; Hugh Raffles, *In Amazonia: A Natural History*, Princeton, NJ: Princeton University Press, 2002; Charles C. Mann, *1491: New Revelations of the Americas Before Columbus*, Nueva York: Random House Digital, 2005.
13 Klein, *op. cit.*
14 Íd. Veáse también Leanne Simpson, *Dancing on Our Turtle's Back: Stories of Nishnaabeg Re-Creation, Resurgence and a New Emergence*, Winnipeg: Arbeiter Ring Publishing, 2011.
15 Tewolde Egziabher, *The Human Individual and Community in the Conservation and Sustainable Use of Biological Resources*, conferencia pronunciada en el encuentro anual Darwin Initiative, en Londres, Reino Unido, el 14 de marzo de 2002. Transcripción disponible en línea: http:// www.nyeleni.org/IMG/pdf/Tewolde_Darwin_Lecture2002.pdf (última consulta: 1/11/2022).
16 Vía Campesina, durante su intervención en CBD (Convención sobre Diversidad Biológica), en Roma, Italia, el 19 de febrero de 2008. Disponible en línea: https://viacampesina.org/en/ small-scale-producers-key-to-the -protection-of-biodiversity (última consulta: 3/11/2013).
17 Mario Blaser, Marisol de la Cadena y Arturo Escobar, *The Anthropocene and the One-world (Or the Anthropos-not-seen)*, sin publicar, 2014.
18 Mario Blaser, «Ontological Conflicts and the Stories of Peoples in Spite of Europe: Toward a Conversation on Political Ontology», *Current Anthropology*, vol. 54, n.º 5, 2013, pp. 547-568.
19 Mario Blaser, «The Threat of the Yrmo: The Political Ontology of a Sustainable Hunting Program», *American Anthropologist*, vol. 111, n.º 1, 2009, pp. 10-20; Blaser, «Ontological Conflicts...», *op. cit.*
20 Annemarie Mol, «Ontological Politics: A Word and Some Questions», en J. Law y J. Hassard (eds.), *Actor Network Theory*, Boston: Blackwell, 1999, pp. 74-89, 77.
21 Blaser, «Ontological Conflicts...», *op. cit.*, p. 552.
22 Blaser, De la Cadena y Escobar, *op. cit.*
23 Citado en Klein, *op. cit.*
24 Glen Coulthard, «For Our Nations to Live, Capitalism Must Die», *Voices Rising*, 5 de noviembre de 2013. Disponible en línea: http://nationsrising .org/for-our-nations-to-live- capitalism-must-die (última consulta: 10/11/2022).
25 Véase http://www.idlenomore.ca (última consulta: 10/11/2022).
26 Ejército Zapatista de Liberación Nacional, *Sexta Declaración de la Selva Lacandona*, México, junio de 2005. Disponible en línea: http:// enlacezapatista.ezln.org.mx/sdsl-es/ (última consulta: 10/11/2022).
27 Val Plumwood, *Feminism and the Mastery of Nature*, Londres y Nueva York: Routledge, 1993.
28 William Cronon, «The Trouble with Wilderness; Or, Getting Back to the Wrong Nature», en W. Cronon (ed.), *Uncommon Ground: Rethinking the Human Place in Nature*, Nueva York: Norton, 1995, pp. 69-90, 89.
29 Plumwood, *op. cit.*; Rosemary-Claire Collard, «Putting Animals Back Together, Taking Commodities Apart», *Annals of the Association of American Geographers*, vol. 104, n.º 1, 2014, pp. 151-165.
30 Paul C. Paquet y Chris T. Darimont, «Wildlife Conservation and Animal Welfare: Two Sides of the Same Coin», *Animal Welfare*, vol. 19, n.º 2, 2010, pp. 177-190.
31 Frantz Fanon, *The Wretched of the Earth,* Nueva York: Grove, 1963, p. 36.

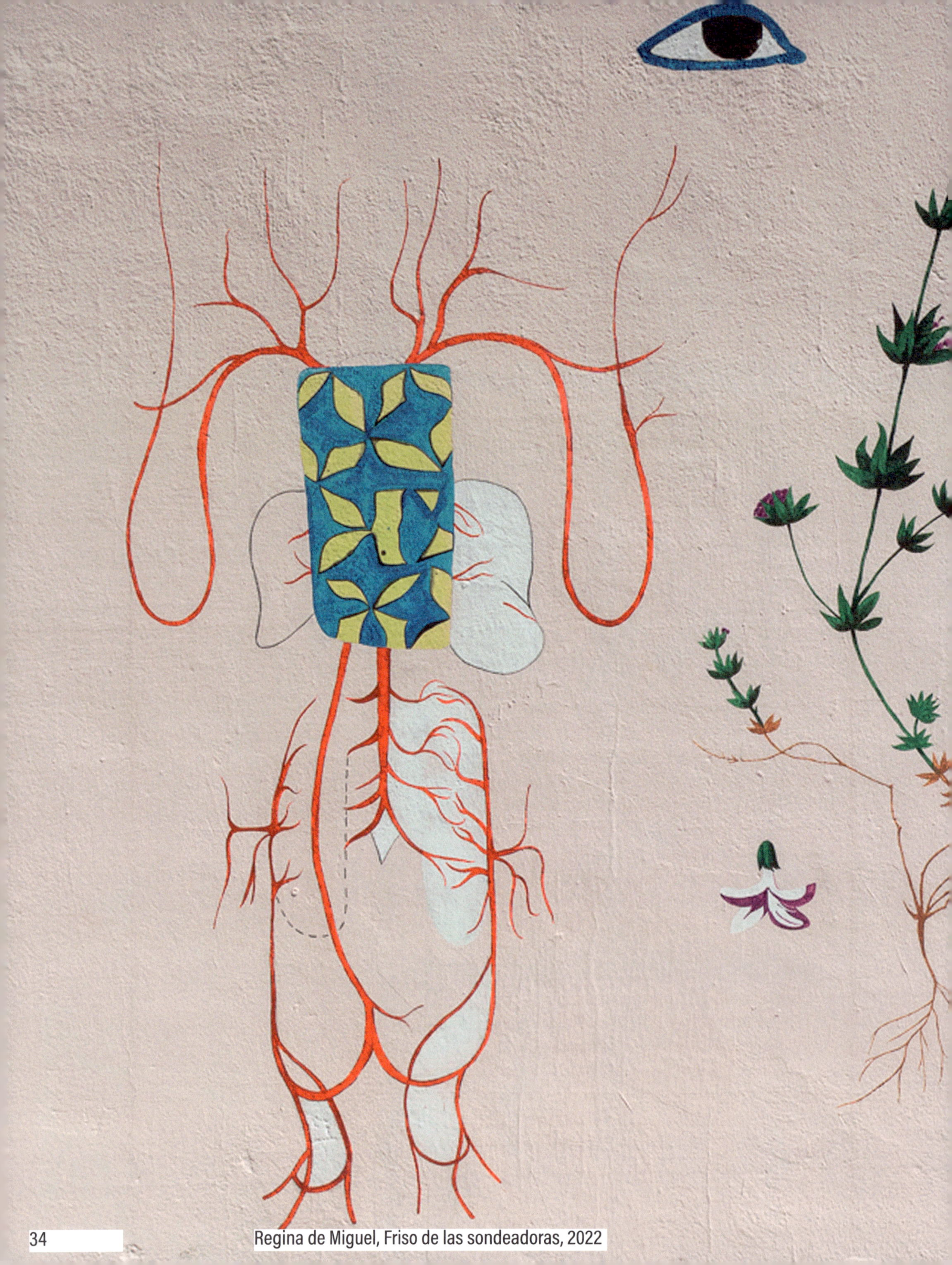

Regina de Miguel, Friso de las sondeadoras, 2022

MEZQUITA, CATEDRAL
SIGLOS VIII-XVIII
ALCÁZAR DE LOS REYES CRISTIANOS
SIGLOS XII-XIV

Staking Our Future on Coexistence

Arturo Bernal Bergua
Councilor for Tourism, Culture, and Sport
Junta de Andalucía (Regional Government of Andalusia)

The exhibition "Abundant Futures," inaugurated at the beginning of April 2022, is the first of three shows included in the agreement signed between TBA21 Thyssen-Bornemisza Art Contemporary and the Centro Andaluz de Arte Contemporáneo (CAAC), to be held at the Centro de Creación Contemporánea de Andalucía, Córdoba (C3A) with works by international contemporary artists from the TBA21 Collection. A warm reception has evinced the interest the exhibition has generated among both the local public and those from many other places, who are paying attention to Córdoba not only on account of its important historic heritage but also because of its contemporary culture.

The title, "Abundant Futures," is taken from a manifesto by a group of women, all geographers working in the US. It points out that we live on a planet that produces abundance, and that it is necessary to recognize the wealth of species that inhabit it if we are to foster coexistence. This exhibition was prepared during the Covid-19 pandemic, and more specifically during the months when there was already a glimmer of hope that it would be overcome. Shortly before the opening, however, the war in Ukraine broke out, bringing dark days once more to a Europe that hoped to have put an end to such conflicts forever. For the second chapter of the exhibition, approximately a third of the works on view were replaced, and the title expanded with the addition of the words "in troubled times." This chapter, which began in October, includes works by famous contemporary artists like Olafur Eliasson and Pipilotti Rist, together with those of promising newcomers like Patricia Domínguez and Teresa Solar, which have been added to the works of Ernesto Neto, Ai Weiwei, Camille Henrot, and the Andalusian Regina de Miguel.

The agreement we signed with TBA21 includes much more than a great annual exhibition that will be renewed in the middle of its run, as a multitude of other activities are also described in it, such as performances, lectures, seminars, the production of new works, collaborations with local artists and groups, and a mediation program to interact with the public in the city and everyone who is attracted to it by this magnificent collection.

None of this would be possible without collaboration between the Department of Tourism, Culture, and Sport of the Regional Government of Andalusia and the City Council of Córdoba, who understood the importance of this project from the very beginning. Their support and contribution have been and remain decisive for ensuring that this city and Andalusia as a whole are also bywords for the contemporary.

A great project like this one cannot be realized without the hard work of the great teams that have successfully implemented it. First, I would like to thank the team from TBA21, led by its director, Carlos Urroz, and the curator of the exhibition, Daniela Zyman, for their tremendous vision and dedication. Thanks also go to the director and staff of C3A and CAAC, who always try to give the best of themselves in every activity they program. Above all, however, I would like to thank Francesca Thyssen-Bornemisza for her passion for art and for seeing the times we live in and recognizing the importance of Andalusia and Córdoba in that context.

Art and Its Social Impact
A Project by TBA21 Thyssen-Bornemisza Art Contemporary for the City of Córdoba

José María Bellido Roche
Mayor of Córdoba

The exhibition "Abundant Futures" inaugurates a space for dialogue and culture brought to the city of Córdoba by TBA21 Thyssen-Bornemisza Art Contemporary. The goal of this contemporary art exhibition featuring internationally renowned artists is to inspire our society to create lasting spaces for debate linked to the legacy of an ancient city like Córdoba.

Art and heritage meet in Córdoba with a focus on one of the most important challenges we face today: the protection of the natural heritage that has come down to us and which we have the obligation to pass on to future generations. It is everyone's responsibility to contribute to a future abundant in natural wealth.

The alliance between TBA21 Thyssen-Bornemisza Art Contemporary, the City Council of Córdoba, and the Regional Government of Andalusia has made it possible to work toward this common goal. "Abundant Futures" opens a clear path to involve art in the social, cultural, humanistic, and tourist ecosystem of the city.

The exhibition involves displays of significant artworks from the TBA21 Thyssen-Bornemisza Art Contemporary collection by internationally recognized artists. This is an important step for the city, and in principle a permanent one. Córdoba is a city of encounters, an icon of cultural blending and liberty throughout its history. The city celebrates this past, with its gaze also fixed on the future. On this journey, art is fundamental. "Abundant Futures" contributes that critical and reflective perspective, that essential creative voice which constitutes a tool for transforming the world, and which has the necessary dose of transgression and non-conformity to address the challenges of the present.

These are huge challenges which have to do with sustainability, the fight against climate change, and the necessity to protect our society and ensure that it is plural and open to all. Our life and that of the coming generations depend upon it. All together, we must aspire to a better future. Building a society and a future for everyone requires creative force to unite and project our land and its abundance.

The City Council of Córdoba firmly believes in this project, and it does so with the conviction and the wish that it will persist in the memory of this place and also spur new initiatives. Art makes visible what is not always evident; it generates spaces for dialogue, thought, and reflection; it transforms, creates, and spreads knowledge; and it affects society on multiple levels. Córdoba could not rest in the margins of the debates that mark and shape our present.

For all these reasons, I would like to thank Francesca Thyssen-Bornemisza and the TBA21 Foundation for placing Córdoba on the international contemporary art map. Córdoba, as we have said, is known for its magnificent past, but today it is just as essential to give it the prominence and importance it deserves, and to ensure it occupies the place in the present that its history entitles it to.

The Luminosity of Art in Troubled Times

Francesca Thyssen-Bornemisza
Chair and founder, TBA21
Thyssen-Bornemisza Art Contemporary

It sometimes takes very little to change one's perspective. A walk in a pine forest in Austria did that for me, when sometime in June I stumbled upon a small pine tree that someone had decorated for Christmas the previous winter. To decorate a tree in the forest, rather than cut down a living one, is a simple gesture that shows how small actions can be eminently meaningful. The little tree brought home the relentless logging of the Amazon, the boreal forests, and the many ancient ecosystems that are sacrificed for the sake of progress and development.

It also reminded me of an encounter with Bruno Latour, one of the greatest thinkers of our time, who sadly passed away in October 2022. Latour taught me something very important, encapsulated in one sentence: "The difficulty lies in the very expression 'relation to the world,' which presupposes two sorts of domains, that of nature and that of culture, domains that are at once distinct and impossible to separate completely." I began to realize that there was a transformative path in and through the arts that we needed to explore in order to bring us closer to this contiguous and embattled space that we call "nature." I felt that TBA21 should nurture different "relations to the world," and dedicate itself to a vibrant understanding of nature/culture, by weaving new relations, and that eventually, over time, it will become a different kind of institution—one more suitable for an ethics of our time.

Collecting in the traditional sense is no longer sustainable. Today, we need different paradigms as collectors and cultural workers. Since TBA21 was founded twenty years ago, we have followed a path of catering to ecologies of care by directing attention to insufficiently acknowledged wrongs and injustices and creating alliances with artists and communities around the world. Over the years, we have collaborated with amazing artists who have explored and impacted the ecological and social realities in which they live or re-enchanted them with their visions, investigations, and imagination. By endorsing and facilitating artistic research and production, the foundation's work cultivates modes of seeing, experiencing, and sensing that seek to reimagine and reverse, or at least readjust, the ways in which we relate to our planet.

With "Abundant Futures," TBA21 opens a three-year cycle of cultural programming in Córdoba, which also marks the foundation's twentieth anniversary. TBA21 intends to develop an approach to cultural programming in Córdoba which goes beyond traditional museological approaches. We believe that a cultural shift is necessary in order to change our attitudes and lifestyles, and, at the same time, to instigate different sensitivities, calling scientists, policymakers, climate advocates, artists, and curators to collaborate to imagine structural changes in the future.

Bringing together works from the early years of the TBA21 Collection and recent productions and acquisitions from a new younger generation of artists, the exhibition invites a rereading of these works along the lines of regenerative and healing practices, learning from communities that have based their relationship with the commons on repair and custodianship. Moving from the waters of the Guadalquivir River to the saltworks of Huelva, the exhibition narrates a wide range of ecologies, starting from Andalusia and expanding toward other locales that demand our attention, and to which artists have dedicated themselves with deep care. The works selected from the TBA21 Collection testify to the artistic and ecological mission of the past two decades, working with artists toward new forms of artistic production, action, and environmental conservation through commissioning, collecting, and programming. With a lively public program that extends beyond the museum's walls, the exhibition becomes a space to generate thought-provoking encounters that would give rise to long-lasting dialogues with the audience, nearby communities, academics, and local grassroots initiatives.

Coming to Córdoba, TBA21 also aims to reconnect with the city's extraordinary tradition of religious coexistence, marked by a tremendous spirit of tolerance. Drawing on this spirit, we will map our methods of embodied research onto diverse healing, peace, and conflict resolution practices that originated or have found their home in this region. We hope that this multidimensional approach to cultural programming will have a long-lasting impact on this wonderful city and establish TBA21's ecocritical practices in Spain.

I want to recognize the work and effort that all of TBA21 has made taking on this new direction. I am grateful for wonderful curators like Nadim Samman and Boris Ondreička, who curated "Rare Earth" in 2015; Stefanie Hessler, who curated "Tidalectics" in 2017 and "Joan Jonas: Moving Off The Land II" in 2019; and Daniela Zyman, who curated "Oceans in Transformation" in 2020 and now "Abundant Futures" this year at C3A in Córdoba. I would like to thank Markus Reymann for taking us all on an exploration of the ocean since 2011 and building the incredible program that is now TBA21–Academy, the exploratory soul of TBA21 in the nexus of art, science, and policymaking. I am grateful to Sofia Lemos for curating the program *Meandering*, inaugurated this year as the Academy moves closer to other bodies of water, to include the great river, the Guadaquivir, that runs through Córdoba. I can go on and on to mention all of the works that nature has inspired in the collection, but better still, I invite you to read this catalog and consider this sublime exhibition and the way it wove together so much of the attention we together have given this topic over the years.

Our curiosity has been overwhelmed by the rich and diverse cultural legacy of the region, which has an extraordinary history of tolerance that inspires us all. I am grateful to Juan Antonio Álvarez Reyes, who invited us to C3A to join his ambitious vision for the arts in Andalusia and to his team: Yolanda Torrubia Fernández, Alberto Luis Marcos Egler, Elena González Alcántara, Marta Carrasco Benítez, Guillermo Garrido Giménez, Francisco Javier Morales Salcedo, and Noelia Centeno González. I am indebted to Flora (Emilio Ruiz Mateos and María van den Eyden), who took us on a journey of discovery on the historical importance of Córdoba's agricultural legacy and how it was transformed from the fruit basket of Europe to a struggling industry. I also want to thank Fernando Vacas, whose deep relationship with flamenco culture has made possible total immersion for our fellows who are researching the many mysteries of this immense cultural legacy with roots in India, Mesopotamia, and Berber culture. But, most of all, I want to express our deep and genuine gratitude for the extraordinarily generous and warm welcome that TBA21 has received since we arrived in Córdoba, and how enthusiastic the response has been to our program by the people of the city. Our relationship with Juan Manuel Moreno Bonilla, President of the Junta de Andalucía, and José María Bellido Roche, the Mayor of Córdoba, whose genuine enthusiasm to see this partnership become more than just an exhibition, but also help it develop further into a real collaboration between his cultural department and TBA21's curatorial teams has been a guiding light in this process.

Thanks are due to all our partners in Córdoba—Alcázar de los Reyes Cristianos; Casa Árabe; Centro de Recepción de Visitantes - Turismo de Córdoba (IMTUR); Cervezas Alhambra; Córdoba Ciudad de las Ideas; IMGEMA Real Jardín Botánico de Córdoba; Institute for Postnatural Studies; Museo Arqueológico de Córdoba; Universidad Loyola; and Universidad de Córdoba—for making this experience so worthwhile. I hope that this particular exhibition inspires all of us to appreciate the beautiful bounty of nature and how we might all take on the urgent task to do everything we can to generate the resolve to protect Mother Earth from further exploitation and to give her a living chance to regenerate back to the abundant nature that we have been taking for granted for too long.

Córdoba has been a huge inspiration to us all in a multitude of ways, and we hope that our modest contribution to the beautiful city is accepted and appreciated with joy and an open mind. We enjoyed ourselves tremendously interacting with all our partners, and we know we have only just begun our shared journey of discovery.

Regina de Miguel, Mater suspiriorum, 2022 (detail)

A World of Many Worlds: Enacting Abundance in Times of Scarcity

Daniela Zyman

> "Enacting abundance means different ways of building relationships across vast differences, best described as solidarity or collective movement in support of conditions that enable differently situated people and other-than-humans to realize abundance, to build a world of many worlds."
>
> —Rosemary-Claire Collard, Jessica Dempsey, and Juanita Sundberg, "A Manifesto for Abundant Futures"

Picture a world of abundance. It would be lush, rich, ancient, and sustain a topology of connections, a system of relations. Abundance roots our being in the world in fullness, productivity, and plurality, not only for humans but for other life-forms and life-generating entities as well. It is the expression of a dynamic process, that enmeshes human life with that of nonhumans. The sensibility that emerges from abundance generates all forms of enchantment and cultivates an ethic of joy committed to the art of living together, a ground for making things anew, a space where difference and inventiveness propel new ideas and things into the world. In Regina de Miguel's fabulous holobiont paintings "Arbustos de nervios como bosques de coral" (Nerve Bushes Like Coral Forests, 2020–22), the symbiotic relationships between the animal, plant, mycelial, and mineral worlds encapsulate this exuberance of abundance. Her holobionts are challenging the prerogatives of individuality and identity. They are creatures made up of creatures, material objects, and earth beings—multiple life unit displacing individualizing biological narratives by moving from self-sufficiency to inter-sufficiency and from autonomy to interdependence. De Miguel's sensuous compositions visualize how the ability to form communities depends on all those who participate in becoming.

In 2022, TBA21 inaugurated its exhibition trilogy and three-year residency at the Centro de Creación Contemporánea de Andalucía and several other locations in Córdoba with the ambition of advancing and reformulating the visionary ecological, social, and political practices that shape our experiences of the world. "Abundant Futures," the first exhibition in this cycle, puts forward the daring attempt to imagine worldmaking and ecological futures from the condition of abundance and fullness. It is framed around the notion of abundance not as a concept but as a vital principle. Focusing on abundance is a matter of ontology, ethics, and ecological thought. At a collective moment of anxiety about the future, it invites us to rethink the horizons of action and thought. Parsing the TBA21's collection through the lens of "Abundant Futures" guides us toward artistic proposals that build on the principles of life itself—multiplication, inventiveness, beauty, and relationality.

The three exhibitions in this cycle—conceived around the themes of abundance, healing, and just peace—are the extended tentacles growing out of one central consideration. To propagate abundance, healing, and just peace, we argue, not only opens up discussions of the deep damage visited upon this planet by humans but, more importantly, sets the direction for inventive and heedful kinds of reassembling. Damage has been done and is irrevocable. It is inscribed and archived in the earth systems that govern life. In this unprecedented crisis of futurity that human agency has generated and is increasingly unable to imagine or control, stabilizing planetary processes and forces at the newly set climate threshold—and with it the many resulting extinctions—requires the courage and craft of worldmaking. Even in the face of loss and imposed hardship, or what might feel as deprivation and impoverishment, we must strive for what the anthropologist Elizabeth Povinelli has called a "science of dwelling," meaning actions, practices, and creations by which people shape meaningful realities and stories for themselves. Out of their engagements with what is around them, this science would show the way of being and living in the (hostile) environments humans must contend with and how to rehabilitate them for future generations.

It is more likely that the future will bring less, rather than more, abundance. It is more likely that there will be escalating poverty, a rising number of people on the move, more insecurity, and mounting anxiety. In all probability, there will soon be less diversity among species, a degradation of vital ecosystems, and fewer critters in our backyards. Compounding disasters from heat waves, failing harvests, continued wars, the struggles over energy supplies will exert more pressure onto fragile economies, already massively weakened by Covid-19 policies. We are indeed living in troubled times, and if anything, more trouble looms on the horizon. While there is mounting evidence that all of this is true and predictable, this essay attempts to unpack the articulations of these troubles, how they are being circulated through often-populist rhetoric and the kind of political practice built around the four horsemen of scarcity (in Biblical terms they are conquest, war, hunger, and death). I hope to debunk the terrain on which scarcity, lack, and crisis infiltrate the social space and create danger-ridden internal frontiers and instead to open the otherwise somewhat frivolous discussion on the promise of fullness encapsulated in "Abundant Futures."

My curiosity about these questions entails three interwoven analytical moves. First, I discuss how the framework of scarcity has insinuated political and economic regimes of governance, affecting some bodies more than others and aggravating social inequalities perpetuated in the histories of racialization and nation-making. Second, I consider a notion of ecology as "the recognition of the immense complexity involved for any entity—human or nonhuman—to have a voice, to take a stand, to be counted, to be represented, to be connected with others."[1] Ecological regeneration, we know today, is a concern for philosophers, lawmakers, peacemaking communities, and conservation ecologists and requires a reconciliation between multiple fields. This view departs from the discourse of naturalization that seeks to "treat humans

1 Bruno Latour and Peter Weibel, "The Parliament of Nature," *Making Things Public: Atmospheres of Democracy*, eds. Bruno Latour and Peter Weibel (Cambridge, MA: MIT Press, 2005), 458–59.

like plants or animals."[2] Lastly, I focus on the restitution of "esoteric" ideas and ontologies labeled as metaphorical, poetic, premodern, mystical, or activist. All those terms are deployed to marginalize approaches that are not considered epistemological (not creating knowledge). They animate, I would argue, methodologies for transformative disobedience, applicable to social philosophy and ecological thought. Along the way, I will highlight some positions in the exhibition at C3A and its attendant programs and draw some parallels between the theoretical framework and the artistic works.

Inventing Scarcity

"Abundant Futures" is a visionary proposition. It is radically antithetical to the catastrophic predictions that define future conditions on earth. But scarcity has insinuated itself into the way we imagine our predicament. Indeed, the vagaries of history were marked by high and low moments of perceived opulence and insufficiency. Fluctuations and disruptions of so-called ecosystem services—the delivery of nutrients and other resources derived from rivers, oceans, and land—were frequent in recorded history. Perceived temporal shortages—in other words, the inability of the ecosystem to produce the volume desired by harvesters—were often caused by fluctuating temperatures on the planet and the pressures exerted by growing human populations, deforestation, damming, the disposal of sewage and effluents into waterways, as well as fishing, animal, and agricultural farming. While scarcity was possible, temporal, occasional, and needed to be closely monitored, there is no indication of a "politics of scarcity" until the rise of the so-called Age of Discovery. However, with vast numbers of consumers eating, as Richard C. Hoffman puts it, "beyond the bounds of natural local ecosystems,"[3] the colonization and refashioning of distant environments became Europe's strategic response for the satisfaction of its imperial hunger. The reaping of the much-coveted "new worlds" was as much triggered by a gold rush as a reprovisioning of staple commodities and "frontier food"[4] to satiate heightened demand in the wake of Europe's first massive ecological degradation. Economic transactions between the metropolis and its plentiful peripheries and outright plunder displaced in-situ ecological sustenance and eliminated the boundaries of natural systems. This led to an avoidance of sustainable practices at the expense of "externalizing, even forgetting the social and environmental costs"[5] of satisfying consumer habits.

At the end of the eighteenth century, the logic of scarcity was again significantly reconceptualized. From periodic oscillations to resource insufficiency as a driver of colonial plunder, we see a natural theory of scarcity taking shape. Against the backdrop of the loss of imperial dominions and the fears induced by the French Revolution, the British economist Thomas Malthus laid the theoretical foundations for a scarcity model (also referred to

2 Ibid.
3 Richard C. Hoffmann, "Frontier Foods for Late Medieval Consumers: Culture, Economy, Ecology," *Environment and History* vol. 7, no. 2 (May 1, 2001): 131, https://doi.org/10.3197/096734001129342432.
4 Ibid.
5 Ibid.

as the Malthusian catastrophe) based on the principles of perpetual, rather than temporal, insufficiency. In *An Essay on the Principle of Population* (1798), he demonstrates that the "the power in the earth to produce subsistence for man" could not satisfy growing demands, given the rate of population increase on the planet.[6] Malthus's perception of scarcity as a condition of human existence served as a universalist and long uncontested economic axiom, justifying the normalization of poverty and underdevelopment. With the dawn of the industrial age, the new figures of the poor and jobless had to be accommodated in the logic of a natural order that could be scientifically expressed. These figures were aligned, according to Sylvia Wynter, with the Judeo-Christian topos of enslavement along with the racialized subjects, who were deemed genetically inferior to their white-skinned kin. Wynter writes: "the abject was now inscribed as [...] that of [humanity's] potential enslavement to the 'natural scarcity' of external nature, and, therefore, to the threat of the insufficiency of the earth's resources, as verified by the empirical condition of the new pariah figures of the poor and jobless."[7]

With her analysis Wynter retraces the way scarcity became naturalized, that is, attributed to nature and its laws rather than seen as being caused by the prevailing economic order. In short, she qualifies the idea of scarcity (versus scarcities) "as a modern invention,"[8] put forward by the political scientist Nicholas Xenos. Malthus's rationale of a perpetual and inevitable scarcity, haunted by statistical progression and bad harvests owed mainly to naturalism and much less to liberalism and laid the path for biopolitical governmentality. As the geographer David Harvey notes, "It is often erroneously accepted that scarcity is something inherent in nature, when its definition is inextricably social and cultural in origin."[9] If we accept a natural theory of scarcity and its correlating natural poverty, Harvey goes on to show, "then the inevitable results are policies directed toward class or ethnic repression at home and policies of imperialism and neo-imperialism abroad."[10] The scarcity of resources and their wasteful extraction and disposal implicate the labor, exhaustion, and death/depletion of some human and nonhuman actors in some places to feed the reckless future of a resource-devouring economy imposed by others.

Allora & Calzadilla's sculptural ruin *Blackout* (2016) traces the particular signatures of scarcity under conditions of compounded disasters. *Blackout* is assembled from repurposed industrial parts scavenged from the ceramic insulators and transformer coils of a electromagnetic power transformer, which was in use by the Puerto Rico Electric Power Authority (PREPA) until it explosion in 2016. The work serves us to describe the machinations of exploitative scarcity politics, financial debt servitude, and "what Achille Mbembe terms the 'becoming black of the world,' a globalized blackout of

6 Thomas Malthus, *An Essay on the Principle of Population* (Amherst, NY: Prometheus Books, 1998), 16.
7 Sylvia Wynter, "Rethinking 'Aesthetics': Notes Towards a Deciphering Practice," *Ex-Iles: Essays on Caribbean Cinema*, ed. Mbye B. Cham (Trenton, NJ: Africa World Press, 1992), 257.
8 Nicholas Xenos, *Scarcity and Modernity* (London and New York: Routledge, 1989), 3.
9 David Harvey, "The Political Implications of Population-Resources Theory," *Climate & Capitaism* (May 23, 2010), https://climateandcapitalism.com/2010/05/23/david-harvey-the-political -implica tions-of-population-resources-theory/.
10 Ibid.

impoverishment, necropolitics, and exposure to politico-climate injustice."[11] Fallen into disrepair after several damaging hurricanes on the island, and largely inoperative at the time it exploded, the blast led to an extended island-wide power blackout and a severe energy and protracted social crisis. Moreover, PREPA is one of the largest bond issuers responsible for the island's growing 72-billion-dollar debt. To service the debt payments, brutal structural adjustments—the US equivalent of European austerity policies—were imposed on Puerto Rico's economy, currently controlled by a US-appointed Financial Management and Oversight Board, and resources redirected from schools, hospitals, pensions, and infrastructure to creditors, "effectively placing profits over people, wealth accumulation over human lives," as T.J. Demos described.[12]

Allora & Calzadilla's work is a powerful reminder for how in the twenty-first century, imposed debt and (sometimes artificially created) shortage of resources (in the case of Puerto Rico, the energy crisis could have been avoided through collecting solar energy) are used as ideological levers to propagate austerity measures. Episodic occurrences of economic downturns and "period[s] of insufficiency,"[13] as Xenos terms it, are now equated to general conditions of scarcity, irrespective of the many possibilities afforded by negotiating and compensating for forms of limitation. Indeed, austerity rules have become the sharpest knife in late liberalism's toolbox to implement social reforms, produce new forms of extraction, and discipline the imagination into its authoritarian implementation. Implemented through the defunding of critical services, austerity politics subsume the ideological tenets of lack into the cogs of the "new normal."

The Ecological Matrix

"Abundant Futures" pays attention to the ecological matrix—what nourishes it, what circulates and gathers in it, what makes it inventive and plentiful, and everything and everyone that populates it. As a descriptive and experimental science, ecology aims to articulate the interrelatedness of all organic and nonorganic matter. It builds on the notion of ecosystems, assemblages of organisms and their environments, that are generated and thrive through dense mutual interactions. In an ecosystem, energetic flows channel material interactions between living and non-living components. By extension, this living assemblage can be described, following Mary Louise Pratt, as a "contact zone," constituted of spaces of "co-presence, interaction, interlocking understandings and practices."[14]

The contact zone stimulates leaps of imagination for intuiting many modes of multispecies entanglement and interconnectedness. It is the site for novel "knowledge events"[15] to emerge in the encounter between the uncertainties

11 T.J. Demos, "*The Night We Became People Again:* On Allora & Calzadilla's Art of Intersectionality," *Blackout: Allora & Calzadilla*, eds. Hou Hanru and Anne Palopoli (Milan and Rome: Lazy Dog and MAXXI, 2018).

12 Ibid.

13 Xenos, *Scarcity and Modernity*, 3.

14 Mary Louise Pratt, *Imperial Eyes: Travel Writing and Transculturation* (London and New York: Routledge, 2008), 7.

15 Isabelle Stengers, "Events and Histories of Knowledge," *Review (Fernand Braudel Center)* vol. 28, no. 2 (2005): 143–59.

of human, biological, and material worlds. Knowledge understood this way no longer derives from rationality, universalism, or human exceptionalism but is a process of co-fabrication where all humans and nonhumans enjoined in it affect one another. "How to succeed in 'working together,'" asks the philosopher of science Isabelle Stengers, "where phenomena continue [...] to speak in many voices; where they refuse to be reinvented as univocal witnesses, as objects in the Kantian sense."[16] The Stengerian challenge to (scientific) knowledge also aims at the way research is conducted and calls for reflection on the many worlds active in empirical and artistic work.

In this volume, curators Max Andrews and Mariana Cánepa Luna (Latitudes) take the measure of artistic practices participating in the rewriting of old and new stories that "reknit [the] estrangement between human activities and earth systems." Advocating a generative, muddy, and soil-attuned thinking, they argue that overcoming the great divide—metaphorized as the modern tree of art history—generates a plenitude of imaginative, fertile, and future-oriented world-making activity. Fertility, as I read their argument, and specifically soil fertility, is a complex process that involves the constant cycling of nutrients between organic and inorganic forms, in an unstable balance between composition and decomposition. Moving past "soporific seductions of a return to Eden,"[17] thinking with soil is shaped by plant material and animal waste, the labor of versatile microorganisms, minerals, erosion, and depletion. It also directs attention to the political, economic, and cultural forces that impact the fertility and ruination of soil compositions.

The project *Matrix Verde* (Green Matrix) by the Córdoba-based collective Plata is a case in point, illustrating the struggles over communal soil. Departing from a *descampado*, a "left-over" plot of land from an aborted urban development bonanza in the early 2000s and located outside of the fence encircling C3A, Plata proposed to adopt the site and place it under the stewardship of the art center. Over sixty different species had emerged spontaneously all over this disturbed landscape including the rare *Astragalus boeticus*, described as "poor man's coffee" when it was served as a coffee substitute in times of scarcity. *Matrix Verde* draws on a number of perspectives. It offers a ruderal analysis of the city of Córdoba, combining the care of ruins and their resilient and indeed regenerated ecologies with questions of urban social justice and access to communal land (rudus means rubble, "ruderal" refers to plants growing in waste ground, damaged soil, or in the cracks of tarmacked land). The project also aims at reversing the depletion of plant coverage in cities, safeguarding contiguous, green urban corridors, and reconciling the needs of vegetal ecosystems with the cultural uses of humans.

For a short and hopeful moment, art served as a companion and catalyzing practice for thinking through and with this abandoned allotment. Just

16 Isabelle Stengers, *Power and Invention: Situating Science* (Minneapolis: University of Minnesota Press, 1997), 89.

17 Donna Haraway, "Speculative Fabulations for Technoculture's Generations: Taking Care of Unexpected Country," *The Multispecies Salon,* ed. Eben Kirksey (Durham: Duke University Press, 2014), http://www.patriciapiccinini.net/a-essay.php?id=30.

before it was permanently turned into a parking lot only two weeks after the exhibition's opening, the Mexican artist Abraham Cruzvillegas produced a series of collages named after the site's former designation. *El Campo de la Verdad* (Field of Truth, 2022) juxtaposes the vegetal species identified by the biologist Rafael Tamajón during a Sunday harvesting at the site with daily news clippings from local and international papers. Intended to raise funds for the upkeep of the "wasteland," the collages are a lasting testimony to its fertility and reveal the histories of damage inflicted on this environment, its users, neighbors, and guardians. What was lost in this soiled human-plant encounter is the possibility, and I quote Donna Haraway, "to re-ground responsibility and accountability to time, generations, and place in a way that might lead to ecological and social restoration and reconciliation."[18]

In the way *Matrix Verde* operates on the connective tissue that binds urban identities to degraded environments, to the lack of access to non-designated areas, and to marginalized inequity, seeking abundance invites us to come to terms with conflicts arising between ecology and identity, nature and authenticity. Arguably, the conflict at the intersection between ecological and political thinking has led to vexing disagreements between the respective fields. The politics of ecology and of identity both appeal in some measure to a rhetoric of authenticity. When ecology is naturalized and universalized toward political ends, categories like race, gender, or class get all too easily silenced and eroded. Simultaneously, identity politics radicalize difference in terms of a "non-symbolizable lack" often expressed as a struggle for rights and against the deprivation thereof. As the Black feminist researcher Zakiyyah Iman Jackson claims, humanity (the attested status as fully recognized human) can only be relinquished by those groups and individuals who have found admission into the normative category of "the human."[19] Jackson is one of many eloquent interlocutors arguing for more leveled cross-discursive connections to be drawn between the enthusiastically imaginative unbordering program of posthumanism and the putatively stable and hierarchical ontological divisions between humans, plants, animals, and stones. Said differently, following Povinelli, entangled worlds are neither devoid of internal borders nor restricted to a particular, bounded subject.[20] In networks of embodied matter, some entities are afforded vast liberties and capacities to alter their worlds, while others are being subjugated by external forces.

The ontological imaginaries of abundance point to a vision of radical democracy formulated by theorists such as Jane Bennett and Paul Patton. These are pitted against the ontology of lack, which operates at the heart of any subject or system of signification as conceptualized by Jacques Lacan and Ernesto Laclau.[21] Heeding the concerns of an over-simplified reductionism, political thinkers of abundance tend to "cross-fertilize" their commitments to alternative forms of worldmaking with strategies of pluralization, which

18 Ibid.

19 Zakiyyah Iman Jackson, "Animal: New Directions in the Theorization of Race and Posthumanism," *Feminist Studies* vol. 39, no. 3, eds. Kalpana Rahita Seshadri, Michael Lundblad, and Mel Y. Chen (2013): 669–85.

20 Elizabeth A. Povinelli, *Between Gaia and Ground: Four Axioms of Existence and the Ancestral Catastrophe of Late Liberalism* (Durham: Duke University Press, 2021).

21 Lars Tønder and Lasse Thomassen, eds., *Radical Democracy: Politics Between Abundance and Lack* (Manchester: Manchester University Press, 2014), 5.

emphasize situatedness, intersectionality, and critical responsiveness. Political practices, in their views, always already depart from a multi-faceted and never-ending engagement with otherness and alterity, one that doesn't dissolve in total flatness and undifferentiation by acknowledging the primacy of difference over identity. Walking the path toward abundant futures thus calls for a "discursive elasticity"[22] that allows abundance to be used to shape the world in any number of ways. It can serve more appropriate political, philosophical, and ethical grounds for "a patterned vision of how to move and what to fear in the topography of an impossible but all-too-real present," claims Haraway, "in order to find an absent, but perhaps possible, other present."[23] The promise of another possible present of exuberance, subject to new amendments and muti-thronged contestations, would emerge, if ever, from the reworking of the complex human and human-nonhuman relations in careful and critical ways.

Enacting Abundance

One of the paradoxes of the current economies of scarcity is the celebration and reification of affluence and prosperity in the form of relentless consumerism. It is a vestige of the Affluent Society, as Harvard economist John Kenneth Galbraith named the United States in the decades following World War II in his book of the same title, when the US "appeared to have finally solved the riddle of scarcity."[24] Today the overproduction of cheaply produced consumer goods and their global circulation stand in for the belief in progress and material satisfaction. Progress provides the narrative structure within which abundance and scarcity are defanged and as a mechanism for the deliverance from lack and dearth. Countering such false utopian promises, writers like Ursula K. Le Guin and Philip K. Dick resorted to anti-abundance science-fictional storytelling to rehabilitate forms of scarcity. J. Jesse Ramírez locates in Dick's 1956 story "Pay for the Printer" and Le Guin's "The Dispossessed" from 1974 a negative history of utopia. "By destroying the United States and reintroducing scarcity," he writes, "Dick created an imaginative space in which a few humble objects can gesture toward a future in which human beings once again control their own destiny."[25]

I am interested in homing in on the braided relation of the abundance/scarcity paradigm developed, in exemplary ways, by writers and artists today. In its most radical pronunciation, scarcity doesn't displace the horizon of abundance but is deemed a voluntary choice for enacting, experiencing, and safeguarding personal and collective fullness. It counteracts the "abstract hedonism" that Karl Marx attributed to capitalism, in the uninhibited drive for accumulation, which cannot be stilled by any episodic satisfaction or fulfilment and is expressed as an internalization of scarcity in the most inner

22 Peter C. Van Wyck, *Primitives in the Wilderness: Deep Ecology and the Missing Human Subject* (Albany: State University of New York Press, 1997), 11.

23 Donna Haraway, "The Promises of Monsters: A Regenerative Politics for Inappropriate/d Others," *The Haraway Reader* (London and New York: Routledge, 2004), 61.

24 J. Jesse Ramirez, "From Anti-Abundance to Anti-Anti-Abundance: Scarcity, Abundance, and Utopia in Two Science Fiction Writers," *The Imagination of Limits. Exploring Scarcity and Abundance*, eds. Frederike Felcht and Katie Ritson (Munich: Rachel Carson Center Perspectives, 2015), 85.

25 Ibid.

desires of economic subjects. Limitedness and abundance are consequentially related, as elaborated by the degrowth movement today and those concerned about the exhaustion of planet Earth. Both movements unveil the deep sense of entitlement to prosperity and the widespread resentment against migrants and refugees out of fear of being deprived of the entitlement to an affluent life by their presence. Voluntarily limiting imperial modes of living not only reduces each individual's ecological footprint, but eventually means coming to terms with the imaginary of lack that haunts the most affluent societies. Paradoxically, limitation generates fullness, attentiveness, and care—a kind of humbleness most often attributed to agrarian or Indigenous ways of life.

Asunción Molinos Gordo's works in "Abundant Futures" stand in for such an approach. As a researcher of contemporary peasantry, the artist directs the viewers' attention to issues of water distribution and the depletion of water sources, especially in regions where water is scarce, discussing traditional systems of cooperation, solidarity, and conservation. She highlights the deep wisdom of vernacular knowledge and the exquisite value of artisanal clay work. With the series of totem-like ceramic sculptures "¡Cuánto río allá arriba!" ("How Many Rivers Are Up There!", 2021) Molinos Gordo pays homage to the varied uses and masterful ingenuity of pottery made to conserve and transport water while hinting at the dynamics and power plays that radicalize access to water sources. Consisting of stacked pitchers, jugs, canteens, basins, and rhytons, and produced in collaboration with three workshops in Manises, Spain, a town that served as an important hub for Hispano-Moresque wares during the Middle Ages and the Renaissance, each sculpture replicates shapes that have been in use for centuries in the Mediterranean Basin to carry, drink, and conserve water. In the video *Barruntaremos* (2021) Molinos Gordo takes a distinct ethnographic course. Told through the voice of Pedro Sanz Moreno, a knowledge-keeper of the traditional art of weather forecasting called *Cabañuelas*, it resuscitates the practice of reading the landscape and atmospheric elements to detect meteorological changes. Based on careful observations of signals deriving from the colors and shapes of clouds, winds, fog, the stars, the earth, and the study of animal behavior, Sanz Moreno has devised a complex system for tracking and predicting weather patterns. He specifically notices the perspective of animals and interprets the activities of ants, caterpillars, sheep, the alertness of donkeys in detecting danger, and the behaviors of sheep and birds in sensing the coming rain and winds.

Enacting abundance in limitedness is a momentous and consequential conflation of seemingly incompatible ideas for responding to the current exhaustion of bodies and biomes. This proposal touches upon traditions that flow from this difference, moving us astride from all-too material and mundane preoccupations. Abundant futures, understood in this view, also calls our attention to untapped, underrecognized, spiritual, and mystical reserves. For poets, spiritualists, and saints of all traditions, the tensions arising between material fulfillment and the spiritual path were brought to bear on their striving for emancipatory social change. As Radha D'Souza argues, "Poet-saints were social thinkers and philosophers who were critical of the dominant scholarship, power structures, social inequalities, and injustice."[26] Their works are brimming with brilliantly disobedient conceptions of humanity, freedom, power relations, as well as philosophy which radically depart from the modern canon of dualism, rationality, and their anchoring in the laws of property and liberalism.

Abraham Cruzvillegas's eclectic sculpture *Una cita a ciegas con Ibn Zaydun, entre el aceite y el agua* (A Blind Date with Ibn Zaydun, Between Oil and Water, 2022), commissioned for the exhibition and executed on site with materials and found objects from Córdoba, engages viewers in this discussion from a contemporary and historical perspective. Named the "gardener poet" for his lavish descriptions of vegetal life, Ibn Zaydun is perhaps the most celebrated Al-Andalusi lyricist of the eleventh century. He has written passionate *nuniyyas* addressed to his beloved, the princess-poetess Wallada bint al-Mustakfi, served as a statesman, and was a leader of the Córdoban revolt against the Umayyad Caliphate. The sculpture brings the forgotten poet into conversation with the elements and resources that shape Córdoba's landscapes. On the left side, water from the nearby Guadalquivir, otherwise known in Arabic as Wadi' al-Kabir, the Great River, and on the right unfiltered, organic olive oil are invited to participate in the blind date. Taking the shape of a bridge connecting the two banks of the Guadalquivir between the old city (*medina*) and the formerly known Campo de la Verdad, the site of a major battle in the city's medieval history, Cruzvillegas literally gives a voice to his materials, as he explains: "All objects are alive when I use them in my work. Things have an opinion, and they either ask you things or they don't." Placing the opinionated materials in a precarious equilibrium and using ropes, cables, and gravity to hold them together articulate the conceptual strategies, political coordinates, and contingent aesthetics that the artist seeks to foreground.

In the synthetic and polymorphous cultures of Andalusia and Córdoba, tradition is still deeply rooted and present, in one way or another. "[T]he ability to hold two [or more] opposed ideas in the mind at the same time" and accept the complexities, charms, and challenges of deeply felt contradictions distinguished the poet-philosophers-mystics of Al-Andalus and Sepharad, according to medievalist Maria Rosa Menocal.[27] They speak to us today in an always exilic, opaque (to use Édouard Glissant's term), and wild *lenguaje de la frontera* (Gloria E. Anzaldúa's phrasing). They were (mainly) men and women "for whom the language of the poetry you recited, and the name of God in your prayers, and the clothes you wore, and the science you believed in did not have to 'harmonize' with each other and could even argue with each other and violently disagree and still be loved."[28] It is this manifold and discordant disobedience that I invoke.

Often downgraded as the inspired utterances of poets, mystics, and spiritualists, D'Souza elucidates, wild ideas and practices must be welcomed and supported today. They undertake "troubling" rigid worldviews and the tranquil order produced by over-confidence in knowledge, science, and politics and the

26 Radha D'Souza, "What Can Activist Scholars Learn from Rumi?," *Philosophy East and West* vol. 64, no. 1 (2014): 2, https://doi.org/10.1353/pew.2014.0001.

27 Maria Rosa Menocal, *The Ornament of the World: How Muslims, Jews, and Christians Created a Culture of Tolerance in Medieval Spain* (New York: Little, Brown, 2009).

28 Ibid.

institutions, protocols, and governmental frameworks they shape. The attribute of so-called esotericism is often extended to the work performed by artists, activists, environmentalists, ocean lovers, and other dissidents and non-Western thinkers, whose contributions are cast as idealistic, heterodox, and peripheral. Inspiration, madness, and primitivism are considered close compatriots. Like their medieval brethren, these "esoterics" embody and literalize wildness, madness, and abundance of thoughts and feeling, aspiring to cross metaphorical swords with the powers of scarcity and their grammar of banalization.

Coda

If scarcity is possible, so are, by definition, abundance and sufficiency. Both are social, political, and economic constructs. Rehabilitating the abundance of possibilities after an age of austerity will have to be cultivated and socially enacted. If placed at the center of a conceptual framework affecting the distribution and use of material and immaterial capacities and the institutions built around them, abundance can have a vital import in reshaping conviviality and ethics. Abundance promises sufficiency and rubs against the always-limited and limiting temptations of prosperity and affluence, which are fundamentally materialistic and extractive. Shaping abundant futures means supporting already existing worlding practices and learning from them. It means reorganizing labor fairly, redistributing what is available across vast differences, giving up what is possible to promote more life, and decreasing our productivity and wastefulness for the benefit of the commons. Guided by an ethic of caring and remedying, the cycles of undoing and destruction at the heart of progress and injustice must be halted. This work is based on registering contestations voiced by those who are and feel excluded and marginalized and acknowledging their contributions to more-than-human worldmaking. If we want to imagine and organize the world differently, we will have to cultivate new horizons for our politics and relations. Rather than flattening out and delegitimizing relations of social hierarchy and marginalization, readily erased by the imaginaries of undifferentiated entanglements lodged in ecocentrism and the desire to save nature, thinking abundance calls into question and calibrates each being's position to act in its respective ecosystems. In these desperate times, heralding and directing our attention and devotion to what can be said, expressed, spoken, done, or imagined and embracing the multiple ways of being in the world produces new forms of abundance.

A Manifesto for Abundant Futures

Rosemary-Claire Collard
Jessica Dempsey
Juanita Sundberg

If anything, the Anthropocene is a spark that will light a fire in our imaginaries. This is a time to think big, to dream. We dream about abundant futures. In what follows, we offer this dream in the form of a manifesto, a declaration of strategies to create the conditions for supporting diverse forms of life and ways of living.

Decolonizing frameworks, politics, and ethics guide our thinking about the conditions needed to generate abundance. Although "the desired outcomes of decolonization are diverse and located at multiple sites in multiple forms,"[1] our decolonizing sensibility builds from scholarship and movements in settler societies that are premised on Indigenous self-determination. In this context, we draw particular attention to the ways Nature is steeped in colonial patterns of power and knowledge. Nature, we argue, must be confronted as an artifact of empire, although not "as dead matter or remnants of a defunct regime" that can be ignored.[2] Rather, as Ann Laura Stoler notes,[3] imperial ruins have a political life; they "impinge on the allocation of space, resources, and on the contours of material life" in the present. Discerning how the residues of Nature are reactivated in contemporary conservation politics in ways that continue to dispossess is crucial to the practice of decolonizing.

The violence of settler colonialism is ongoing[4] as "land is remade into property and human relationships to land are restricted to the relationship of the owner to his property."[5] Anishinaabeg scholar and activist Leanne Simpson beautifully articulates this transformation of land and bodies:

> Extraction and assimilation go together. Colonialism and capitalism are based on extracting and assimilating. My land is seen as a resource. My relatives in the plant and animal worlds are seen as resources. My culture and knowledge is a resource. My body is a resource and my children are a resource because they are the potential to grow, maintain, and uphold the extraction–assimilation system. The act of extraction removes all of the relationships that give whatever is being extracted meaning. Extracting is taking. Actually, extracting is stealing—it is taking without consent, without thought, care or even knowledge of the impacts that extraction has on the other living things in that environment. That's always been a part of colonialism and conquest. Colonialism has always extracted the indigenous.[6]

As Simpson suggests, colonial extraction also implies attempts to erase distinct ways of bringing worlds into being. Transforming these conditions requires political struggle grounded in decolonizing. Inspired by Simpson and others, we now turn to three concrete political strategies necessary to create conditions for generating abundance rather than postnatural conservation. These strategies are informed by transformative efforts already occurring around the globe.

Strategy 1: Reckoning with Colonial-Capitalist Ruination

Like postnatural conservationists, we do not support a conservation oriented around the colonial myth of a pristine past. Yet the tendency to relentlessly focus on the future is not the answer. When considering how to intervene responsibly and ethically, an ongoing and active reckoning with the past is crucial. We can look to the past not to provide an Edenic benchmark but to understand the discursive material infrastructure we have inherited: How did we arrive where we are today, to a world of social asymmetries and ecological impoverishment? Eduardo Galeano[7] and Mike Davis[8] contend that we arrived at contemporary "underdevelopment" through colonialism and imperial capitalist development. Violence was central to these processes. "Millions died," Davis writes, "not outside the 'modern world system,' but in the very process of being forcibly incorporated into its economic and political structures."[9] The Capitalocene, Donna Haraway's (2014) counterconcept to the Anthropocene, specifically foregrounds capitalist modes of political economy (and their attachment to fossil fuels) as drivers of impoverished ecologies.[10] To recall this violence is neither nostalgic nor anachronistic but central to understanding that any intervention today is unavoidably linked to processes of imperial ruination.

Equaly, we need to pay attention to histories of nonhuman abundance and the violences that led to their diminishment. J. B. MacKinnon sees the past as a measure of possibility for what "may be again."[11] For MacKinnon, this is not a call for "some romantic return to a pre-human Eden." Rather, he posits, "A story of loss is not always and only a lament; it can also be a measure of possibility. What once was may be again." For MacKinnon, this means taking past abundance as a marker for what might be; looking back shows us what rich socioecological worlds looked like.[12]

"Our systems are designed to promote more life," says Leanne Simpson about her Anishinaabeg community.[13] Working with the Anishinaabeg concept of *mino bimaadiziwin*, variously translated as "the good life" and "continuous rebirth," Simpson identifies an alternative to worlds that are enacted through utilitarianism and extraction. "The purpose of life," she says, "is this continuous rebirth, it's to promote more life. In Anishinaabeg society, our economic systems, our education systems, our systems of governance, and our political systems were designed with that basic tenet at their core." The concept of promoting life differs considerably from a core aspect of sustainability and earth systems science, which focuses on figuring out the limits to development or the extent to which ecosystems may be degraded before ecological function is impaired or beyond repair. As Simpson says, her community considers "how much you can give up to promote more life."[14]

We ally ourselves with such strategies to produce abundance. For Tewolde Egziabher,[15] the tireless Ethiopian advocate for farmers' rights and agricultural diversity, supporting conditions to create and sustain biological diversity involves refusing capitalist processes of enclosure over land, waters, and living things, including patents on life. We ally with Via Campesina[16] and its more than 200,000 members throughout the globe in defending the "collective rights of peasant farmers to access land" from those who appropriate land "for profit." Peasant farmers affiliated with Via Campesina fight relentlessly against the status quo, against the World Trade Organization and other trade agreements that privilege corporate actors, against the governments who facilitate land grabs, and against corporate enclosures. In so doing, they are creating institutions and alliances that go far beyond national borders, including the World Social Forum, farmer farmer exchanges, and seed-saving networks.

Strategy 2: Acting Pluriversally

Recognizing entanglement is not enough to undo colonial formations such as Nature. Hence, we ally with others fostering the capacity to act in pluriversal instead of universal ways.[17] The universe is enacted through the ontological assumption of reality or nature as singular, with different cultures offering distinct conceptions of this reality.[18] This approach equates ontology with mental maps or culture and leaves intact the assumption that differing perspectives on the world can be understood through and reduced to Eurocentric categories. Building on Indigenous thought as well as some science studies scholarship, Mario Blaser[19] frames ontology in terms of practices and performances of worlding—of being, doing, and knowing; reality "is done and enacted rather than observed."[20] Worlding practices bring worlds into being; different stories enact different worlds that may be coemergent, partially connected, or in conflict. Blaser[21] proposes the pluriverse as a "heuristic proposition," a commitment to enacting ontological multiplicity, to shift us away from continuously performing the universe. If different stories perform different yet interconnected worlds, then worlding practices can be evaluated in terms of their effects; some worldings might be wrong in the sense that "they enact worlds (edifices) in which or with which we do not want to live, or that do not let us live—or lets some live and not others."[22]

Creating abundant futures, we believe, means supporting already existing worlding practices that enact worlds different from those produced by European imperialism and settler colonialism. We ally ourselves with Idle No More, a Canada-wide Indigenous movement sparked by federal efforts in 2012 to enact legislative changes that weaken Indigenous sovereignty and environmental regulations. Started by four women, the movement spread like wildfire, drawing national attention to ongoing Indigenous struggles, sparking, revitalizing, and supporting decolonizing efforts in a multitude of communities. Activists and authors Simpson[23] and Glen Coulthard[24] articulate the movement's role in supporting a "resurgence of Indigenous political thought" in relation to governance models and "Indigenous political-economic alternatives."

We respond to Idle No More's invitation "to join in a peaceful revolution, to honour Indigenous sovereignty, and to protect the land and water."[25] Enacting abundance means different ways of building relationships across vast differences, best described as solidarity or collective movement in support of conditions that enable differently situated people and other-than-humans to realize abundance, to build a world of many worlds. In thinking about how to move collectively, we take inspiration from the concept of *walking with* put forth in the Zapatista movement's Sixth Declaration of the Selva Lacandona.[26] In this framing of solidarity, walking with implies engaging in activism wherever one lives in support of a common struggle against neoliberalism and for democracy, liberty, and justice. As such, solidarity supports autonomous forms of worlding.

Strategy 3: Recognizing Animal Autonomy

Recognizing multispecies entanglement is not a license to intensify human control over other-than human life. Abundant futures include nonhuman animals, not as resources or banks of natural capital that service humans but as beings with their own familial, social, and ecological networks, their own lookouts, agendas, and needs. An abundant future is one in which other-than-humans have wild lives and live as "uncolonized others."[27] We follow William Cronon, likely the most widely cited troubler of wilderness, who actually argues for retaining the idea of wildness. As Cronon writes, "Honoring the wild" is a matter of "learning to remember and acknowledge the autonomy of the other."[28] Whereas wilderness refers to an impossible pure Nature, *wildness* refers to the autonomy, otherness, and sentience of animals.[29] By *autonomy* we mean the fullest expression of animal life, including capacity for movement, for social and familial association, and for work and play. These capacities have been profoundly diminished with the confinement, control, and managerialism that have come to characterize humans' relationships with the wider world in humanist colonial and capitalist regimes. In particular, animals' spatial and bodily enclosure (in public zoos and aquariums, laboratories, and factory farms) impedes their autonomy and abundance.

Of course, an autonomous life is never a discrete life. Whether enclosed or not, animals are always inescapably part of socionatural networks (as are we). So what is the difference between these networks? The wild one offers—within limits—openness, possibility, a degree of choice, and self-determination. The enclosed one is controlled, cramped, contained, and enclosed. But neither do wildness or animal autonomy mean no human intervention; in a world that has always been far too entangled to permit "stepping outside," wildness and autonomy are relational. We are not advocating a return to conservation's old misanthropy but an orientation in which wildness is understood relationally, not as the absence of humans but as interrelations within which animals have autonomy. The degree to which an animal is wild thus has little to do with its proximities to humans and everything to do with the conditions of living, such as spatial (can the animal come and go), subjective (can the animal express itself), energetic (can the animal work for itself), and social (can the animal form social networks). These are conditions of possibility, of potential, not forced states of being.

We ally ourselves with the few conservationists who make the well-being of individual animals a priority[30] and with efforts such as the recent campaign by Zoocheck and other Toronto and international organizations that led to the transfer of three elephants from the Toronto Zoo to a wildlife sanctuary in California. Part of a wider movement to end elephant captivity, the release of these three elephants is a sign of growing recognition of the effects of captivity on such social creatures. Orienting toward abundant futures requires walking with multiple forms of resistance to colonial and capitalist logics and practices of extraction and assimilation. Decolonization is our guide in this process. A profoundly unsettling process, decolonization "sets out to change the order of the world," as Fanon suggested fifty years ago.[31] As the organizations, movements, and people discussed here show, unsettlings are already taking place, pluriversally. Although never perfect, they are our best chance for abundant socioecological futures.

This text is an excerpt of a longer text by Rosemary-Claire Collard, Jessica Dempsey, and Juanita Sundberg, originally published in the *Annals of the Association of American Geographers* vol. 105, no. 2 (2015): 322–330.

1 Aman Sium, Chandni Desai, and Eric Ritskes, "Towards the 'Tangible Unknown': Decolonization and the Indigenous Future," *Decolonization: Indigeneity, Education & Society* vol. 1, no.1 (2012): i–xiii, 2.

2 Ann Laura Stoler, "Imperial Debris: Reflections on Ruins and Ruination," *Cultural Anthropology* vol. 23, no. 2 (2008): 191–219, 196.

3 Stoler, "Imperial Debris," 195.

4 Patrick Wolfe, "Settler Colonialism and the Elimination of the Native," *Journal of Genocide Research* vol. 8, no. 4 (2006): 387–409.

5 Eve Tuck and K. Wayne Yang, "Decolonization is not a Metaphor," *Decolonization: Indigeneity, Education & Society* vol. 1, no. 1 (2012): 1–40, 5.

6 Cited in Naomi Klein, "Dancing the World into Being: A Conversation with Idle No More's Leanne Simpson," *YES! Magazine* (March 6, 2013), http://www.yesmagazine.org/peacejustice/dancing-the-world-into-being-a-conversation-with-idle-no-more-leann e-simpson (last accessed 29 October 2013).

7 Eduardo Galeano, *Open Veins of Latin America: Five Centuries of the Pillage of a Continent* (New York: Monthly Review, 1973).

8 Mike Davis, *Late Victorian Holocausts: El Niño Famines and the Making of the Third World* (London: Verso, 2002).

9 Davis, *Late Victorian Holocausts*, 11.

10 Donna Haraway, "SF: String Figures, Multispecies Muddles, Staying with the Trouble," lecture at the University of Alberta, Edmonton, Canada, March 24, 2014, YouTube video, posted by KIASualberta, June 27, 2014.

11 J. B. MacKinnon, *The Once and Future World* (Toronto: Random House, 2013).
As in William Denevan, *Cultivated Landscapes of Native Amazonia* (New York:
12 Oxford University Press, 2001); Hugh Raffles, *In Amazonia: A Natural History* (Princeton, NJ: Princeton University Press, 2002); Charles C. Mann, *1491: New Revelations of the Americas Before Columbus* (New York: Random House Digital, 2005).

13 Cited in Klein, "Dancing the World into Being.".

14 Cited in Klein, "Dancing the World into Being." See also Leanne Simpson, *Dancing on Our Turtle's Back: Stories of Nishnaabeg Re-Creation, Resurgence and a New Emergence* (Winnipeg: Arbeiter Ring Publishing, 2011).

15 Tewolde Egziabher, "The Human Individual and Community in the Conservation and Sustainable Use of Biological Resources," Darwin Lecture at the Annual Darwin Initiative meeting, London, March 14, 2002, http://www.nyeleni.org/IMG/pdf/Tewolde_Darwin_Lecture2002.pdf (last accessed 1 November 2013).

16 Via Campesina intervention to CBD, February 19, 2008, Rome. http:// https://viacampesina.org/en/small-scale-producers-key-to-the-protection-of-biodiversity/ (last accessed 3 November 2013).

17 Mario Blaser, Marisol de la Cadena, and Arturo Escobar, *The Anthropocene and the One-world (Or the Anthropos-not-seen)* (Unpublished manuscript, 2014).

18 Mario Blaser, "Ontological Conflicts and the Stories of Peoples in Spite of Europe: Toward a Conversation on Political Ontology," *Current Anthropology* vol. 54, no. 5 (2013): 547–68.

19 Mario Blaser, "The Threat of the Yrmo: The Political Ontology of a Sustainable Hunting Program," *American Anthropologist* vol. 111, no. 1 (2009): 10–20; Blaser, "Ontological Conflicts and the Stories of Peoples in Spite of Europe."
Annemarie Mol, "Ontological Politics: A Word and Some Questions," *Actor*
20 *Network Theory*, eds. J. Law and J. Hassard (Boston: Blackwell: 1999), 74–89, 77.
Blaser, "Ontological Conflicts and the Stories of Peoples in Spite of Europe," 552.

21 Blaser, de la Cadena, and Escobar, *The Anthropocene and the One-world*.

22 Cited in Klein, "Dancing the World into Being."

23 Glen Coulthard, "For Our Nations to Live, Capitalism Must Die," *Voices Rising*
24 (November 5, 2013), http://nationsrising.org/for-our-nations-to-live-capitalism-must-die (last accessed 19 May 2014).

25 Idle no more, http://www.idlenomore.ca (last accessed 19 May 2014).

26 Zapatista Army of National Liberation, Sixth Declaration of the Selva Lacandona, 2005, http://enlacezapatista.ezln.org.mx/sdsl-en/ (last accessed 1 November 2013).

27 Val Plumwood, *Feminism and the Mastery of Nature* (London and New York: Routledge, 1993).

28 William Cronon, "The Trouble with Wilderness; Or, Getting Back to the Wrong Nature," *Uncommon Ground: Rethinking the Human Place in Nature*, ed. W. Cronon (New York: Norton, 1995), 69–90, 89.
Plumwood, *Feminism and the Mastery of Nature*; Rosemary-Claire Collard, "Putting
29 Animals Back Together, Taking Commodities Apart," *Annals of the Association of American Geographers* vol. 104, no. 1 (2014): 151–65.

30 Paul C. Paquet and Chris T. Darimont, "Wildlife Conservation and Animal Welfare: Two Sides of the Same Coin," *Animal Welfare* vol. 19, no. 2 (2010): 177–90.

31 Frantz Fanon, *The Wretched of the Earth* (New York: Grove, 1963), 36.

Regina de Miguel, Abrazo simbionte, 2022 (detalle)

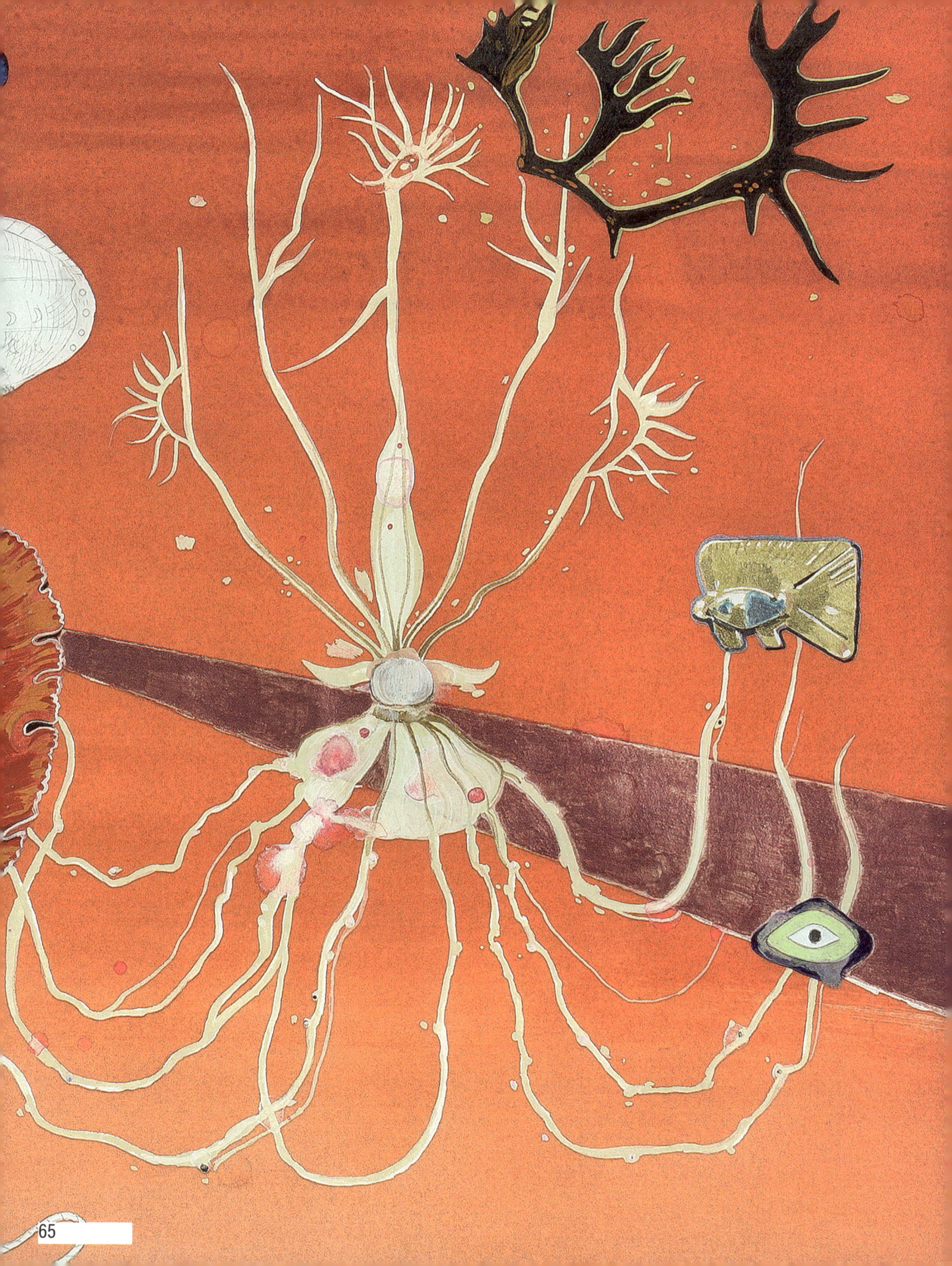

THYSSEN-BORNEMISZA ART CONTEMPORARY
C3A CENTRO DE CREACIÓN CONTEMPORÁNEA DE ANDALUCÍA

Olafur Eliasson, Catarata invertida, 1998

Helen Mayer Harrison y Newton Harrison, Granja de camarones, pieza de supervivencia #2, 1971/2022

Mezclarse con otros Pieza de supervivencia #2, 1971/2022

Beatrice Forchini

Cuatro estanques de madera llenos de agua se alinean entre los naranjos frente al edificio. El agua de cada estanque tiene matices distintos: tonos verdes-amarillentos, rojizos y rosas. Cada recipiente contiene agua procedente de las cercanas Salinas del Alemán en Huelva (Andalucía, España), un entorno rico en comunidades planctónicas de algas de la especie *Dunaliella salina*. Los colores derivan del mecanismo de supervivencia de las microalgas extremófilas de agua dulce que viven en cada estanque. Sometida a diferentes concentraciones de salinidad, presión osmótica e intensidad ultravioleta, la *Dunaliella* acumula distintos niveles de betacaroteno como estrategia para adaptarse a entornos hipersalinos. Cuando las algas se reprodujeron en los estanques, se introdujeron también ejemplares de *Artemia*, un camarón de salmuera microscópico que a su vez se alimenta de algas. El resultado es un ecosistema estable en cada estanque, autosuficente, que se nutre de luz solar.

Recreada en el C3A Centro de Creación Contemporánea de Andalucía, Córdoba, *Granja de camarones, pieza de supervivencia #2* (1971) es una obra emblemática del dúo artístico formado por Helen Mayer Harrison (1927-2018) y Newton Harrison (1932-2022). Los Harrison empezaron a crear obras interdisciplinares en los años setenta con una perspectiva ecologista. Fueron visionarios al abrir un camino entre el arte y la ecología, y produjeron obras que incorporaron, en su poética y su elaboración, una respuesta a la escala de las transformaciones antropogénicas que suceden hoy en día a nivel planetario.

La *Granja de camarones* del C3A se proyectó a partir de un dibujo que forma parte de la colección TBA21 y que contiene un plano y un manual de instrucciones para crear un ecosistema eficaz y autosuficiente. Pocos meses antes de su fallecimiento en verano de 2022, Newton Harrison nos habló de la concepción de la obra en 1971 como parte del programa «Arte y Tecnología» de Los Angeles County Museum of Art (LACMA), y también compartió las intuiciones que condujeron a su realización.

La obra surgió a raíz de algo que le sucedió durante un vuelo sobre las salinas de la bahía de San Francisco, donde observó «grandes estanques, algunos verdes, otros anaranjados, otros marrones y otros cristalinos». Harrison nos habló acerca de la intensidad de aquella revelación, de lo que supuso ver los campos de color producidos por las algas extremófilas «que pueden cambiar el color de las cosas en la naturaleza, en el espacio». La obra se convirtió en una suerte de ampliación de la pintura de campos de color, como si fuera «un retrato de las salinas de la bahía de San Francisco. Y [su recreación en Córdoba] sería un retrato de las salinas del océano más cercano».

Granja de camarones es la segunda obra de una serie de piezas ecocríticas sobre agricultura urbana. Concebidas inicialmente en un clima de ansiedad nuclear creciente durante la Guerra Fría[1], recreadas en otro tiempo y lugar, estas instalaciones plantean cuestiones sobre el lugar, el presente y el papel del contexto histórico en la actualidad. *Granja de camarones* anticipó, de esta forma, un futuro en el que la crisis climática y la consiguiente escasez de alimentos son inevitables, y hoy evoca los costes medioambientales de la ganadería intensiva y de la explotación de los organismos vivos frente a la amenaza existencial, cada vez más tangible, que afrontan las comunidades humanas y no-humanas.

En los cincuenta años transcurridos desde la primera versión de *Granja de camarones*, zonas enteras del planeta se han vuelto hostiles para la vida, provocando la extinción en cadena de especies y ecosistemas. En este panorama, las «Piezas de supervivencia» adquieren una relevancia ontológica y epistemológica, y permiten imaginar formas de conocimiento y vida en la era de la contaminación. Nos invitan a pensar con otras especies como modo de «mezclarse con otros» en un acto de «supervivencia colaborativa», tal y como ha formulado la antropóloga Anna Lowenhaupt Tsing: «Lo "antropo-" bloquea la atención a los paisajes fragmentados, las múltiples temporalidades y los

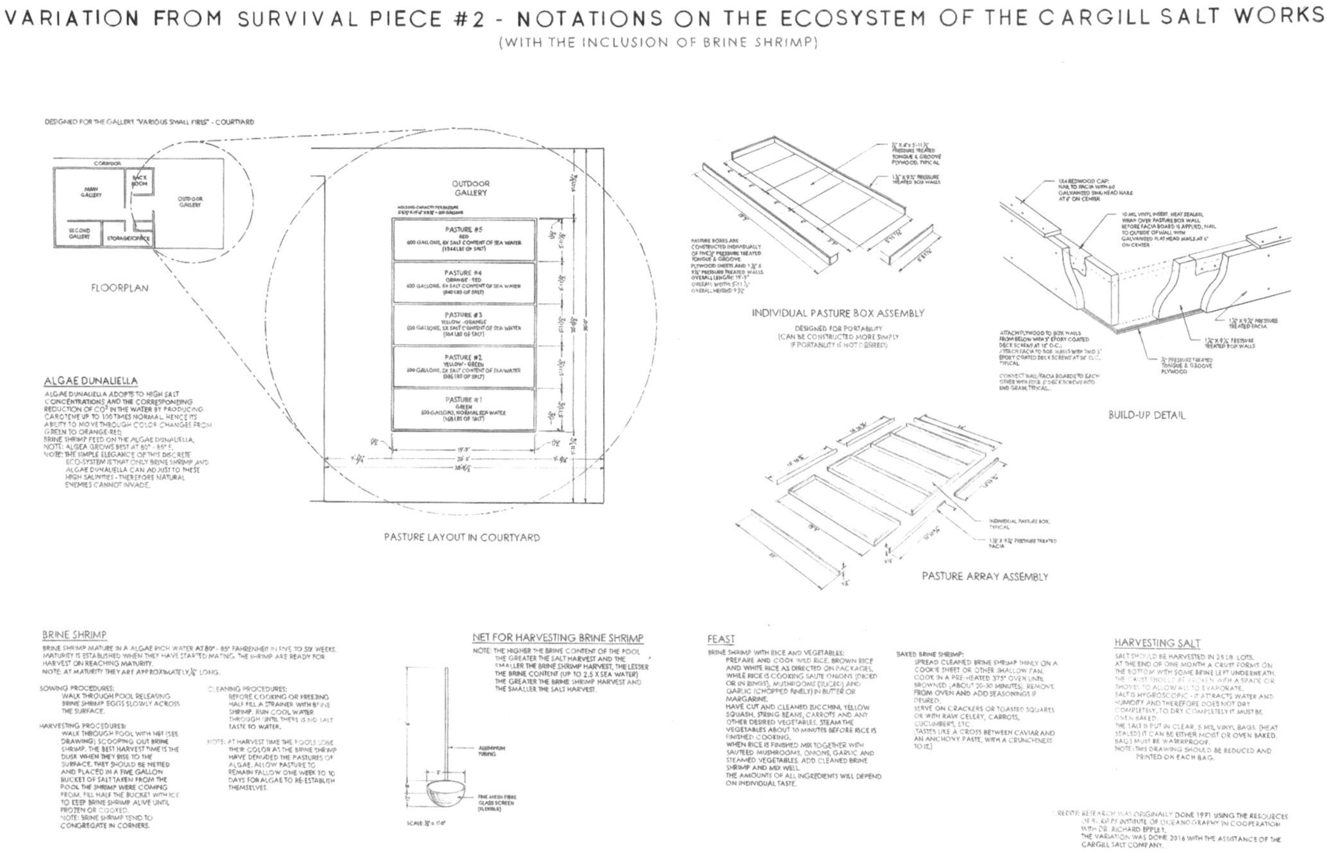

Helen Mayer Harrison y Newton Harrison, Variación de pieza de supervivencia #2: notas sobre el ecosistema de las salinas de Cargill, 2017

ensamblajes cambiantes de humanos y no- humanos: la esencia misma de la supervivencia colaborativa». El trabajo de los Harrison reflexiona sobre la idea de que la supervivencia humana está ligada a la de otras especies. En ese sentido, como obra colaborativa y colectiva, la supervivencia exige prácticas éticas y afectivas de cuidado cotidiano que contrarresten los modelos extractivos y las técnicas necropolíticas que han despojado a los humanos y a otros seres de la capacidad de crear «colaboraciones habitables»[2].

Al mantener su poética ligada a lo impredecible, las perturbaciones e incluso el fracaso —rasgos inherentes al riesgo de trabajar con sistemas vivos y autosuficientes —, la obra también invoca una nueva imaginación de la escala. Implica la posibilidad de crear sistemas que puedan plantar cara y adaptarse por «fuerza mayor», noción que los Harrison definieron como «una frontera fluida, una frontera de calor desplazándose por el planeta; una frontera de agua que se adentra en las tierras que lindan con el océano»[3].

En el título de esta obra, la palabra «supervivencia» (del latín *super*, que significa «por encima, sobre o más allá», y *vivere*, «vivir») nos anima a ir más allá de lo humano a través del acto de «pensar con los seres y las cosas; pensar en un mundo cohabitado»[4], alterando las fronteras y creando alianzas con otras formas de inteligencia. En las ruinas del capitalismo extractivo, la palabra «supervivencia» y el acto de «sobrevivir» en el título y en la misma pieza nos invitan a cultivar alianzas y ejercicios de solidaridad que incluyan distintas comunidades de naturaleza humana y no-humana como forma de seguir vivos.

1 Paul Jozef Crutzen y John W. Birks, «The atmosphere after a nuclear war: twilight at noon», *AMBIO*, vol. 11, n.º 2-3, 1982, pp. 114-125.

2 Anna Lowenhaupt Tsing, *The Mushroom at the End of the World: On the Possibility of Life in Capitalist Ruins*, Princeton, NJ: Princeton University Press, 2015), p. 47.

3 Helen y Newton Harrison, «The Center for the Study of Force Majeure Overview», 2017, texto en línea: https://frontiers-of-solitude.org/sites/default/files/cfm_2017.pdf (última consulta: 30/11/2022).

4 María Puig de la Bellacasa, *Speculative Ethics in More Than Human Worlds*, Minneapolis: University of Minnesota Press, 2017, p. 71.

Daniel Steegmann Mangrané, ∝, 2020

Naufus Ramírez-Figueroa, Huertos de los ch'olti, 2020

Chiçibic, vaalcab, quivi (vainilla, cacao, achiote)

Soledad Gutiérrez Rodríguez

Para preparar el tomatillo (*Physalis philadelphica*), o tomate verde, hay que pelarlo y, aunque se puede hacer en seco, en la mayoría de programas de cocina y recetarios se recomienda sumergirlo en agua, ya que facilita mucho el trabajo. Es una de las tareas más rutinarias y tediosas para la preparación de estos frutos, uno de los pilares de la cocina mexicana, también cultivado en las zonas altas de Guatemala donde son conocidos como miltomates. Un cultivo precolombino que, con toda certeza, los ch'olti cultivaban en sus huertos antes de ser exterminados por los españoles en el siglo XVII. A partir de estos huertos y del manuscrito que escribiera Fray Francisco Morán titulado *Arte y vocabulario de la lengua ch'olti* en 1695, Naufus Ramírez-Figueroa inicia este viaje por una geografía muy concreta, la de los choles en Guatemala y México, una zona que atraviesa la frontera geopolítica y que nos adentra, como el acto de pelar el miltomate, en un recorrido a través de la historia de Guatemala para hablarnos de los procesos de desculturización y extractivismo ecológico que ha sufrido esta zona.

Los ch'olti fueron uno de los pueblos mayas más extensos en el continente americano y resistieron durante más de dos siglos a la colonización española. Lo hicieron, en gran parte, por su especialización en el cultivo de vainilla y cacao, dos productos muy apreciados en el comercio europeo y que la orden dominica, responsable de la zona, quiso controlar junto con el cultivo de azúcar. Cerca del municipio de El Chol, en el departamento de Baja Verapaz, al norte de Guatemala, se encuentra la Hacienda de San Jerónimo, que en ese momento era la plantación de azúcar más grande de todo el Imperio español. Ante la imposibilidad de someter y cristianizar a estos pueblos, Fray Francisco Morán, prior provincial de los dominicos y representante de la Corona española en el lugar, tomó la decisión de exterminarlos, pero, antes de hacerlo, documentó sus saberes en el manuscrito *Arte y vocabulario de la lengua ch'olti*. Este texto recoge desde técnicas agrícolas y artesanales hasta un diccionario de términos que eran fundamentales para los ch'olti. Con el mero hecho de reunirlos y registrarlos, Morán muestra el valor que tenían para los españoles y la relevancia que podrían alcanzar en el futuro estos conocimientos. Como consecuencia de esta decisión, los ch'olti fueron aniquilados, su territorio vaciado por los poderes militares, y sus huertos, tan codiciados, fueron abandonados, o no.

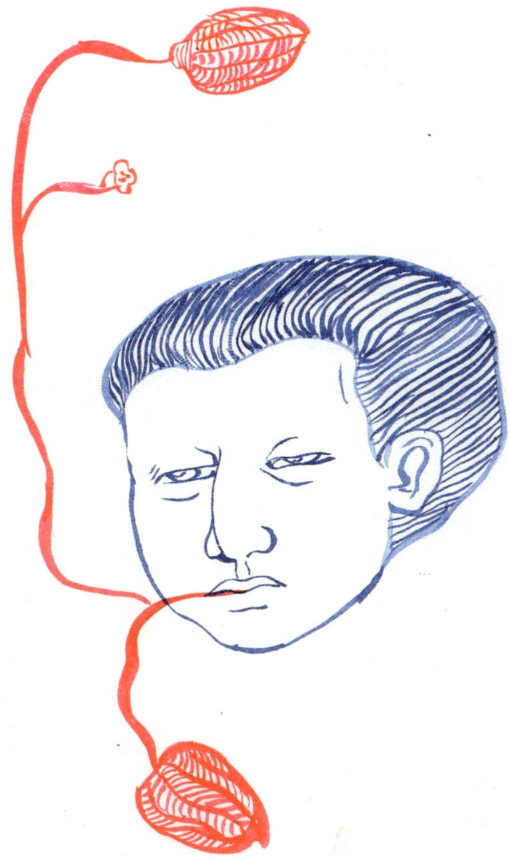

Naufus Ramírez-Figueroa, Huertos de los ch'olti, 2021

Cuentan los registros de la Corona española que en el siglo XVIII los colonos creían que estos territorios estaban encantados y que los huertos seguían siendo cultivados. De este momento mágico, de las fisuras que se abren en la creencia de que, a pesar de la violencia, las huertas seguían estando en producción, es de donde nace *Huertos de los ch'olti* (2020): tres cortinas de bronce y abalorios en los que la vainilla se enreda en el cacao y ambos crecen protegidos por la sombra del achiote, fundiéndose, a su vez, con restos de cabello y pequeñas piezas de resina en las que figuras humanas, que podrían ser los ch'olti, nos cuentan sus secretos al oído. Nos hablan de la riqueza y sabiduría de sus ecosistemas ecológicos y culturales, y de la necesidad de luchar por la supervivencia de su legado.

Este viaje continúa en *Hocho* (2022), una serie sonora que se puede escuchar en *TBA21 on st_age* y en la que, a través de cinco audios, Ramírez-Figueroa intercala los sonidos del viaje de campo que realizó junto con Ameno Cordova y Stef Arreaga en junio de 2021 por la tierra de los choles hasta llegar a la Cooperativa Nuevo Horizonte, creada en 1998 en Santa Ana, en la región guatemalteca de Petén. Esta cooperativa se inició dos años después de la firma de los acuerdos de paz que terminaron con la guerra civil en Guatemala (1960-1996), y se convirtió en hogar para 130 familias desmovilizadas por el conflicto armado. Algunas de estas familias lucharon con las Fuerzas Armadas Rebeldes (FAR) y otras eran parte de las llamadas CPRs o Comunidades de Población en Resistencia, comunidades agrícolas que se vieron forzadas a refugiarse en lugares apartados y zonas de jungla en las regiones de Petén y Quiché a principios de los años ochenta.

En tres de las piezas de la serie —que toma el título *Hocho* de un término recogido en el diccionario escrito por Morán y que significa «abrirse las orejas»—, la voz de María Choc Choc, residente en Nuevo Horizonte, maya q'eqchi' y cuya familia procede de herencia ch'olti, nos lee palabras del diccionario que hacen referencia tanto a los cultivos agrícolas como a la conexión con la tierra y la renovación, pero también al colonialismo y a la enfermedad. En los otros dos audios, Ramírez-Figueroa nos acerca a los sonidos del territorio: el interior de la Iglesia de Santa Cruz de Belén de los Indios Choles en el municipio de El Chol y el lago Izabal, el corazón de las tierras ancestrales de los ch'olti.

Otra de las propiedades que se le atribuyen en la medicina popular guatemalteca a pelar los miltomates es la de ayudar, a quien los pela, a recuperar la voz perdida, el deseo de hablar. Y en ese deseo de quitar capas, veladuras, de dar voz a aquellos que la perdieron de manera violenta y no pueden recuperarla, es donde habita este proceso de trabajo que comienza como una investigación histórica y se convierte en un viaje muy personal a través de un territorio, el de los choles, que ha sido el refugio de la población interna desplazada durante la guerra civil de Guatemala. Un cuerpo de trabajos que desea inspirar la recuperación del lenguaje y la identidad ch'olti en Guatemala, así como luchar contra su asimilación y por su supervivencia. Una invitación a recuperar el futuro y desde ese lugar poder narrar las partes no contadas de la historia.

Ai Weiwei, Luz que viaja, 2007

Matthew Lutz-Kinoy, Esplendores arrojados a la tierra, 2018

The long shadow thrown from this single ob-
struction to its own light!
Thought flies out from the old scars of the sea
as if to land. Flocks that are longings
come in to shake over the deep water.
It's prodigies held in time's amber
old destructions
and the theme of revival the heart asks for.
The past and future are
full of disasters, splendors
shaken to earth, seas rising to overshadow
shores and roaring in.
strikes us and may be fearful, as there is great beauty
seeks the heart of tragedy, his moment of truth, as I

Ann Veronica Janssens, CL2 sombra azul, CL9 sombra rosa y atardecer B, 2018

Rirkrit Tiravanija, sin título 2016 (dónde encajas en todo esto) (seis), 2015-2016 (detalle)

Tomás Saraceno, Pneuma 5.5, 2021

Cerith Wyn Evans, Pantalla katagami 5, 2015

Beatriz Milhazes, Maresias, 2002-2003

Camille Henrot, Yo digo, 2017

Regina de Miguel, Arbustos de nervios como bosques de coral, 2020

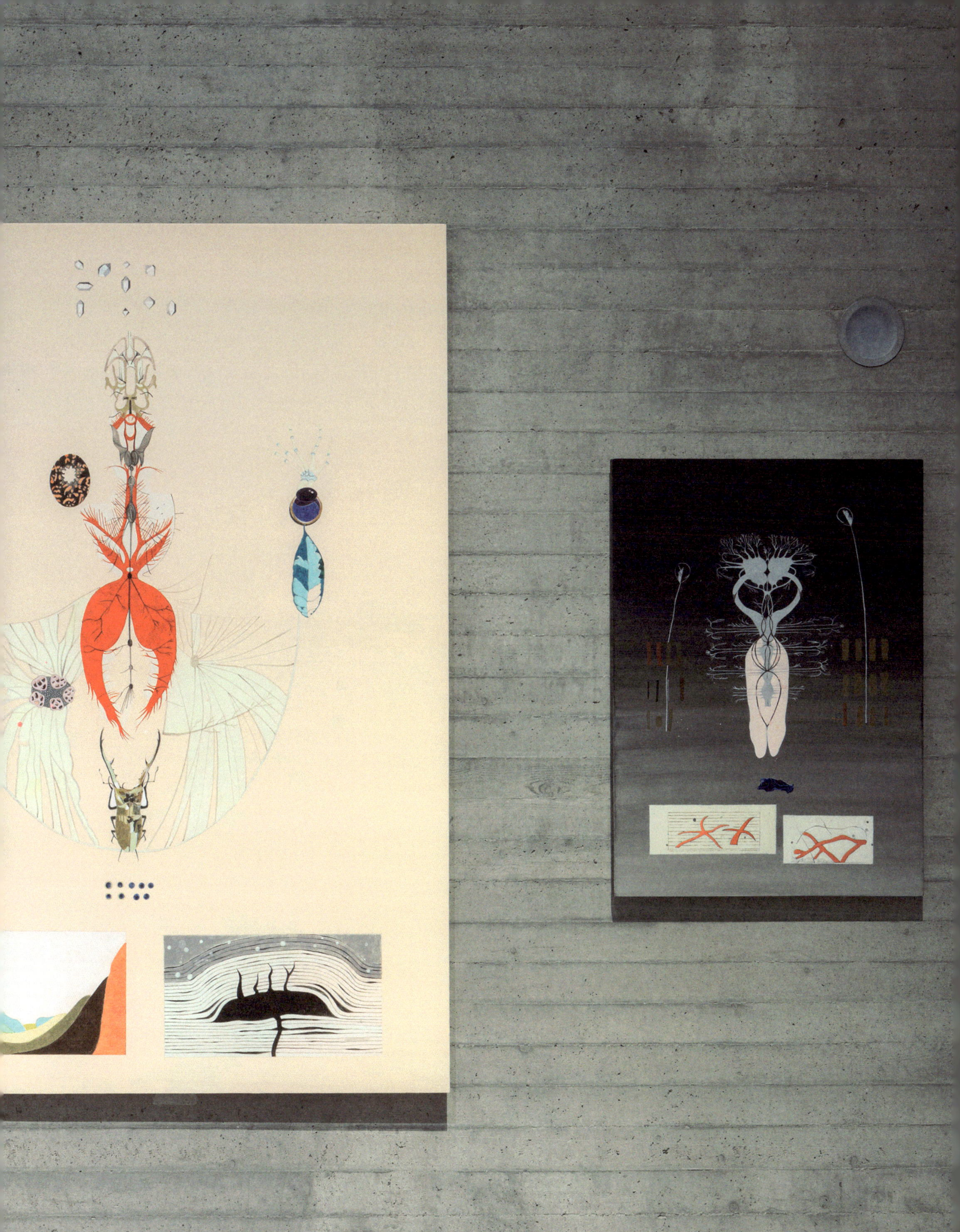

Aguas intoxicadas, cometas nunca más vistos, una reunión de suicidas

Regina de Miguel

El grupo de pinturas de Regina de Miguel, enmarcado bajo el título *Arbustos de nervios como bosques de coral*, surge del imaginario de dos relatos de ciencia ficción escritos por la artista en abril de 2020: *Aguas intoxicadas, cometas nunca más vistos, una reunión de suicidas* y *Arbustos de nervios como bosques de coral*. Estos cuentos nos sitúan en un futuro en el que la colonización del espacio viene produciéndose desde hace varios siglos, hasta tal punto que ya existen por toda la galaxia ruinas, complejos turísticos pasados de moda, incluso un museo que alberga la colección de arte más importante conocida. Los fragmentos seleccionados de estas historias nos invitan a conocer el universo imaginario desarrollado por De Miguel. Un mundo habitado por evocativas figuras y seres vivientes que, posteriormente, emprendieron una metamorfosis a través de la cual pasaron de existir en forma de palabras a corporeizarse en las coloridas y rizomáticas criaturas que pueblan la serie de acuarelas.

Estoy aquí muy sola, pero, más que por la falta de terrícolas en el planeta, es un efecto del desconsuelo que me causa el ambiente. Es la soledad ante la descarada muerte campando a sus anchas.

Envié el informe *Arbustos de nervios como bosques de coral* a principios de verano. Lo acompañé de unas acuarelas que describen ejemplos de las diversas mutaciones entre seres animados e inanimados que pueblan este planeta: holobiontes con el sistema nervioso de una sepia, corales, partes de hongos, flores, insectos, fragmentos de vasijas, máscaras, collares o representaciones del cosmos entrelazados y organizados como pequeños tótems. La materialización de estas relaciones es muy reciente y se contempla como algo esperanzador. El planeta ha colapsado pero los restos, las memorias, los supervivientes, se están aliando para seguir de otra forma. Una forma no humana, ni siquiera poshumana. No será posible de momento escribir una nueva taxonomía puesto que no hay patrones de evolución claros. Yo espero que no lleguen nunca y que por fin aceptemos que nunca entenderemos todo.

No puedo caminar por las calles pero sí, desde hace unos días, nos dejan deambular por el hotel, mirar por las ventanas, salir a las enormes terrazas y contemplar las especies vegetales del jardín tan extrañas que parecen responder a una mutación continua, encontrando en la misma rama orquídeas, hortensias, flores de cerezo... O combinaciones entre pájaros e insectos.

Cuando la Tierra colapsó trajeron ejemplares de todo lo que aún fue posible salvar. Sin embargo, aquí, a pesar de salir adelante, las vidas tomaron sus formas particulares hibridando en organismos multiespecies. Delante de mí observo varios arbustos de nervios que más bien parecen bosques de corales.

Desde entonces me reúno con Dóvida. Ella viene de un planeta aislado, un territorio de oro, ríos intoxicados y cadenas de violencia entrelazadas. Es anciana, probablemente supera el siglo, y, sin embargo, su pelo no es canoso, sino negro y largo. A veces me parece ver entre la frondosa mata pequeños ojos brillantes como de pájaro.

La miro y la miro. No estoy tan segura de que esté completamente viva.

Experta en magia apotropaica, sabe también cómo hablar con el agua y leer los fuegos fatuos que se forman en su superficie. Desde hace días me cuenta que los círculos que crean las piedras que lanza a la ciénaga le están devolviendo los últimos mensajes, las cartas de despedida, de los suicidas.

Al final tuvimos que marcharnos y crear mundos como este, llenos de añoranza. Hemos colonizado otros lugares, claro, pero con inteligencias artificiales que gestionan recursos, explotan el suelo, experimentan. Todo al viejo estilo. Para vivir elegimos la repetición de las formas y las costumbres. Pero ese todo que hemos querido tratar como inmutable, aquí cambia, sigue otras normas, crea alianzas sin nosotros y parece expulsarnos. No entendemos las conexiones nuevas, las supervivencias, las invenciones y posibilidades. Lo entendemos como algo bueno, pero estamos claramente fuera. Y eso nos provoca miedo. Miedo de nosotros mismos, de un futuro sin nosotros.

Hay una rosa creciendo que es un caracol y un cuarzo. Una botella que es un río y una llama. Un perfume que es una uña y un cable de cobre. Un hueso que es una vasija de barro que es queso y vino. Un pan que es puente y es tarde. Una casa que es tren y tumba. Una guerra que es piel y pescado. Un león que es puerta y abrigo. Un basurero que es piscina y palmera.

Lo que sucede en los cuerpos no es visible de inmediato; se acumula implacable, como la acidificación de los mares.

Ernesto Neto, Esqueleto glóbulos, 2001

Heimo Zobernig, sin título, 2019

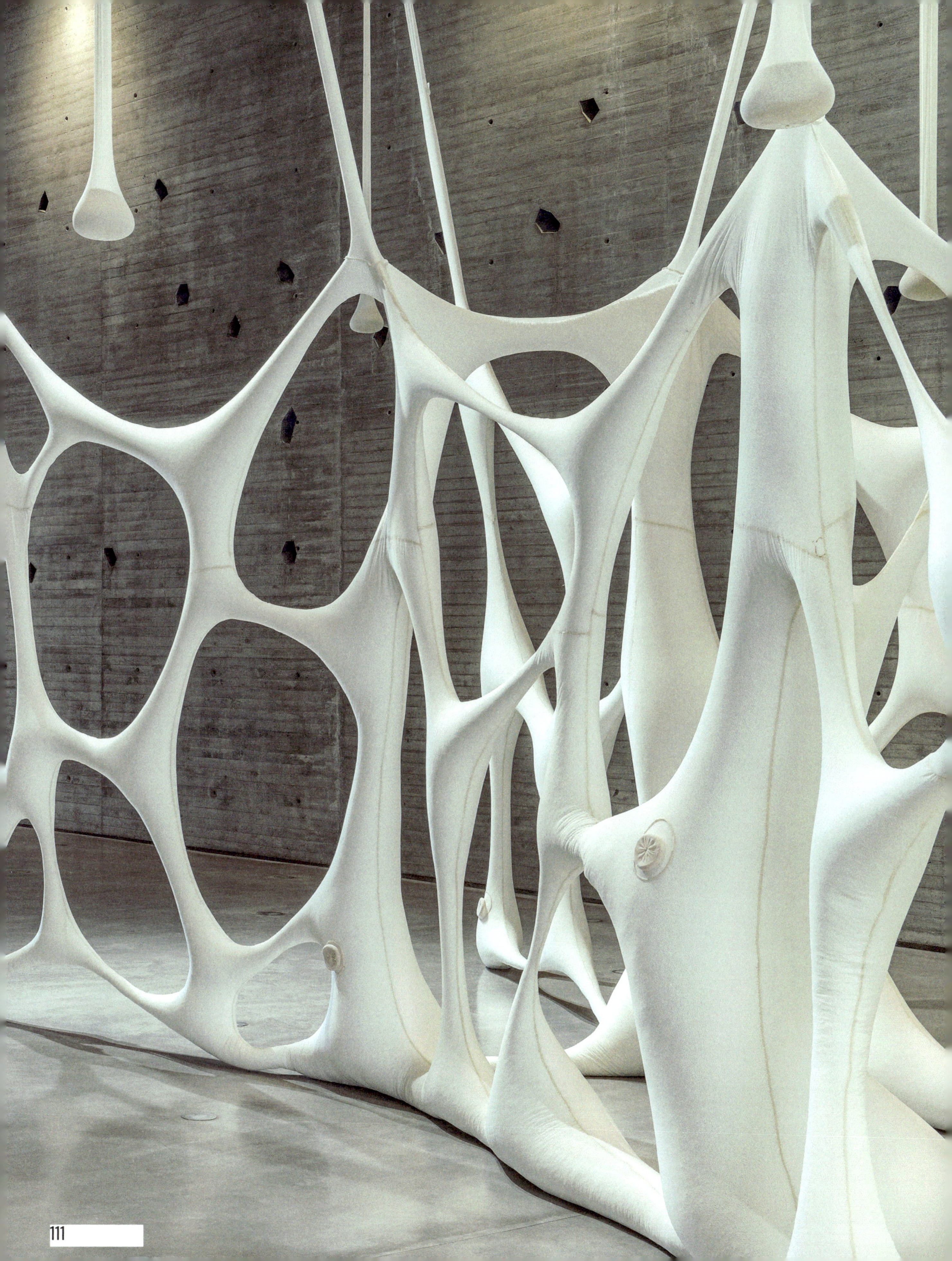

Diana Policarpo, CPMK2, 2021

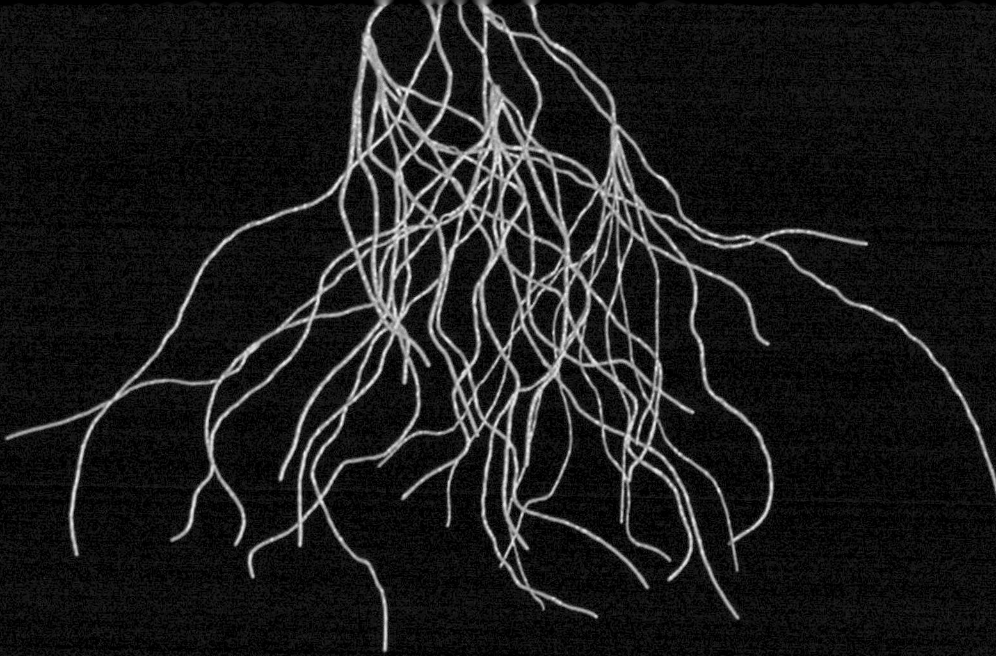

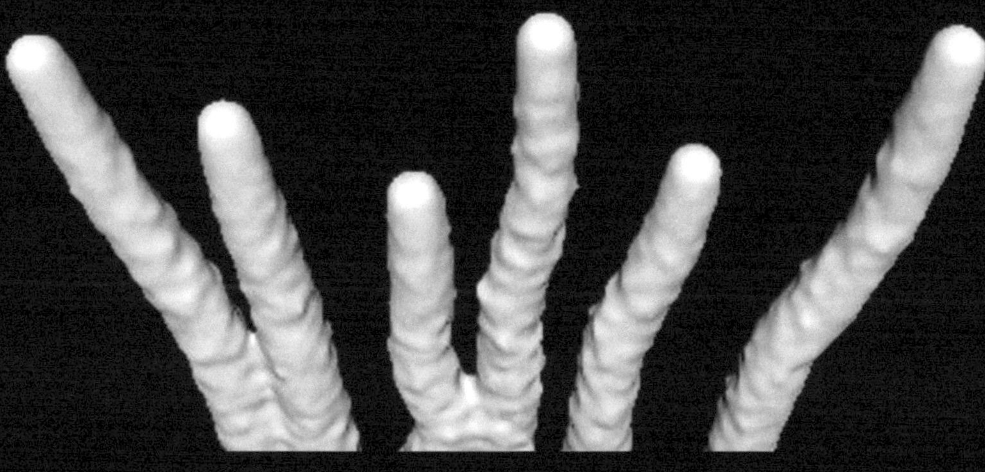

Cuando supiste de tu fortuna por mi amor
y dejaste de ignorar tu lugar en mi corazón
la pasión me arrastró, sumiso, y me dejé llevar

yo, que solo a ti te he consentido guiarme
te alegró que el sufrimiento vistiera mi cuerpo
y con el insomnio pintara de negro mis párpados.

Si miras por las líneas de mis cartas
hallarás mis lágrimas mezcladas con la tinta.

Amada: mi corazón se deshace
de tanto quejarse a un corazón pétreo.

Ibn Zaydun

أحين علمت حظك من ودادي؛
ولم تجهل محلك من فؤادي
وقادني الهوى، فانقدت طوعا،

وما مكنت غيرك من قيادي
رضيت لي السقام لباس جسم،
كحلت الطرف منه بالسهاد

أجل عينيك في أسطار كتبي،
تجد دمعي مزاجا للمداد

فديتك! إني قد ذاب قلبي
من الشكوى الى قلب جماد.

ابن زيدون

Podría haber entre nosotros, si quisieras
un secreto que no se pierda
perpetuándose oculto cuando todos sean revelados

بيني وبينك ما لو شئت لم يضع
سرّ إذا ذاعت الأسرار لم يذع

Oh, mercader de suertes
sí recibiera la vida misma
a cambio de mi dicha contigo, no la vendería.

يا بائعا حظّه منّي ولو بذلت
لي الحياة بحظّي منه لم أبع

Haz de saber que si cargas a mi corazón
con lo que ningún otro podría soportar, puede
sé altanera, yo aguanto
remisa, soy paciente
orgullosa, soy humilde
aléjate, yo te sigo;
habla, te escucho
manda, que te obedezco.

يكفيك أنّك إن حمّلتَ قلبي ما
لم تستطعه قلوب الناس يستطع
ته أحتمل واستطل أصبر وعزّ أهن
وولّ أقبل وقل أسمع ومر أطع

Ibn Zaydun

ابن زيدون

Gacela que aúnas
múltiples modelos de belleza,
de cerca o de lejos,
de alma impasible.

En mi pasión por ti siempre me deleito,
por tu amor estoy sometido.
Me salvó mi deseo por ti,
estando cerca de mí la destrucción.

Preserva el voto
yo no lo hice, dios mío, he fallado.

Ten piedad de un enamorado sufriente,
deshecho por la ansiedad.

En su noche afligida y nublada
de lamentos y dolencias
enflaqueció de amor y mermó.

Enfermó sutilmente
convirtiéndose en presa de los anhelos
pasó a ser invisible.

Ibn Zaydun

يا غزلا جمعت فيه،
من الحسن، فنون
أنت في القرب وفي البعد،
من النفس، مكين

بهواك، الدهر، ألهو،
وبحبيك أدين
منية الصب أغثني،
قد دنت مني المنون

واحفظ العهد، فإني
لست، والله، أخون

وارحمن صبا شجيا،
قد أذابته الشجون

ليله هم وغم،
وسقام، وأنين
شفه الحب، فأمسى،

سقما، لا يستبين
صار للأشواق، نهبا،
فنبت عنه العيون

ابن زيدون

Abraham Cruzvillegas, Una cita a ciegas con Ibn Zaydun, entre el aceite y el agua, 2022

Abraham Cruzvillegas, de la serie Autorretratos, 2014

Abraham Cruzvillegas, de la serie Autorretratos, 2014

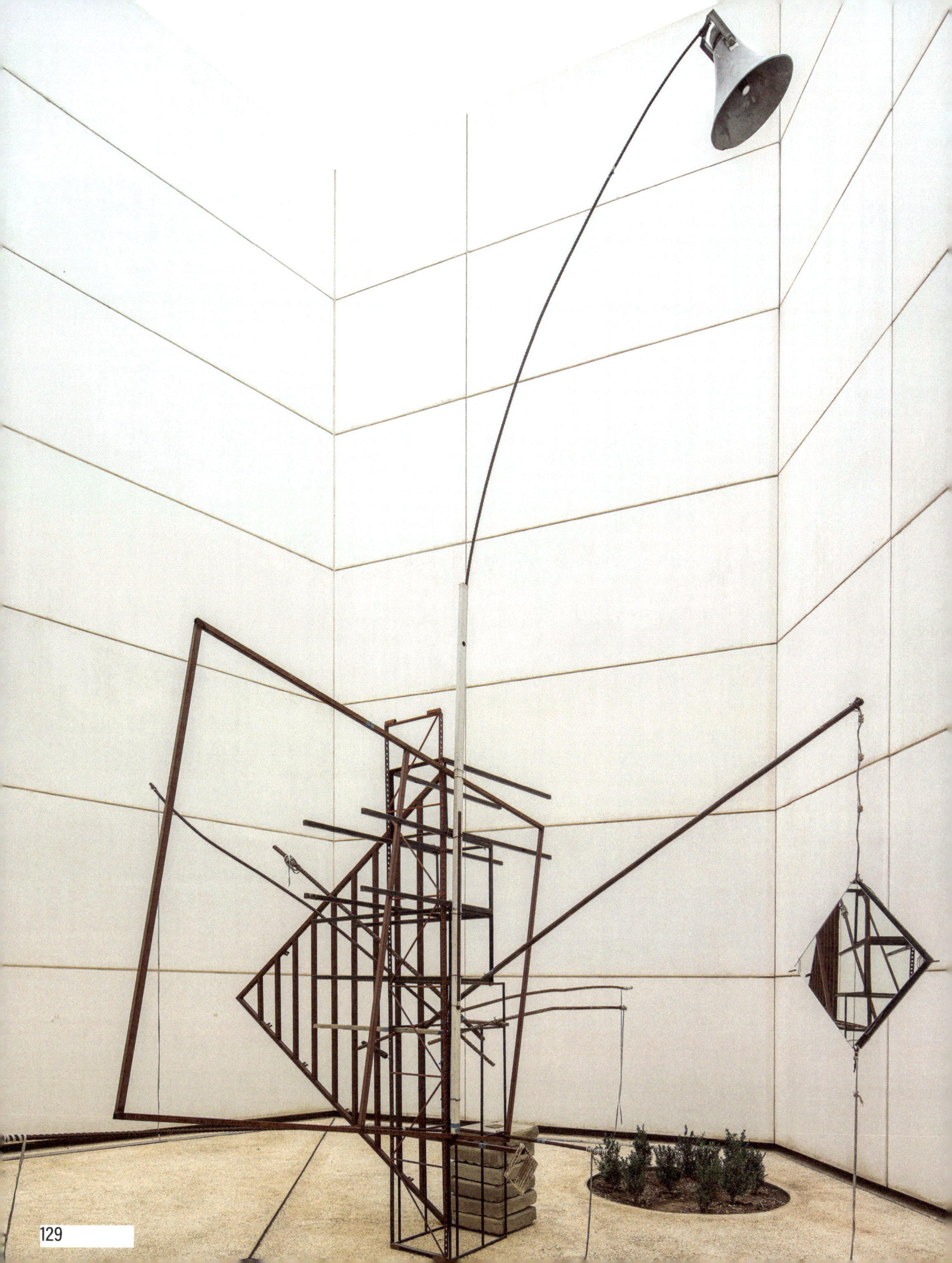

Rivane Neuenschwander, Deseo tu deseo, 2003

DAS AS GUERRAS
Deseo el fin de todas
las guerras

PEOPLE COULD LIVE WHERE THEY LIKE REGARDLESS OF IMMIGRANT STATUS
DESEO QUE LA MARIHUANA SEA LEGAL
DESEO UN MUNDO LLENO DE COLOR
DESEO NO TENER MIEDO A ESTAR SOLA
EU DESEJO O FIM DE TODAS AS GUERRAS
WISH THAT I WILL NOT BE AFRAID OF THE FUTURE
DESEO UNA CURA
DESEO QUE LA MARIHUANA SEA LEGAL
DESEO ENCONTRAR LA PAZ MENTAL
WISH CAPITALISM TO END
DESEO SALUD, RIQUEZA Y FELICIDAD PARA MÍ Y MI FAMILIA
WISH PEACE AND TOLERANCE FOR ALL
EU DESEJO O FIM DE TODAS AS GUERRAS
DESEO VIVIR SIN ANSIEDAD
DESEO DEJAR DE TRABAJAR PARA PERVERSOS
WISH I COULD BELIEVE IN THE IMPOSSIBLE
DESEO TENER MI PROPIA CASA
DESEO ENCONTRAR PLACER EN LAS COSAS
DESEO UN TRABAJO QUE ME GUSTE
DESEO CONFIANZA EN TODOS, EN TODO Y EN

Asunción Molinos Gordo, ¡Cuánto río allá arriba!, 2021

Un murmullo en el agua, un avistamiento

Berta Gutiérrez Casaos

Combinando los lenguajes de la escultura contemporánea con los de la cerámica artesanal tradicional, Asunción Molinos Gordo investiga la estructura de los sistemas de riego de los campos agrícolas en el contexto del levante peninsular y cómo esta es fruto del paso de las comunidades de campesinos migrantes provenientes del norte de África durante la época andalusí. En los siglos VIII y IX, las comunidades levantinas afincadas a este lado del Mediterráneo empezaron a desarrollar sistemas de riego muy sofisticados a través de acequias y elementos cerámicos. Los fundamentos de este sistema de canales tienen su origen en la *sharía*, ley islámica que se basa en dos preceptos: el derecho universal del ser humano a saciar su sed y la de sus animales, y el derecho al riego de sus cosechas, garantizando así el acceso al agua de todos los seres pertenecientes al territorio.

¡Cuánto río allá arriba! recoge un verso del poema épico del mexicano Octavio Paz, *El cántaro roto*, escrito en los años sesenta. Esta serie de esculturas desarrolladas a partir de la llamada «alfarería de agua» —categoría que engloba las piezas destinadas al almacenaje, transporte y consumo de agua— materializa un legado de formas que mezcla elementos cerámicos del ajuar nazarí con otros provenientes de diferentes partes del Mediterráneo. Los objetos verticales son una secuencia de piezas dispuestas a modo de tótem, herederas de una tecnología de acequias, canales y cuerpos cerámicos sencillos que, en su momento, hacía posible que el agua pudiese ser utilizada de manera eficiente y equitativa. Ahora esta premisa ha cambiado. Este proyecto se consolidó al final del año 2020, y, poco antes, durante el periodo más duro de la pandemia, el agua empezó a cotizar en el mercado de futuros de Wall Street, lo que supone la comercialización del derecho a su uso como un producto más. Estas esculturas-tótem funcionan, en este escenario, como un súperobjeto para hablar de la accesibilidad y la importancia de proteger este recurso y así garantizar la vida en el planeta.

Esta investigación sobre el campesinado contemporáneo y la conexión con lo popular y la artesanía, esa atención a lo sencillo y a la vez fundamental en la construcción y supervivencia de nuestras sociedades, enlaza con una pieza de vídeo titulada *Barruntaremos.* El protagonista, Pedro Sanz Moreno, un pastor de Rades de Abajo (Segovia, España), practica una técnica de adivinación meteorológica llamada cabañuelas. Sanz observa exhaustivamente diferentes elementos del paisaje y, en base a este conocimiento tradicional, realiza la predicción climática de un año. Su nombre es *Barruntaremos* porque la palabra barruntar lleva implícita una forma de pensar mediada por el sentimiento y la percepción, lo que también podríamos llamar un pálpito. Las comunidades rurales practican un pensamiento campesino que tiene que ver con la experiencia, con las estaciones, el clima, con vivir a la intemperie. El resultado es un saber sensorial muy sofisticado que está vinculado al paisaje, los animales y los elementos no-humanos. Estas prácticas vernáculas y tradicionales se basan en la cooperación y la solidaridad en contraste con la actual mercantilización de los recursos comunes. Al reivindicarlas, las piezas de Molinos Gordo nos hacen reflexionar sobre el futuro y la preservación del legado no material de nuestros antecesores.

Ana Mendieta, sin título, ca. 1984-1985

Ana Mendieta, sin título, Iowa, 1981

Paulo Nazareth, sin título, de la Serie de etnografía blanca, 2019

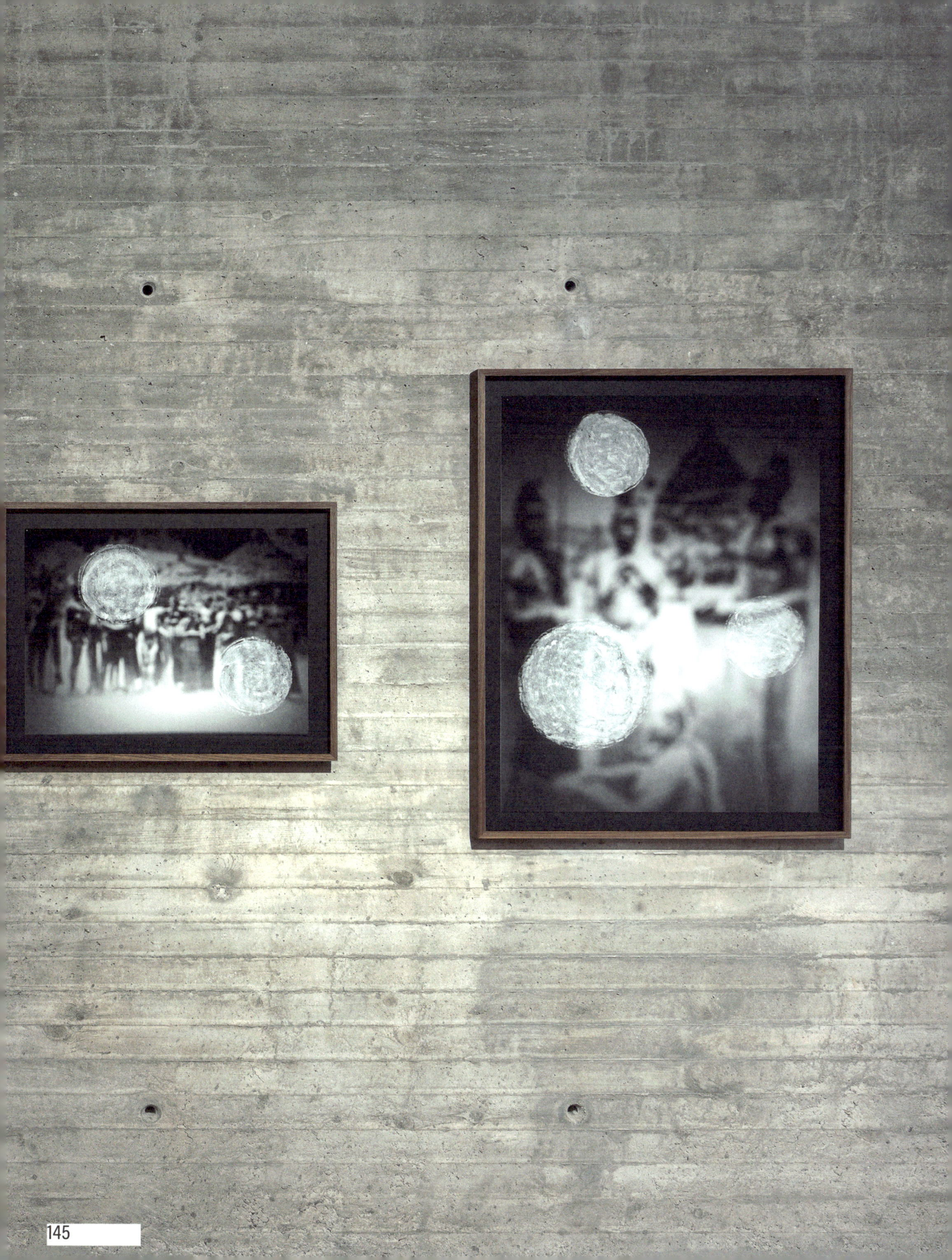

Mathilde ter Heijne, Mujer para llevar, 2005

Janaina Tschäpe, Relato breve sobre un manglar, 2005

Matthew Ritchie, La granja familiar, 2001

HAROWAY BETS
WITH 7-2 PAYS
WITH 3-5 7-1

You may already be a winner

Un cuestionario sobre materialismos

Matthew Ritchie

Oye, si no terminas de creerte, o te dan igual, fenómenos como el calentamiento global, la migración masiva, las hambrunas y las sequías en lugares remotos, la ciencia al límite de lo imposible, tu cuerpo, las drogas que consumes, la respiración, la luz o el amor, o incluso el lugar de donde dejará de llegarte tu café favorito, puede que esta nueva materialidad no sea para ti. En caso contrario, esto, con lo que me refiero a todo —no solo a ti—, te atañe a ti, o en realidad a nosotros, que estamos juntos en esto, hasta las últimas consecuencias.

Los cambios de fase medioambiental, tecnológica y social de principios del siglo XXI han generado una «difusión» oportuna y sinóptica de nuevas filosofías del ser, menos especulares que especulativas, que abordan muchas de las relaciones de fuerzas corpóreas e incorpóreas que definen los sistemas físicos del universo. Esta reevaluación es adecuada e inevitable a la vez, ya que la información fisicalizada, amplia e íntima, licuada y monetizada en bienes de consumo y en su rastro, está sustituyendo rápidamente a la imagen estática como forma primaria de comunicación transaccional. Cada uno de los cuatro complejos [descritos a continuación] que han surgido en las relaciones orientadas al objeto en este cuestionario se entretejen y eluden los usos habituales de palabras como humano, no-humano, historia, materialidad y materialismo histórico, conjugándolos en un único sistema global homeostático. Cada complejo se relaciona con los demás [...]. El conjunto arroja una visión sucinta y terrorífica de las relaciones entre humanos y no-humanos.

El primer complejo es el régimen transnacional de la extracción petroquímica y de la petroagricultura, el motor principal del Antropoceno, que disfruta del dudoso honor de haberse convertido tanto en naturaleza artificial como en amenaza existencial con la creación del agujero en la capa de ozono, y que es responsable del calentamiento antropogénico de la Tierra que acabará exterminando a la mitad de todas las especies vivientes durante nuestro tiempo de vida.

El segundo complejo es más reciente y consiste en la fusión de seis mil millones de humanos y doce mil millones de máquinas interconectadas: nuestros omnipresentes socios neurológicos y cognitivos, si es que ese es el término adecuado. El sistema operativo es atómico (y pronto será cuántico), y el producto son estados de información cotejados, redactados masivamente para producir mensajes que los humanos puedan reconocer. La búsqueda reflexiva de un sujeto en dichos datos no arroja ningún resultado que no esté mediado de forma activa por el sistema operativo.

A estos dos sistemas hay que añadir un tercero, el complejo médico-industrial, que introduce los efectos y afectos de los dos complejos anteriores directamente en el cuerpo humano a través de moléculas de diseño, psicofármacos y órganos cibernéticos que vuelven adictivas, emocionantes y degradantes las relaciones biológicas entre humanos y no-humanos que cada persona puede asumir de forma natural.

Por último, en un proceso de exploración implacable, estos tres complejos humanos-nohumanos se encuentran constantemente estimulados por el cuarto, la serie de descubrimientos científicos que han desestabilizado todas las nociones sobre límites físicos a cualquier escala: astronómica, planetaria, biológica o atómica. Ninguno de los cuatro complejos actúa en escalas verificables a través del acceso humano, y los regímenes físicos revelados en ellos se manifiestan solo en su arbitrariedad en términos humanos, reforzando la impresión de un caos universalmente contingente, en lugar de un caos ordenado. El efecto acumulativo ha conducido lentamente a la aceptación de una «supernaturaleza» que no se ajusta a marcos de referencia humanos, incluso a pesar de que la manipulan humanos que trabajan para otros humanos, lo que en ocasiones conduce a la negación de que algo realmente significativo pueda estar sucediendo. Pero, al igual que la onda sísmica de un tsunami, los nubarrones en el horizonte auguran un cambio de época. La naturaleza se está convirtiendo en historia, una inversión de la famosa advertencia de Barthes [quien sostenía que mediante el mito la historia devendría en naturaleza]. Tratar de imponer sin más una versión ampliada de la subjetividad humana contemporánea —lo que Meillassoux ha denominado «sujetalismo» y Malik «la domesticación de la razón alientante»— es una respuesta insuficiente. Para afrontar tal reordenación completa de nuestros límites propioceptivos necesitamos reiniciar nuestro marco de percepción.

Ignorar las dimensiones totales de este cambio de fase sería el acto más apolítico de todos, precisamente porque supone también una oportunidad para replantear las condiciones fundamentales de las relaciones entre humanos y no-humanos en términos tanto transhumanos como éticos.

El daño o la corrupción que afectan a bienes compartidos con actores no-humanos se pueden perseguir actualmente bajo el modelo de justicia social vigente. Podríamos llegar a necesitar un tercer sistema legal (que ya está en marcha bajo el nuevo delito de ecocidio) que establezca claramente la ética de este terreno intermedio entre la «propiedad» humana, la vida y los sistemas autosuficientes.

Bajo el actual modelo «humano», no solo decenas de millones de humanos sin patria quedan condenados al limbo de una humanidad parcial que Agamben denomina «*Homo sacer*»; también el sistema planetario del que dependemos se está convirtiendo rápidamente en *Terra sacer* o tierra maldita. Si el poder político se constituye a través de relaciones entre múltiples fuerzas, esas fuerzas deben hoy incluir los sistemas que hemos mencionado. La propuesta de Foucault sobre que la vida entre en la historia y forme un «gobierno de las almas» debe ampliarse para reflejar el poder expresivo de una materialidad planetaria más inclusiva, *con nuevas definiciones de la vida concebida como principio de gobernanza*. Bajo las condiciones que están emergiendo, aumentar el acceso biopolítico a dicho espacio podría implicar el surgimiento de un nuevo gobierno que no estuviera limitado por el género, la clase ni la especie. Necesitamos un antimito que pueda hipostasiar éticamente las relaciones entre humanos y no-humanos, que transforme viejos signos y nuevos prodigios.

En este planteamiento resulta crucial aceptar los conceptos metamórficos de umbral y flujo, fundamentales en todos los sistemas físicos

—por ejemplo, los humanos— y en otros objetos que podríamos considerar como no-humanos. Ningún sistema es estático: oscila constantemente, adquiriendo una nueva identidad tras cruzar varios umbrales. Aún no disponemos de un lenguaje común para describir el flujo constante en las relaciones de fuerza ontológicas, pero [...] un pequeño paso hacia dicha articulación sería mostrar cómo los términos propuestos por distintos pensadores podrían reconciliarse entre sí y ofrecer múltiples caminos para la iluminación mutua en un mundo que «excede nuestra capacidad de conocimiento».

Cuando la información sustituye a las imágenes podemos asimilar con más facilidad la verdadera alteridad y la conexión polimodal en todos los contextos. En lugar de los traumas identificativos de la fotografía, o la mirada regulada de la estética relacional, tal vez podamos articular colectivamente un arte anticipatorio y proyectivo basado en lo que ya está inscrito en el mundo. Los objetos trabajados y el tiempo experimentado que encontramos en el arte visual y procesual siempre han proporcionado alternativas somáticas a los modelos contemporáneos de falta de atención, y pueden ser especialmente relevantes en este contexto. *Un rasgo del arte podría ser la sensación de que algo distinto al artista y al espectador está emergiendo, una sensación de posibilidad incrustada de forma impredecible en —y a través de— objetos interconectados en el tiempo y el espacio, inaccesible mediante una lectura inmediata desde el punto de vista humano. Así como la combinación de expresionismo y abstracción obtuvo su cohesión narrativa interna del existencialismo, manifestado en formas, eras y movimientos múltiples, las formas artísticas que evolucionen en el abismo nuevo y radiante de la naturaleza artificial, borrosa y demasiado nítida a la vez, demasiado inmensa para comprenderla pero demasiado detallada para captarla de un vistazo, podrían extraer cierta claridad de este momento de especial apertura en la investigación filosófica, desplegándose en un futuro indefinidamente complejo.*

Este texto es parte del artículo publicado originalmente en inglés como «A Questionnaire on Materialisms», *October*, invierno de 2016, vol. 155, pp. 85-88.

Oxidising Atmosphere
Oxygen Holocaust
Anaerobic Thermophilic Bacteria
Aquifex
Trichomonas
Thermococcus
Ancestor

Allora & Calzadilla, mains hum, performance en el C3A, 2022

Allora & Calzadilla, Apagón, 2017

Olafur Eliasson, La serie del glaciar derritiéndose 1999/2019, 2019 (detalle)

Dana Awartani, Ven, deja que cure tus heridas, 2020

Isa Genzken, Nuevos edificios para Berlín VI, 2013

Olafur Eliasson, La serie de hielo derritiéndose, 2002

S' STUDIOS

Teresa Solar, Tuneladora, 2022

El lenguaje de los estratos

Una conversación entre
Teresa Solar y Soledad Gutiérrez Rodríguez

Soledad Gutiérrez Rodríguez: La pieza que se muestra en la exposición «Futuros abundantes», *Tuneladora* (2022), se enmarca en un cuerpo de trabajo (*Tuneladoras*) que inicias en el año 2021. En estas piezas haces referencia a la maquinaria industrial que se utiliza para perforar el subsuelo. En este mundo subterráneo, los estratos se convierten en protagonistas de una serie en la que integras elementos de tus trabajos anteriores: desde lo más matérico, como puede ser la arcilla, hasta lo más abstracto, que podría ser la reflexión que subyace a tu práctica artística muy interesada en el lenguaje.

Teresa Solar: Las *Tuneladoras* son piezas que beben de trabajos muy anteriores, incluso de mis primeros trabajos de vídeo. Estas se componen de dos partes fundamentales. Por una parte, los caparazones de barro, que es el primer material con el que trabajé como escultora y es también una referencia directa a la tierra, al subsuelo, porque es en sí mismo el estrato geológico. También es un material muy aislante que genera una capa de protección, y eso conecta tanto con elementos naturales —por ejemplo, las cámaras herméticas donde los gusanos cavan sus túneles— como [en un plano más simbólico] con las grandes narrativas del siglo XX que despliego en el espacio. En especial, me interesa pensar en los cohetes espaciales recubiertos por teselas cerámicas de última generación que les permiten reingresar en la atmósfera y que encapsulan la historia material del ser humano. Otro aspecto importante es el hecho de que el barro, al ser un material tan aislante, está recubierto por una capa de silencio, de hermetismo y abstracción, que me parece muy hermosa a la hora de pensar el estrato geológico. El barro, además, hace referencia a la cualidad ignota y abstracta de la tierra, al tiempo geológico compacto.
Y, de estos caparazones abstractos, de estas articulaciones, emana la otra parte: unos elementos medio fantasmáticos que aluden a formas de vida extruidas y que están trabajados en paletas de colores provenientes de mundos industriales y de modelos geológicos y anatómicos que nos hablan de la mediación con la que percibimos el mundo y que derivan, sin duda, de trabajos anteriores.

Cuando yo trabajaba con el vídeo, lo que más me interesaba eran los escenarios que generaba para las películas. Y, de hecho, una de las grandes preguntas que he intentado resolver en mi trabajo es cómo coexisten los lenguajes del vídeo y la escultura. Estas piezas no ofrecen una conclusión, pero exploran un camino dentro de esa búsqueda: a pesar de ser volumétricas, son eminentemente planas; es decir, beben mucho de la idea de decorado.

SGR: Si lo pensamos desde ese lugar, esa es la reflexión que estás construyendo desde los dibujos, pasando por las maquetas más pequeñas o las grandes piezas de esta serie. Pero incluso piezas anteriores, como *Osteoclast*, que se presentó en la Bienal de Liverpool de 2021 comisariada por Manuela Moscoso, forman una cosmología en la que sus elementos podrían, en un momento dado, relacionarse entre sí.

TS: Y esa relación se construye desde lo plano, desde algo que es plano y al que le insuflo cierto volumen para que habite en un espacio medido y pensado. Un espacio que es físico a la vez que virtual. Es más, los acabados que le doy a las piezas se apoyan en esa idea de virtualidad. En ese sentido, podríamos decir que estos elementos están intentando habitar un mundo que es físico y bidimensional, que emana del trabajo con el vídeo y que nos lleva a una existencia digital y fantasmática.

Nos están acercando a una forma de pensar y de percibir el mundo muy mediada por los dispositivos digitales. Si pensamos en cómo percibimos fenómenos naturales, como, por ejemplo, la erupción del volcán de La Palma, lo hacemos a través de nuestros teléfonos móviles. Y la tuneladora que se muestra en «Futuros abundantes» nos habla de un sustrato que deviene lava y que utiliza la gama de colores no de un volcán en erupción, sino de la imagen que recibimos a través de los medios de comunicación. Esta pieza está pintada con los colores sintéticos que nos explican las diferentes capas de temperatura de la tierra; son colores que median el mundo que habitamos. Una gama cromática que también nos devuelve a la idea de lo subterráneo, ya que son los colores de la oscuridad: el amarillo y el naranja se utilizan en las minas y en las excavaciones para compartir información.

SGR: ¿Y a dónde van?, ¿cuál es el futuro de las *Tuneladoras*?

TS: Ahora estoy en un momento en que todo mi trabajo vira hacia la acentuación de la idea de estrato, de lo estratificado, creando piezas cada vez más planas y que toman forma de lengua, lo que nos da pie a pensar tanto en el territorio como en el lenguaje, el cual, a su vez, también abordo desde la geología. La forma de este lenguaje en los próximos trabajos será muy horizontal: se organizará en capas que se superponen entre sí, ofreciendo al mismo tiempo diferentes vistas, ángulos, de modo que la mirada se acercará al estrato. Una lengua de lava, un estrato que dice.

*Esta conversión tuvo lugar en el estudio de Teresa Solar, en Usera (Madrid, España), en el otoño de 2022.

Olafur Eliasson, Seu planeta compartilhado, 2011

Cerith Wyn Evans, Una comunidad aleccionada sobre la verdad básica de que nada importa, 2013

Thomas Ruff, 04h 20m/-70°, 1992

Simon Starling, Espejos de Venus (05/06/2012, Hawái y Tahití [invertido]), 2012

Olaf Nicolai, Te damos la bienvenida a las lágrimas de San Lorenzo: una cita para contemplar estrellas fugaces, 2005

WELCOME TO THE
›TEARS OF ST. LAWRENCE‹
AN APPOINTMENT TO
WATCH FALLING STARS.
EN LAS PRIMERAS HORAS TRAS LA
MEDIANOCHE, ENTRE EL 9 Y EL 13 DE
AGOSTO, OBSERVA EL CIELO DEL NORTE
DIRECCIÓN NORESTE, MIRANDO
HACIA LA CONSTELACIÓN DE PERSEO,
QUE ENCONTRARÁS EN EL CIELO EN
UN ÁNGULO DE APROXIMADAMENTE
45° SOBRE LA LÍNEA DEL HORIZONTE.
BUSCA UNA LLUVIA DE ESTRELLAS
FUGACES. SON LAS ‹LÁGRIMAS DE SAN
LORENZO›.
N THE EARLY HOURS AFTER MIDNIGHT,
BETWEEN THE 9TH AND 13TH OF
AUGUST, WATCH THE NORTHERN SKY
FACING NORTHEAST, IN THE DIRECTION
OF THE CONSTELLATION OF PERSEUS,
WHICH YOU WILL FIND IN THE SKY AT
AN ANGLE OF APPROXIMATELY 45°
UP FROM THE HORIZON. LOOK OUT FOR
A SHOWER OF FALLING STARS. THEY
ARE THE ›TEARS OF ST. LAWRENCE‹.
TE PROYECTO DE OLAF NICOLAI FUE ENCARGADO POR TBA21 THYSSEN-BORNEMISZA ART
NTEMPORARY, POR INVITACIÓN DE ROSA MARTÍNEZ PARA LA 51 BIENNALE DI VENEZIA DE 2005.
PROJECT BY OLAF NICOLAI COMMISSIONED BY TBA21 THYSSEN-BORNEMISZA ART CONTEMPORARY,
INVITATION BY ROSA MARTÍNEZ FOR THE 51ST BIENNALE DI VENEZIA, 2005.
Thyssen
Bornemisza
Art Contemporary

Elena Damiani, Cartografías minerales, 2018-2019

SOUTHERN HEMISPHERE
NORTHERN HEMISPHERE

Susanne M. Winterling, Dificultades luminiscentes, 2017

a como si se encendiesen,
pero mucho, mucho
como remedio curativo.

Patricia Domínguez, Los testículos colgantes y el espíritu femenino del agua, 2020

Patricia Domínguez, La balada de las sirenas secas, 2020

 Patricia Domínguez, La balada de las sirenas secas, 2020, en el que retrata a Don Juan López, cantor a lo divino, Palquico, Chile

Patricia Domínguez
Gaiaguardianxs

Publicación interactiva diseñada en colaboración con Bate.work
Texto editado por Claudia Blin

Gaiaguardianxs (2020) es una publicación interactiva que culmina tres años de investigación que han supuesto un viaje personal a través de conflictos relacionados con el agua en Sudamérica. El proyecto se inició en Bolivia, donde en los últimos años las sequías y los incendios han destruido más de cuatro millones de hectáreas de la región de Chiquitanía, y, posteriormente se trasladó Chile. En este último, su país natal, Domínguez se implicó en movimientos ecosociales y puso en primer plano el caso de las personas cegadas por la acción policial en manifestaciones. El cuarto capítulo, acá publicado, habla de la privatización del agua en Chile y del desvío de agua dulce para irrigar plantaciones de aguacate de grandes empresas en la provincia de Petorca. Desde la década de los noventa, Chile se ha visto gravemente afectada por la apropiación del agua por parte de la industria agrícola y minera con la complicidad de los políticos. Esta situación ha devastado la zona ecológica y socialmente, al secar los cauces de los ríos, lo que ha producido que muchas personas carezcan de agua limpia para beber y asearse, una situación que la expansión del COVID-19 no ha hecho sino agravar.

EL ÁRBOL DE TESTÍCULOS COLGANTES

01 Entre lacrimógenas y ojos llorosos logramos llegar al GAM. En enero del 2020, en medio del estallido social, participé en un conversatorio junto a Rodrigo Mundaca, el vocero nacional del "Movimiento de Defensa por el acceso al Agua, la Tierra y la protección del Medio Ambiente" MODATIMA. Rodrigo encabeza la lista de activistas amenazados en Chile. Es uno de l3s guardian3s de las pocas aguas que siguen libres de la privatización. En Chile sufrimos una *megasequía* que ha sido amplificada por el acaparamiento de aguas dulces destinadas a cultivos agrícolas industriales. Estos últimos, han sido los años más secos que se han registrado históricamente desde que comenzó el registro de precipitaciones.

Mientras me sentaba al lado de Rodrigo, lo ensoñé junto a Darwin. Uno brillaba en azul y el otro en verde. *Son guardianes brillantes de sus tierras secas, polvorientas, agredidas, calientes, sofocadas.*

En Chile se especula con el agua. Es el único país del mundo que tiene sus aguas casi completamente privatizadas. «Aunque el agua se define como un bien nacional de uso público, el Art. 19 No. 24 de la Constitución y el Código de Aguas, ambos fraguados por la dictadura cívico-militar en el transcurso de los años 80, permiten al Estado chileno traspasar sus derechos de agua a privados sin ninguna restricción temporal o sobre formas y prioridades de uso» como menciona la Fundación Heinrich Böll.

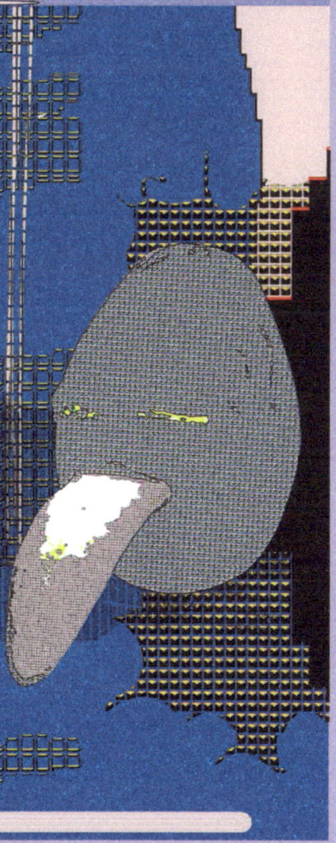

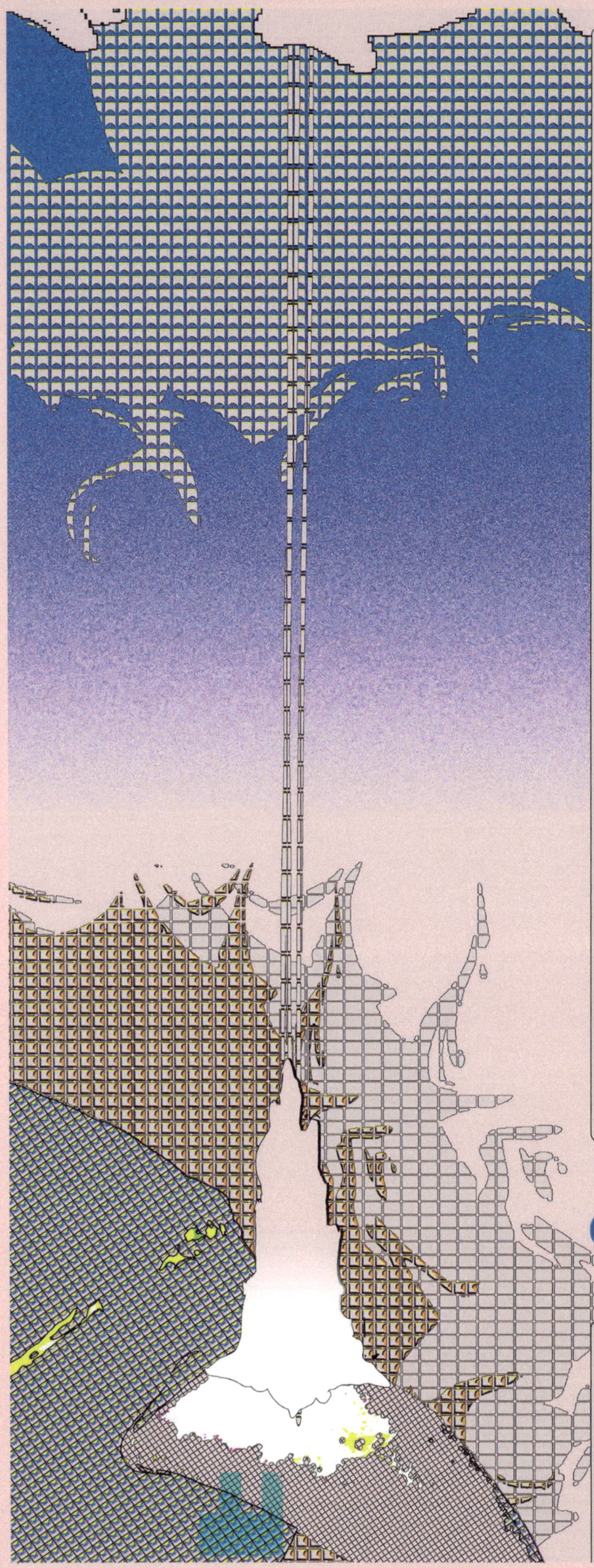

02 El agua se transa en el mercado como "derechos de aprovechamiento", los que son adquiridos en forma gratuita y perpetua, pudiendo luego arrendar o venderse. Esto ha llevado a concentrar los derechos de agua en manos de las industrias de la megaminería, forestales y la agroindustria, en especial la exportación de frutas. La propiedad del agua se separó del dominio de la tierra, de modo que hay propietarios de agua que no tienen tierra y propietarios de tierra que no tienen agua. Por otro lado, el acceso para consumo básico no está garantizado constitucionalmente. El grupo Suez (Francia), Aguas de Barcelona (Francia), Marubeni (Japón) y la administradora de fondos de pensiones de los profesores de Ontario (Canadá) controlan el 90% del suministro de agua potable del país. *¡Es requerida una alquimia del apocalipsis!*

Rodrigo relató su experiencia de habitar las tierras de la Provincia de Petorca, en la Quinta Región de Chile. Declarada como zona de escasez hídrica, hace años que padece violaciones al derecho humano al agua. Petorca es uno de los principales productores de paltas (aguacates) de Chile, que se exportan a Europa, Estados Unidos y China, principalmente. "Oro verde" ha sido llamada en los mercados internacionales por los altos precios que alcanza. El acaparamiento privado de las aguas de esa cuenca para regar árboles de paltas y otros cítricos, ha dejado a l3s habitantes rurales de esa zona sumidos en una crisis humanitaria. *Oro verde y oro cristalino son los tesoros de las tierras que habitan Rodrigo y su comunidad.*

Hace más de 10 años que el gobierno abastece a la comunidad de Petorca con camiones aljibes, que reparten agua potable. En la zona hay agua, pero ha sido comprada o extraída ilegalmente en su totalidad por la agricultura para dar de beber a las paltas, dejando a las comunidades rurales que rodean las plantaciones, sin agua potable. Las personas esperan semana a semana al camión que manda la municipalidad, que les cuenta los litros "por cabeza". No tienen agua suficiente para beber, cocinar, ducharse, regar sus plantas o dar de beber a sus animales. Ahora que estamos en medio de la pandemia, esta peste global que ha venido a remecernos, la comunidad de Petorca no tiene agua ni para lavarse las manos. *La inequidad flota en el aire, como un virus.* Algun3s dicen que el agua ya no les alcanza para producir lágrimas.

Aunque sí que lloran sus llantos secos. Las lágrimas cuánticas nos unen. Nos atraviesa un mar de lamentos invisibles.

03 La semana pasada recorrí la zona cercana a Petorca, que forma parte de la región que habito. Allá, el agua va en contra de los cauces naturales. En vez de bajar desde los cerros al valle, es subida hacia ellos para regar las paltas que decoran en verdes filas los montes. Han sido enraizadas ahí, para protegerlas de las heladas. *¡Esos cerros sí que brillan verdes! No es necesario ni que los ensueñe.*

Las aguas que bajan hacia esas tierras, el río Petorca y el río La Ligua, alcanzan a correr solo unos kilómetros antes de ser interceptadas por grandes piscinas de acaparamientos de agua, dejando todo el valle de abajo, seco. Los puentes se yerguen como recordatorios apocalípticos de cuando servían para algo. Ahora, las aguas solo corren por las napas subterráneas debajo de la tierra. *Arriba* se acumulan las aguas para el riego y el lucro. *Abajo*, se cuentan por gotas.

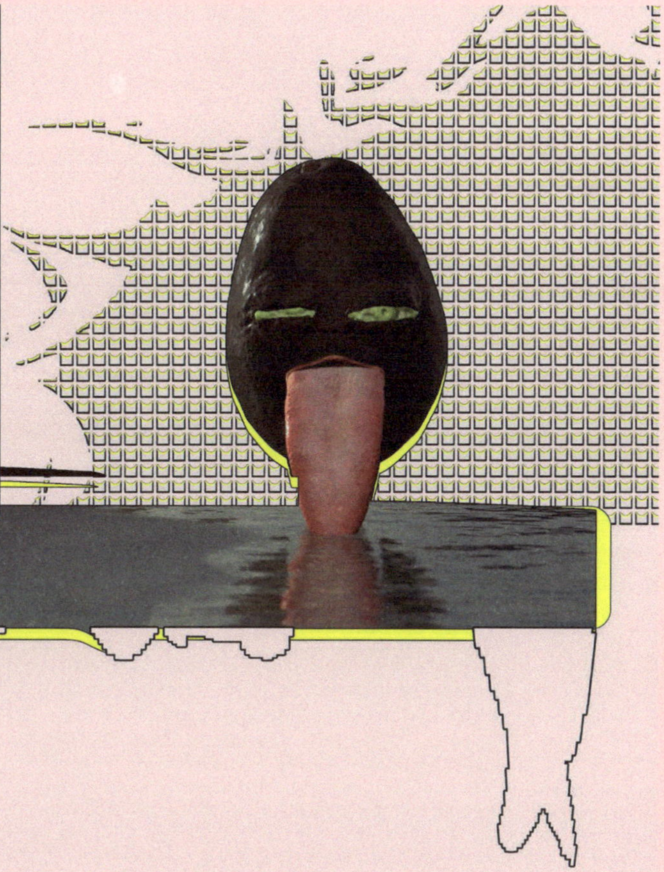

04 Está todo tan seco y duro que incluso algunos árboles de paltos se han secado. No los de las empresas, sino los de pequeñ3s agricultor3s que han tenido que dejar secar años de trabajo frente a sus ojos. Mientras recorría esas tierras, pude sentir a los paltos succionando toda el agua de la región y convirtiéndola en dinero.

«Esta es mi vaca» dijo Valentina, refiriéndose a uno de los esqueletos que estaba desparramado en el patio de su casa. «Ese mi caballo», dijo señalando otra pila de huesos. *Un campo de despojos es donde vive. Tal Mad Max.* Tuvieron que dejar que los animales murieran de hambre y sed.

Ha desaparecido el río y con este, la vida. *El río viene con el agua, no viene solo.* Ahora el gobierno tiene a las personas sobreviviendo con el mínimo de agua, 20 litros por día, cantidad muchísima más baja de los 100 litros por día sugeridos por la OMS para consumo básico por persona. La relación filial entre agua y human3s ha sido cortada, pasando a la tutela dependiente del gobierno. *De la madre Gaia al padre Estado.*

"Ya no es sequía, es saqueo". Mire hacia los cerros, las plantaciones de paltas están todas verdes, mientras todo lo que está afuera de sus límites está seco

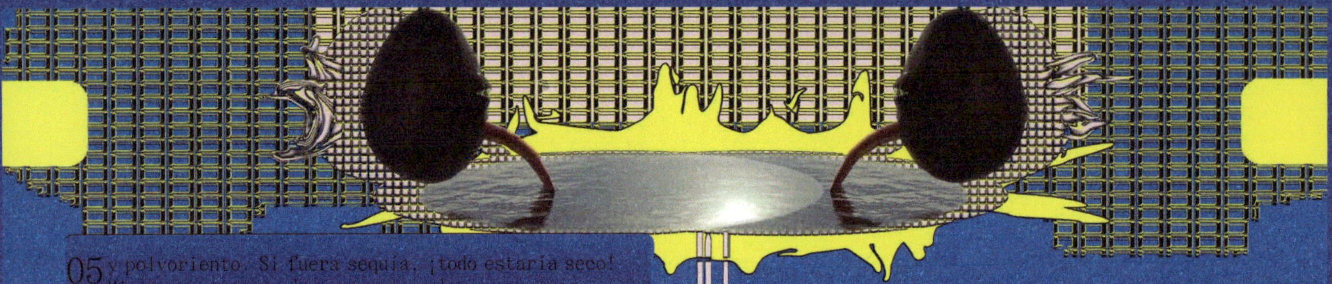

05 y polvoriento. Si fuera sequía, ¡todo estaría seco! Mientras contamos las gotas para lavar nuestros cuerpos por partes, estamos rodeadas de gigantescas piscinas de agua dulce que contienen agua potable para regar. Mis tres pozos se han secado. Los grandes empresarios utilizan el agua subterránea. Si cavamos un hoyo en el suelo, no encontraríamos agua porque ya no hay.
Duele. Duele. Me dice esta guardiana del agua.
La identidad cultural del valle de Petorca ha cambiado dada la crisis medioambiental y humana. Las pinturas rupestres que decoraban las piedras del valle han mutado a los grafitis urbanos que claman por la liberación de las aguas en el territorio. *L3s cantores a lo divino* que antes alababan a los astros, ahora le cantan a la sequía y la angustia de 13s campesin3s.

Rodrigo y su comunidad se han organizado bajo MODATIMA. Han sido víctimas de represión, han comparecido ante tribunales y recibido amenazas de muerte. Rodrigo ganó el Premio Internacional de Derechos Humanos de Núremberg el 2019, premio que buscó darle visibilidad y cierta protección frente a las amenazas que ha recibido. Las empresas los han criminalizado para evitar entablar un diálogo serio con las comunidades. «A pesar del hecho que investigaciones recientes muestran claramente que la extracción ilegal de agua en el contexto de la producción de paltas de exportación es un problema continuo en la provincia de Petorca, en noviembre de 2014 Rodrigo fue condenado por supuesta calumnia a 61 días de cárcel. La condena se conmutó posteriormente por firma mensual ante gendarmería (noviembre 2014 a noviembre 2015) y la multa se pagó en monedas de un peso a través de la campaña "Sácate un peso de encima"». Rodrigo me contó emocionado, como recibió desde todas partes de Chile botellas llenas de monedas de un peso, con las que pagó su fianza.

La fuerza y convicción de Rodrigo mientras hablaba en el GAM me recorría como una onda eléctrica mientras entregaba y cargaba sus hologramas de fuerza hacia el público. Mi radicalización aumentó varios niveles después de escucharlo y sentirlo expeliendo su *información azul.*

En medio de la exposición, Rodrigo hizo una pausa para tomar agua.

Sentí el agua entrar en su cuerpo, hablar con él, a través de él.
Sentí mi propia saliva. El pozo en donde viven mis ancestr3s.

Un kilo de palta, es más importante que la vida de las personas más sencillas de nuestro país, prosiguió Rodrigo. Ya no se trata de un mero problema ambiental, sino de una abierta discriminación contra personas que soportan niveles de extracción desproporcionados y mucho mayores que el resto del país, solo por el hecho de vivir en lugares olvidados, ser más pobres y tener menos redes de influencia política. Como dice Paola Bolados, académica de MODATIMA, «pareciera que, en este caso, el extractivismo choca con un límite democrático».

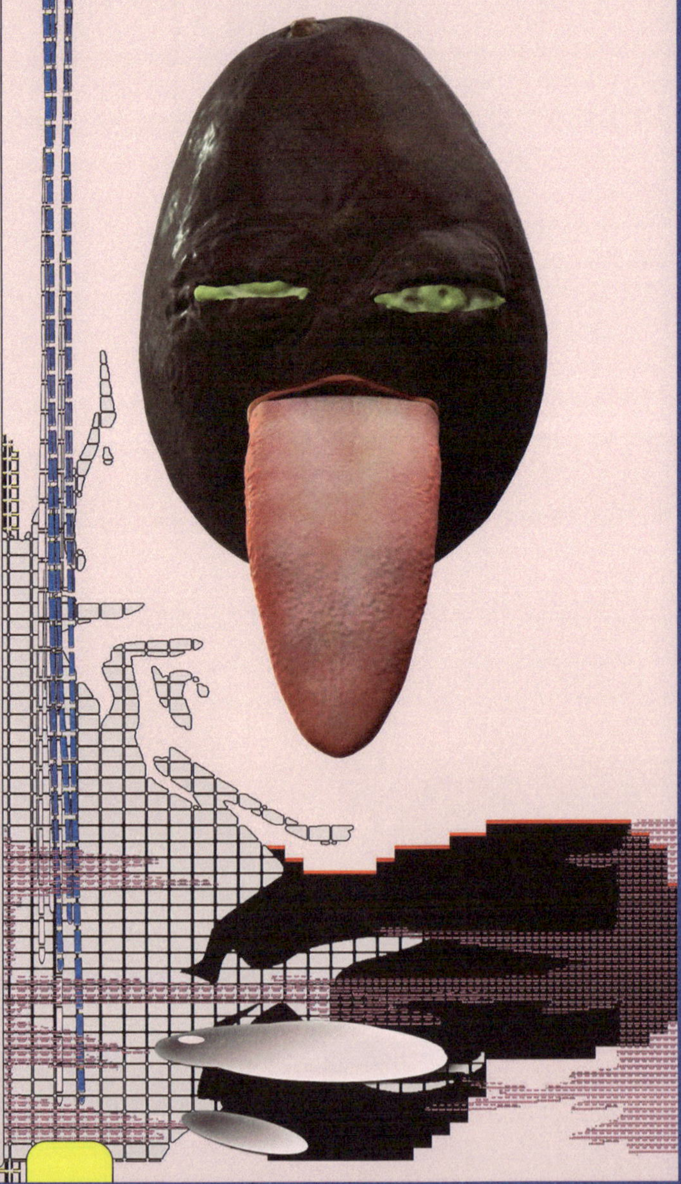

Y así vivimos en Chile. En el límite de lo democrático.

¿Podrá el gobierno mandar a sembrar nubes para que la lluvia artificial llene nuestros pozos secos?

¿Podremos pedirles a los drones que apunten uno a uno a los paltos con sus punteros láser y los hagan explotar, que agujereen las piscinas de riegos para liberar las aguas?

¿Y qué pasa si los drones hacen llover y un relámpago incendia mi templo?

¿Podremos recolectar una a una las lágrimas secas?

Lágrimas de dron, ¡rieguen nuestras tierras!

Si no tienen lágrimas, pedimos entonces pipí de dron.

06 La palabra palta viene del quechua *pallta*, que significa un bulto que se lleva colgando. La palabra *aguacate* que usan en México y Europa para denominar a la palta, viene del náhuatl. Es la combinación de *ahuacatl*, que significa testículo, y *ahuatl*, que se refiere a un árbol, es decir, *ahuacacuahuitl* o "el árbol de los testículos colgantes". *Un árbol hombre. Sexy. Cremoso. Carnoso. Su semen está producido con las aguas sagradas. Toma y toma, sediento, succionando agua extraída a más de 100 metros de profundidad para dar de beber a su prole.*

Mientras indago sobre la palabra "aguacate", Google me ofrece recetas de mascarillas cosméticas. *Mascarillas de privilegio. Pintura facial para las guerras del oro verde.* Casi todas las modelos que posan para las mascarillas tienen un ojo cerrado, que es reemplazado con un cuesco de palta. *No puedo evitar ver ojos tuertos. Cuando un símbolo se resignifica, una ya no puede mirar como antes. Veo ojos ciegos en todas partes.*

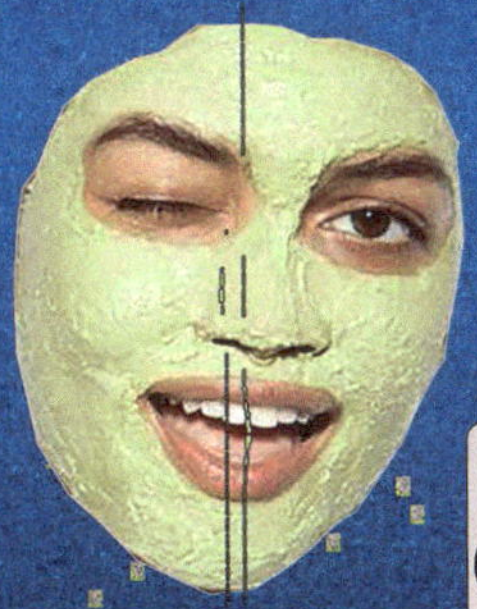

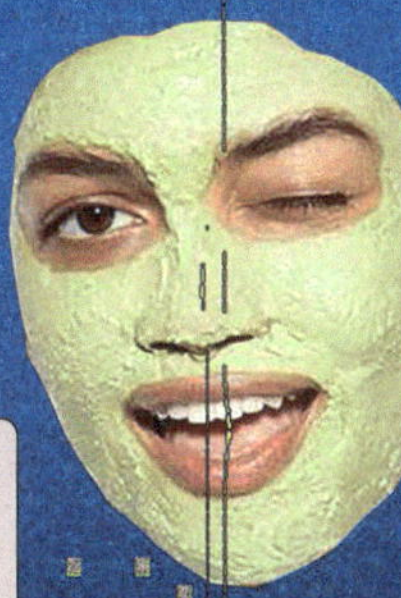

07 Hay pocas cosas más deliciosas que una palta. Es un superalimento. Su cuesco es una semilla que contiene el 70% de los aminoácidos de la fruta. Se puede ingerir tostada, rallada o machacada. Tomada en té, desinflama. *¡Ay! Desinflamarnos, es lo que necesitamos casi tod3s 13s que participamos de este mundo; decantarnos, drenarnos.*

Rodrigo hizo una última pausa para tomar agua.

Terminado el conversatorio, me despido de él. Lo escaneo con mi visión interior. Es azul. *Rodrigo no viene solo, viene con el agua.* Viene con el espíritu fluido de los líquidos amnióticos que nos conforman y que nos conectan desde el centro acuoso de cada una de nuestras células. Su entereza me acompaña desde entonces.

Seba Calfuqueo
Ko ta mapungey ka (Agua también es territorio)

Performance e instalación en el C3A Centro de Creación Contemporánea de Andalucía
Córdoba, 3 de junio, 2022

Ko ta mapungey ka (Agua también es territorio) (2020) es una instalación performativa de Seba Calfuqueo, artista mapuche no binarie. La obra plantea una relación poética y política entre el agua, el cuerpo, la lengua mapuche y la tierra, y pone de manifiesto los efectos devastadores —aridez y muerte— del extractivismo en *Itrofill mongen*, el término mapudungún que designa «a todas las formas de vida». Empleando diferentes técnicas, Calfuqueo traza un sendero performativo cuyo punto de partida son los topónimos hídricos en mapudungún. Al pintar meticulosamente los topónimos correspondientes a *temuko* (agua temu), *kurüko* (agua negra), *likan ko* (aguas de la piedra likan), *luma ko* (aguas de luma) en el lienzo en blanco, Calfuqueo cartografía los antaño caudalosos y hoy desecados ríos que recorren el territorio que actualmente corresponde a Chile. Al lado, la inquietante frase *Mapu kishu angkükelay, kakelu angkümmapukey* (El suelo no se seca solo, otros lo secan) resume el sufrimiento infligido por el Código de Aguas chileno, promulgado en 1981 por la dictadura de Augusto Pinochet, que controla la distribución de los recursos hídricos del país y otorga derechos permanentes a empresas privadas. Mientras Calfuqueo alza uno por uno los grandes bidones de cerámica esmaltados en azul cobalto, el agua empieza a verterse lentamente desde los recipientes a través de las palabras troqueladas «saqueo» y «aridez», que aluden al (neo)colonialismo y a la pérdida de la soberanía indígena, denunciando así las geopolíticas de la carencia y la escasez que han sido impuestas a los pueblos indígenas y a sus mundos.

La *Wuñelfe* —la estrella de la mañana, que nace en Chile y simboliza la resistencia mapuche—, pintada en su rostro, así como el uso del mapudungún funcionan como marcos interpretativos para expresar e inmortalizar el recuerdo inalienable de la resistencia escrito en las aguas menguantes. Afirma Cafulqueo: «Para mí, el lenguaje es una herramienta poderosa para poder ver el mundo de los otros desde una sensibilidad distinta. Recuperar es un gesto de reparación, e incluir el mapudungún en mi obra es una obligación como persona mapuche. Además, mi experiencia vital no binaria también forma parte de este acto de resistencia ante los patrones culturales dominantes». Por último, la performance concluye con un acto de limpieza ritual, donde Calfuqueo, con una falda blanca ribeteada de *kaskawillas*, sostiene un incensario de eucalipto y pino —árboles pertenecientes a los monocultivos que dañan el *Itrofill mongen*—, y hace sonar el instrumento musical en sus manos. Este delicado acto de reparación final tiene la misión, al igual que la estrella *Wuñelfe* y el azul de los bidones, de activar y habitar una estética imaginaria perteneciente a la conciencia mapuche.

Para más información, visita la plataforma digital TBA21 on st_age

DECRE

NO SE SECA SOLA,
OTROS LA SECAN)
MAPU KISHU
KAKELU
(LA TIERRA
PRESENTE CÓDIGO.
ARTICULO 9°-
EL QUE GOZA DE UN DERECHO
DE APROVECHAMIENTO
PUEDE HACER,
A SU COSTA, LAS OBRAS
INDISPENSABLES
PARA EJERCITARLO.

LAS AGUAS
RODEAN
WALLMAPU

En el corazón fluido del territorio de Wallmapu

Macarena Gómez-Barris

Seba Calfuqueo, KOWKÜLEN, Ser líquido, 2020

En este fotograma de su exuberante pieza de vídeo *KOWKÜLEN, Ser líquido*, de 2020, vemos el cuerpo de Seba Calfuqueo suspendido del tronco grueso de un árbol caído. Atada con cuerdas de un azul intenso, el color sagrado de Wallmapu — el hogar ancestral de las comunidades indígenas mapuche—, la espalda de Calfuqueo conforma un puente ontológico, una conexión entre la madera muerta de los campos de monocultivo y el mundo líquido y vivo del río; un arco entre el colonialismo y el paisaje onírico y sobrehumano del *perimontun* —la visión— mapuche. El cuerpo de Calfuqueo pende entre dos mundos: por un lado, la violencia colonial de la vida real; por otro, el paradigma civilizador de Occidente, presente de un modo virtual.

Cómo puede el arte defender el territorio y el agua? ¿Cómo puede la corporalidad transindígena mediar, desmentir y complejizar la dualidad occidental entre lo artístico y lo político? La destrucción de la Tierra somatiza el trabajo racializado femenino y transfeminista. Este sistema global de brutalidad interrelacionada convierte la vida de las geografías indígenas ricas en recursos en capital multinacional, tal y como hizo la empresa hispano-italiana Endesa en el río Biobío. El capitalismo extractivo se manifiesta en el impulso capitalista transecogenofeminicida. En los territorios de Wallmapu, al igual que en el resto del continente americano, el proceso de extracción antropogénica no ha hecho más que acelerarse en una carrera por las últimas reservas de petróleo, bosques y agua.

> «Desde 1981, con el Código de Aguas posterior a la Constitución de Pinochet, se separa el agua de la tierra. Esto establece la idea del "derecho de aprovechamiento del agua", que, en el contexto chileno, consiste en entregar a los agentes privados el derecho a utilizar el agua y extraerla en los territorios a costa del acceso y el consumo humano, a costa de la relación con las especies, de la salud de los ecosistemas. [...] Hay zonas de sacrificio en Chile: son lugares que el Estado o las empresas deciden instalar como proyectos extractivos, donde destruyen el territorio, acaban con el agua, donde extraen el mercurio, y, hoy en día, están completamente contaminados. Los habitantes de estas regiones han de valerse por sí mismes y vivir en un lugar que es un infierno». – Seba Calfuqueo

El cuerpo de Calfuqueo no es una metáfora ni una estetización simplificada, sino la materialidad literal de la violencia extractiva colonial. Su cuerpo difumina la mirada, suspendido en el plano de lo contrario. Calfuqueo imagina un futuro que no sea su mera destrucción. La *poesis* social de este puente transitivo emplea las cualidades líquidas del agua como antídoto contra la pétrea mirada occidenta[1].

Al mostrar su espalda a la cámara, Calfuqueo se aparta de la mirada extractiva, plegándose en el espejo doble de un abrazo líquido. En el nexo intraducible entre el inglés, el español y el mapundungún, la transitividad mapuche referida al género y al sexo se vuelve tangible. *Weye, Alka Domo, Antu Kuram* o *Kangechi* son términos mapundungunes que definen y multiplican la categoría de lo no binario. Opuestos a la lógica normalizadora de la zona extractiva, aluden a un pluriverso de identidades sexuales y de género y de formas de existencia, procedentes del archivo colonial y borradas por este mismo dispositivo, tal y como demuestra la investigación de Calfuqueo. En estas performances de tierra y agua, fusiona el cuerpo y el territorio, y lo líquido, lo sólido y el resto de estados pasan a formar parte de la condición carnal de la intermediación, visibilizando el modo en que las prácticas disconformes del pueblo mapuche están en el corazón de la diferencia ontológica de Wallmapu.

> «Cuando miro el agua pienso: el agua no es ni femenina ni masculina. En particular, yo me he vinculado mucho con el territorio de Curacautín, habitando el bosque y el río. Observar la naturaleza es pensar de una manera no colonial, estar en contra del binarismo, más allá del género. Lo que el sistema colonial hizo sobre los cuerpos, sobre los territorios, es separarles en binomios: civilizado-bárbaro, blanco-negro, femenino-masculino. El mundo no es dos cosas: hay una infinidad de espacios intermedios que para mí son mucho más importantes de disputar». – Seba Calfuqueo

El arco performativo de esta obra basada en el cuerpo representa lo que J. Kēhaulani Kauanui, la gran académica kanaka maoli, ha definido como «indigenidad persistente» a la capacidad de los pueblos indígenas de resistir, persistir y rechazar la deriva mortal del colonialismo invasor, así como de representar su lógica operativa y sus esfuerzos por eliminar a los nativos[1]. Aquí, el cuerpo indígena no binario de Sebastián respira y genera capacidades que viven en medio de la opresión de la economía de cultivo, bajo ocupación colonial, sufriendo la escasez de agua y la explotación de la tierra, resistiendo los múltiples embates de la acumulación tardocapitalista. Desde las expediciones de conquista de Pedro de Valdivia en el siglo XVI hasta las continuas campañas militares durante la construcción del Estado republicano, el pueblo de la tierra-mapuche ha resistido en su indigenidad.

> «Tenemos, lamentablemente, muchos mártires dentro del pueblo mapuche. [...] Los impactos que han generado las prácticas extractivas en los territorios, la violencia, es muy brutal. La Araucanía hoy en día está militarizada: uno encuentra comunidades, niñes que viven viendo a militares con armas y metralletas apuntándoles. ¿Quién vive así? ¿Qué vida es esa? En este proceso de cambio de paradigmas, hay mucha gente poderosa que no quiere perder los privilegios que ha conseguido a costa de otros». – Seba Calfuqueo

En la imagen de Calfuqueo, por tanto, vemos un contraste que se opone a la reducción de la biodiversidad. Calfuqueo nos traslada a la riqueza pletórica de la vida trans y no binaria en los pueblos indígenas mapuche. Este líquido es una referencia a la fluidez, antídoto contra el Antropoceno colonial. En su fluidez, la corporeidad transindígena, en este caso aplicada a la condición trans del género y el sexo en la cultura mapuche, no distingue entre identidad comunitaria y lucha anticolonial. Ambos relatos se entretejen y enredan en el juego sexual de la dominación colonial. Son inseparables de la lucha política por la desmilitarización, la descolonización y la descapitalización. Y están tan imbricadas en la vida transmapuche como los propios Andes, que se extienden como un repertorio común de historias más allá de las fronteras del Estado nación. De hecho, los territorios ancestrales del pueblo mapuche cruzaban las fronteras de Chile y Argentina. Haciéndose eco, el investigador mapuche Luis Carcamo-Huechante escribe de un modo conmovedor acerca de las ondas sonoras, difundidas a través de la radio, que unen actualmente los territorios de Wallmapu a ambos lados de los Andes[2].

1 J. Kēhaulani Kauanui, «"A Structure, Not an Event": Settler Colonialism and Enduring Indigeneity», *Emergent Critical Analytics for Alternative Humanities,* vol. 5, n.º 1, primavera de 2016. Disponible en línea: https://csalateral.org/issue/5-1/forum-alt-humanities-settler-colonialism-enduring-indigeneity-kauanui/ (última consulta: 17/10/2022).

2 Luis Carcamo-Huechante, «Indigenous Interference: Mapuche Use of Radio in Times of Acoustic Colonialism», *Latin American Research Review*, vol. 48, n.º 1., enero de 2013, pp. 50-68. Disponible en línea: https://doi.org/10.1353/lar.2013.0056 (última consulta: 17/10/2022).

Claudia Comte, El hacha, 2018, y Objeto escultura 52: el gusano, 2017, y La botella, 2018

Thomas Struth, Paraíso 7, Daintree, Australia, 1998

Miler Lagos, Los anillos de corazón esmeralda, 2022

Pipilotti Rist , Piernas relacionadas (Dientes de león de Yokohama), 2001

Mario García Torres, El día en que la humanidad se desvaneció, s. f.

Sarah Lucas, Dacre, 2013

Rirkrit Tiravanija, sin título 2014-2016 (curry para el alma de los olvidados) (tres), 2016

Asunción Molinos Gordo, Barruntaremos, 2021

Yeo Siew Hua, Invocación a la Tierra, 2020

Olafur Eliasson, Eye see you, 2006

Rivane Neuenschwander, Especie bandera, 2022

ECOPETROL
BRITISH - PETROLEUM

NAUTILUS
MINERALS
BAYER

GRUPO
HOME
NESTLÉ
COMPANY
Caja Negra
Black box
Continúa exposición
Exhibition Continues

Especie bandera

Rivane Neuenschwander
Taller
Con la colaboración de la Escuela de Arte Mateo Inurria de Córdoba

El origen de la crisis civilizatoria actual se encuentra en nuestra histórica incapacidad para comprender que no podemos separar nuestras vidas del destino de aquello que nos rodea. La tarea más urgente consiste en refutar esa mirada soberana sobre todas las cosas que componen el medio en el que vivimos. La concepción extractivista del mundo, sobre la que se asientan las bases del desarrollo de la modernidad capitalista, ha sido impugnada en las últimas décadas mediante una nueva y revolucionaria figura jurídica y filosófica: los derechos de naturaleza. Una demanda global que posee un especial arraigo en los movimientos indígenas de las Américas. De este modo, hablar de los derechos de la naturaleza y de las obligaciones de respeto, garantía y protección de la misma recogidas en diferentes legislaciones no es un acto neutral, sino producto de planteamientos situados y mediados por formas de vida que, históricamente, han promovido y promueven la convivencia y la armonía en el planeta.

Especie bandera de Rivane Neuenschwander se alinea, precisamente, con la reivindicación de una carta de derechos fundamentales de la naturaleza que rompa de una vez con el antropocentrismo hegemónico. El término «especie bandera» se utiliza en el ámbito del conservacionismo para denominar aquellas especies endémicas que, debido a su carácter icónico, pueden convertirse en representantes o bien de un determinado ecosistema, o bien del medioambiente en general. La propuesta didáctica de Neuenschwander consiste en tomar el término «especie bandera» en sentido literal y rediseñar las banderas nacionales de los diferentes países a partir de la flora y la fauna que los caracterizan, generando así las insignias nacionales *desde el punto de vista* de la naturaleza. El objetivo es dotar a la naturaleza de representación política, así como introducir un nuevo sistema de valores dentro de las anquilosadas divisas nacionales. Esta reivindicación presenta una forma alternativa de habitar la Tierra que inevitablemente viene acompañada de la denuncia de las agresiones medioambientales contemporáneas. Lo mismo ocurre con las banderas: cada enseña natural contiene un reverso negro donde se representa al agente causante de un determinado ecocidio. Sobre este emblema luctuoso se plasma claramente el nombre de la empresa o entidad que de facto es responsable de una catástrofe en cada país.

El proyecto de Neuenschwander aúna algunas de las estrategias características de su trabajo como son la apropiación, el pictoricismo y la participación, y las lleva hasta sus últimas consecuencias. *Especie bandera* no consiste en la producción de una obra acabada, sino en generar un espacio social que combina la reflexión y el debate sobre los derechos fundamentales de la naturaleza con el diseño de nuevas banderas. El vocabulario básico de las banderas basado en siluetas y tintas planas fue definido por la artista con anterioridad, a fin de servir de orientación a los participantes. Los talleres se llevaron a cabo en diferentes intervalos y algunos diseños resultantes fueron posteriormente seleccionados por Neuenschwander para ser producidos en acrílico sobre tela e incorporados de manera progresiva a una instalación que cartografía la relación entre la preservación y la destrucción y el extractivismo de la abundancia natural del mundo.

Idea original de las banderas producidas hasta la fecha (diciembre de 2022):

Japón: Sara Martínez Rodríguez
Sudáfrica: Ángela Galán Ibáñez
Nauru: Patricia Domínguez
Vietnam: Patricia Ortiz San Román
Argentina: Julián Povedano
Colombia: Paula Ceballos Butrón
Francia: Cintia Jiménez Sánchez
India: Cintia Jiménez Sánchez
Armenia: Miguel Ramírez Ponferrada
Alemania: Ángela Álvarez Molina
Indonesia: Laura Chacón Moyano
Liberia: Sofía Isabel Mas Camacho
Argelia: Pepa María Sánchez Bazo
Nigeria: Blanca Cubero Sánchez

Descampado del Campo de la Verdad, marzo de 2022

Un suelo para las historias del arte del futuro

Latitudes
(Max Andrews y
Mariana Cánepa Luna)

¿En qué medida han sido culpables las historias y las instituciones del arte del empobrecimiento y de qué manera podrían posibilitar la abundancia? Lo que hoy conocemos como arte contemporáneo surgió, acelerado por la globalización, a partir del modo en que la modernidad conceptualizó las relaciones con la naturaleza como entidad externa. La visión del mundo en la modernidad industrial, que emergió en el siglo XIX, fue principalmente la de una realidad autónoma. La naturaleza se percibía como inmune a las acciones humanas, y los fenómenos sociales y humanos se separaban de las causas y disposiciones naturales. Sin embargo, las desastrosas consecuencias de industrializar y capitalizar la Tierra han hecho añicos esa supuesta división entre la historia humana y la historia de la vida. Tal y como muestran numerosos estudios científicos, estamos en medio de una concatenación de desastres medioambientales[1]. Además, puede que hayamos llegado a un punto de inflexión cultural a la hora de seguir pensando y relatando nuestro pasado para imaginar un futuro posible. Según afirma el científico Daniel D. Richter, nuestro planeta «es un palimpsesto en el que las acciones humanas actuales aceleran borrados y reescrituras que plantean un reto intelectual para las ciencias, las humanidades y las artes»[2].

¿Qué está en juego cuando hablamos de ecología curatorial, de las historias medioambientales del arte o de profundizar en la integración de los procesos socionaturales en la percepción que las instituciones artísticas tienen de sí mismas? En muchos casos se podría defender que las prácticas artísticas actuales ya están participando en dicha reescritura, al igual que otras humanidades medioambientales interseccionales —derecho medioambiental, ecología política, economía política, entre otras— que implícitamente vuelven a tejer la brecha entre las actividades humanas y

1 David McKay, Arie Staal, Jessie Abrams, Ricarda Winkelmann et. al., «Exceeding 1.5°C global warming could trigger multiple climate tipping points», *Science*, vol. 377, n.º 6611, 9 de septiembre de 2022.

2 Daniel D. Richter, «Game Changer in Soil Science. The Anthropocene in soil science and pedology», *Journal of Plant Nutrition and Soil Science*, vol. 183, n.º 1, febrero de 2020. Las traducciones de citas al español son de Carlos Primo para esta publicación, salvo que se indique lo contrario.

la naturaleza. En la misma línea, las instituciones artísticas y las historias del arte orientadas al futuro pueden aventurarse en nuevas perspectivas compartidas con el mundo natural, en lugar de ubicarse en una posición adyacente sin más. Este ensayo trata de leer de forma crítica cómo los linajes de la Historia del Arte con mayúsculas se retrataron mediante una analogía visual espuria de la abundancia natural, y el modo en que otras historias del arte y sus formas futuras podrían acompasarse con las formas y temporalidades de la tierra que pisamos[3]. Atreverse a imaginar la posibilidad de futuros fértiles y especular con visiones de coexistencia no solo humana son gestos con profundas consecuencias en nuestra manera de narrarnos hoy y de volver a narrar las historias del arte del pasado, también en lo que entendemos por «moderno» y «contemporáneo» al comisariar exposiciones en el contexto de una historia planetaria como una de las especies que conforman la «trama de la vida»[4].

Hace mucho tiempo que el arte moderno y la historia moderna del arte asumieron la falsedad ontológica y epistemológica de imaginar a la humanidad y las humanidades construyendo su propia historia en soledad, ocultando el hecho de que sus producciones, relaciones y economías siempre han estado recorridas por procesos biofísicos. Frente a ello, una cronología terráquea en la cual la humanidad se conciba como un agente geológico exige una conciencia planetaria más aguda. Siguiendo esta premisa, la producción de arte podría percibirse con más claridad como otro «forzamiento humano», igual que las proliferaciones antropogénicas, las dispersiones globales, inscritas tanto en el clima como en los registros geológicos o los ecosistemas, o las sociedades de todo tipo en los archivos de la Tierra[5]. Estos forzamientos humanos están desestabilizando los sistemas de la Tierra desde muchos puntos de vista, tanto físicos como intelectuales, y estas alteraciones persistirán y se acelerarán a lo largo de los próximos milenios.

A medida que las sociedades se enfrentan a una sensación creciente de extrema imprevisibilidad, complejidad y fragilidad ecosistémica, el arte y sus relatos pueden desempeñar un papel crucial para no perpetuar el mito de la autonomía de los logros de la humanidad. Dado que los límites planetarios también exponen los límites del conocimiento, las instituciones, tradicionalmente autoritarias, no tienen más remedio que avanzar plantando cara a los argumentos descontextualizados sobre las capacidades antropocéntricas, e incorporando articulaciones de otros ámbitos.

Introducir el concepto de naturalezas históricas y de cómo se han formado y deshecho en relación con las nociones predominantes de lo moderno y lo contemporáneo en el arte proporciona una de esas vías de futuro para repensar las escalas temporales y expandir la reflexión medioambiental. Por ejemplo, el término «calentamiento global» saltó del ámbito académico al debate público a mediados de los años noventa, en la misma época en que, en paralelo, el comisariado y las bienales comenzaron a hablar de la globalización como una suerte de humanismo universal. La proliferación de bienales y ferias de arte creó un calendario artístico regular y cíclico que fue naturalizado debido en parte a su ritmo estacional. Lo que hoy consideramos como arte contemporáneo maduró en los noventa y está profunda y problemáticamente ligado a la noción de la globalización como una historia

3 Nos gustaría expresar nuestro agradecimiento a las organizaciones que han apoyado nuestros proyectos y las investigaciones que han conducido a este texto: la exposición *4.543 billion. The matter of matter* (CAPC musée d'art contemporain Bordeaux, Burdeos, 2017-2018); la residencia Geologic Time (Banff International Curatorial Institute, Visual + Digital Arts Department, Banff Centre for Arts and Creativity, Banff, 2017); la conferencia *Curating in the Web the Life* (Garage Museum of Contemporary Art, Moscú, 2019), y la serie de talleres itinerantes Near Future Artworlds Curatorial Disruption Foresight Group (Vessel / Monash Art Design and Architecture Curatorial Practice Program, Bari, 2015; Eastside Projects, Birmingham, 2015; Kadist Art Foundation, San Francisco, 2015; Dublin City Council / The LAB, Dublín, 2018; Bar Project, Barcelona, 2019; Academy of Fine Art, Uniarts Helsinki, Helsinki, 2022).

4 La expresión «trama de la vida» (una suerte de versión mejorada del pensamiento ecológico sistémico) procede de Jason W. Moore, quien introduce esta idea en su libro *Capitalism in the Web of Life* (El capitalismo en la trama de la vida) de este modo: «La "trama de la vida" es la naturaleza en su integridad: naturaleza con una empática "n" minúscula. Se trata de la naturaleza en tanto nosotros, tanto dentro de nosotros, como a nuestro alrededor. Es la naturaleza en tanto flujo de flujos». Véase Jason W. Moore, *El capitalismo en la trama de la vida. Ecología y acumulación de capital* [2015], María José Castro Lage (trad.), Madrid: Traficantes de Sueños, 2020, p. 17.

5 Richter, *op. cit.*

Miguel Covarrubias, El árbol del arte moderno – Plantado hace 60 años, 1933

del planeta entendido como un dominio esférico exclusivamente humano. El arte contemporáneo se presentaba como un lenguaje global con acentos locales. Los artistas y los comisarios se retrataban como ciudadanos o «nómadas» globales, y las exposiciones a gran escala solían estar apuntaladas por impulsos de cartografiar el territorio[6]. El historiador Dipesh Chakrabarty ha señalado en varias ocasiones que lo global sigue siendo una categoría ligada a lo humano, mientras que hablar de una historia *planetaria*, que tenga en cuenta el sistema terráqueo y el tiempo geológico, desplaza a nuestra especie del centro, ya que es imposible que los humanos sean los protagonistas del relato[7].

En los Estados Unidos de los años treinta, en el momento cultural exacto en que el arco dominante del arte occidental trasladaba la abstracción en un trayecto geopolítico de París a Nueva York en vísperas de la Segunda Guerra Mundial, una visión estructural y morfológica de la historia del arte quedó literalmente esbozada bajo una imagen de abundancia arquetípica: un árbol. Esta figura explicativa e imagen de naturaleza histórica vertebraría los relatos culturales durante casi un siglo a través de la institución que simboliza el arte del siglo XX: el Museo de Arte Moderno de Nueva York (MoMA).

El árbol del arte moderno – Plantado hace 60 años, del artista e investigador mexicano Miguel Covarrubias, apareció por primera vez en *Vanity Fair* en 1933, tres años antes de que el primer director del MoMA, Alfred H. Barr Jr., hiciera su conocido *Diagrama de la evolución estilística del arte de 1890 a 1935* para la portada del catálogo de la exposición *Cubism and Abstract Art* (Cubismo y arte abstracto), celebrada en 1936 en dicha institución. El árbol de Covarrubias tiene exactamente cincuenta hojas y cada una corresponde a un artista moderno, todos ellos hombres blancos europeos. Las siete raíces del árbol representan a los padres fundadores: Eugène Delacroix, Honoré Daumier, Jacques-Louis David, Nicolas Poussin, Jean Auguste Dominique Ingres, Gustave Courbet y Camille Corot. Arrinconadas en un lateral están las categorías del arte antiguo e indígena, representadas por un busto griego y una caricatura de una figura tribal del pueblo dogón. Un hombre recostado junto al tronco sostiene el marco de un cuadro: una descripción satírica de Barr decidiendo qué recolectar y exponer en «su» museo.

Aparentemente caprichosa, la genealogía del árbol presenta, no obstante, algunas simplificaciones funcionales muy elocuentes. La forma del árbol «naturaliza» las dinámicas históricas y materiales

6 Los títulos de estas exposiciones son bastante elocuentes: la 1ª Bienal de Gwangju, en 1995, *Beyond the Borders* (Más allá de las fronteras), y la sección principal de la 23ª Bienal de São Paulo en 1996, *Universalis*, por ejemplo. Esta última resumía un mensaje acelerado «de ciudadanía global y divisiones superadas entre ideologías, territorios, religión, raza, cultura, humanidad y artes». Véase también https://www.gwangjubiennale.org/en/archive/past/1.do (última consulta: 31/10/2022).

7 Véase, por ejemplo, la conversación entre Ashish Ghadiali y Dipesh Chakrabarty en el podcast del Sarah Parker Remond Centre for the Study of Racism and Racialisation, Londres: University College London (UCL), 13 de junio de 2021. Transcripción disponible en línea: https://www.ucl.ac.uk/racism-racialisation/transcript-converstion-dipesh-chakrabarty (última consulta: 24/10/2022).

de la cultura colonialista industrial de Occidente, mostrándolas como algo tan inevitable como el crecimiento[8]. Reconocemos su forma natural y, sin embargo, solo vemos logros humanos en ella. Por su parte, las relaciones no se reducen a un juego de presiones y respuestas, sino a un flujo unidireccional de nutrientes de influencia. Las realidades y flujos de la dominación tecnológica, económica y colonial, de la industrialización y el capitalismo, se omiten y a la vez resultan implícitas, como fuerzas inexorables de la naturaleza. Pese a todo, este aparente naturalismo se atempera cuando comprendemos que, para dar cabida a fusiones y nuevas convergencias, el crecimiento y la ramificación diagramática del árbol han sido dirigidos y podados. Como un árbol frutal con espalderas o un bonsái, la planta ha sido domada y modelada para incentivar la producción o encajar en un ideal. El comisariado de Barr consiste en quitar brotes, atar y doblar ramas.

Claramente influido por Covarrubias, el diagrama de Barr, también estructurado en raíces y ramas, es más analítico y sustituye los nombres de artistas concretos por los de escuelas y movimientos. Se parece más a un sistema de ríos y presas, donde el caudal y la gravedad han sustituido al crecimiento[8]. Hace mucho que la historiografía habla de ramas de conocimiento, y los diagramas de árbol, conocidos como «árboles de Porfirio», se remontan a la Antigüedad clásica. Sin embargo, la idea de que la producción cultural humana pueda ser cartografiada como un sistema orgánico visibiliza aquí una tensión entre temporalidades desajustadas en lugar de imaginar la posibilidad de enredos realmente intrincados con los mundos no solo humanos. Los ilustrativos intentos de Covarrubias y Barr, que tratan de modelar la historia del arte mediante una analogía estructural unitaria y seudoorgánica, refuerzan en definitiva la mitología monolítica del MoMA fundamentada en la separación entre las humanidades y el mundo natural.

En 2019 el MoMA presentó una reconfiguración de la exposición de sus fondos. Los nuevos montajes acababan por fin con la doctrina de los movimientos artísticos que durante décadas sirvió al museo para clasificar el arte del último siglo. Expusieron obras de muchas más mujeres y artistas no blancos y no occidentales. A pesar de mantener un orden cronológico en líneas generales, los montajes admitían desvíos, excepciones y yuxtaposiciones fortuitas. Palabras como «obra maestra», «genio» y «revolución» dejaron de usarse, y otras como «expresionismo» o «fauvismo» desaparecieron de la cartelería. Comenzaba a erosionarse la obsesión supremacista del museo con un relato unidireccional. Pero hace falta algo mucho más radical.

Con el surgimiento de la historia medioambiental en Estados Unidos, en torno a los años sesenta, la Historia comenzó a pensarse desde la óptica de los ecosistemas y las naturalezas extrahumanas. La historia medioambiental considera a los humanos como entes biológicos. Con esta premisa, ¿podríamos, al menos, imaginar una historia medioambiental del arte que considere las obras de arte y a los artistas como agentes biológicos y geológicos en lugar de como impresionistas, posminimalistas o de otro tipo?[9]. Desde esta perspectiva, la historia del arte hasta hoy no solo ha sido una expresión de la creatividad humana, sino algo posibilitado por una cierta estabilidad en la atmósfera. ¿Podemos imaginar historias y prácticas artísticas que tengan relación con las historias naturales y que reflexionen sobre los efectos de deshacer esta noción de dos elementos separados que interactúan? ¿Podríamos imaginar una historia del arte no solo «reasalvajada» más allá de la modernidad o los géneros, sino una más allá del sentido convencional de la Historia, que formase parte de una historia cultural de las especies?

María Puig de la Bellacasa ha escrito de un modo muy ilustrativo acerca de un ente renovable

8 Es llamativo que en 1936, el mismo año de la exposición *Cubism and Abstract Art* y del *Diagrama de la evolución estilística del arte*, el MoMA también produjo *Edward Steichen's Delphiniums*, una exposición que duró una semana y que mostró flores —flores «modernas»— híbridas y cultivadas, presentadas como creaciones del fotógrafo y apasionado cultivador de *Delphinium* Edward Steichen.

9 Un guiño a Alfred W. Crosby Jr., que en el prólogo de su libro *The Columbian Exchange* escribió: «el Hombre es un ente biológico antes que católico romano, capitalista o cualquier otra cosa». Alfred W. Crosby Jr., *The Columbian Exchange: Biological and Cultural Consequences of 1492* [1972], Westport, CT: Greenwood Publishing Group, 2003, p. XXV.

y autorrenovable que ha sido frecuentemente despreciado como conexión entre los humanos y sus relaciones con la naturaleza: el suelo[10]. La autora señala la posibilidad de pensar *con* el suelo como una analogía novedosa y nutritiva para hablar de visiones relacionales transformadoras y para trazar las futuras historias del arte y de las exposiciones en la trama de la vida. Además, el suelo subraya la especificidad de la propia analogía: las comunidades del suelo combinan elementos diversos vivos e inertes, de los cuales, a su vez, el ser humano forma parte. Jason W. Moore evoca de una manera similar las coproducciones de la trama de la vida: «En pocas palabras, los seres humanos crean medioambientes y los medioambientes crean personas —y organización humana—»[11].

Puig de la Bellacasa reflexiona sobre cómo el desarrollo de las ciencias del suelo, derivado de la agricultura orgánica y de los movimientos de cultivo alternativo a partir de la década de 1970, ha permitido pensar *desde* el paisaje gracias a una comprensión ecológica del suelo como un sistema vivo frágil y complejo, en lugar de un mero depósito de nutrientes. En esta reconceptualización, el suelo existe *con* y *a través* de una comunidad multiespecie de biota que lo compone y contribuye a su constante creación.

Por el contrario, el árbol moderno de Covarrubias correspondería a una lógica del suelo basada en la producción, en la intensificación agrícola en busca de máximos beneficios, y en la forma moderna de entender las relaciones desconectada de la temporalidad lenta de la renovación natural. El árbol moderno se configura a través del control como un objeto, y cualquier otra clase de relación, práctica o temporalidad se inhibe y restringe. El suyo no es un organismo que encarne relaciones interdependientes coconstruidas, sino una planta reducida a estatus de cultivo en la que el suelo ha sido puesto a trabajar y el cuidado se ha instrumentalizado regimentalmente, priorizando la producción de follaje ante todo. El suelo, con sus vidas y procesos, ofrece una alternativa más fértil al modelo moderno del árbol único a la hora de coordinar hechos ecosistémicos e interpretaciones culturales que permitan evocar y habitar horizontes alternativos de acción, relación y transformación.

¿Para qué sirve pensar *con* los suelos? En 1949 el ecólogo Aldo Leopold acuñó la expresión «pensar como una montaña» en su libro *A Sand County Almanac*[12]. Sostenía que se podía narrar la historia —y, por extensión, crear arte— desde el punto de vista de los agentes no humanos. Al debatir el modo en que la narratividad podría integrarse con la ciencia medioambiental, la antropóloga Julie Cruikshank ha planteado esta cuestión retórica: «¿Sirven los glaciares para pensar con ellos?», sugiriendo que los glaciares y los relatos glaciales pueden interrumpir y exceder los campos conceptuales y los marcos dominantes del conocimiento[13].

En la misma línea, Puig de la Bellacasa propone el cuidado del suelo como un conjunto de relaciones que pueden acercarnos a la ruptura de la lógica binaria, especialmente «la estéril oposición binaria entre lo utilitario y las relaciones altruistas con otros no-solo-humanos»[14]. Esta perspectiva sugiere la posibilidad de elaborar historias poliédricas que no solo se relaten en beneficio de los humanos. Si permitimos que el suelo se multiplique como cuerpo natural y expanda sus funciones más allá del mero fin agrícola, se vuelve propicio a una fundación ecológica o paisaje cuya interrelación y capacidad va más allá de los meros atributos humanos. En otras palabras, prestar atención a las culturas multiespecie de los suelos exige no solo cambiar el modelo histórico del suelo, sino también repensar la forma en que los humanos conservan la vida a través de planteamientos necesariamente relacionales, teniendo en cuenta diversas temporalidades. Un *ethos* atento al suelo de fértiles futuros artísticos convierte a

10 María Puig de la Bellacasa, «Soil Times: The Pace of Ecological Care», *Solitude Journal 1 – Collective Care & Response-ability*, 2020, pp. 98-107.

11 Moore, *op. cit.*, p. 17.

12 Aldo Leopold, *A Sand County Almanac, and Sketches Here and There*, Oxford: Oxford University Press, 1949.

13 Julie Cruikshank, «Are Glaciers "Good to Think With"? Recognising Indigenous Environmental Knowledge», *Anthropological Forum*, vol. 22, n.º 3, 2012, pp. 239-250. El antropólogo estructura-lista francés Claude Lévi-Strauss acuñó la expresión «bueno para pensar con» en 1962.

14 Puig de la Bellacasa, *op. cit.*

los humanos, sus movimientos y sus medios en miembros activos de comunidades naturales y no solo en beneficiarios de sus servicios. En resumen, la producción artística se incluye de manera más decisiva en una ontología y una comunidad viva, y a su vez se implica en su creación y adaptación dentro de ella.

Construir y pensar en una nueva lógica ajena al dualismo entre humanidad y naturaleza exige nuevos relatos, nuevas gramáticas, nuevas estrategias relacionales y nuevas figuraciones explicativas. Desde esta perspectiva alternativa, la Historia es una historia donde la actividad humana *siempre* ha estado entremezclada y enmarañada en la trama de la vida. Adoptando el principio de la humanidad-en-la-naturaleza y de la naturaleza-en-la-humanidad, podríamos imaginar una historia del arte y un modo de hacer exposiciones de adentro hacia fuera y de afuera hacia dentro. Podríamos también imaginar un vocabulario compartido de términos que se movieran indistintamente entre usos estéticos y no estéticos. Y podríamos dedicar más atención a categorías que, como el suelo, se niegan a hacer distinción entre las formas culturales y otras formas de experiencia vital. El presente y el futuro, del mismo modo, exigen reconstruir y refrescar el modelo teórico del género expositivo global, sus posibilidades y condiciones. Posibilitar un sentido más profundo y amplio de los linajes de creación de imágenes y objetos podría generar las condiciones necesarias para la abundancia, abordando la dañina separación que todavía existe entre las humanidades y el mundo natural, y la huella que esta fractura ha dejado en las instituciones del conocimiento responsables de que la historia del arte y el arte mismo se considerasen como un orden alternativo a las fuerzas y objetos de la trama de la vida. El resultado no sería una estructura única y universal, ni un árbol unitario de la modernidad, sino innumerables perspectivas, prácticas, sistemas, temporalidades e imaginaciones específicas en distintos grados de composición y descomposición, tanto activas como en barbecho.

Por decirlo de otro modo: pensar *a través* del suelo implica un entendimiento diferente de la forma. Tal y como ha señalado la investigadora literaria Caroline Levine, en el análisis crítico tienen más peso los patrones espaciales que los temporales[15]. Incluso los formatos expositivos ligados al tiempo suelen calificarse como inmóviles y limitados. Sin embargo, un pensamiento alineado con el suelo podría permitirnos comprender mejor esas complejas redes donde conviven modos de organización diversos —a veces contradictorios— y los ritmos sincopados que estructuran una institución. En lugar de analogías arbóreas y diagramas de «historia enlatada», podríamos imaginar intrincadas temporalidades de suelo tan complejas como los flujos del sistema terrestre o los movimientos del agua y el capital por todo el planeta. Al exponer cómo se han situado y representado históricamente las naturalezas, y cómo las relaciones sociales y culturales están estructuradas, enmarcadas o atravesadas, no solo daríamos con un nuevo tipo de historia del arte, sino también con nuevos tipos de instituciones artísticas, con una empática «a» minúscula, en un guiño a la expresión de Moore[16], que dejarían atrás para siempre la división entre las humanidades y el mundo natural.

15 Tal y como sugiere Levine, diagramas como el de Barr neutralizan la identificación de patrones: «Desde los años ochenta, los relatos historicistas de la experiencia cultural han tendido a espacializar el tiempo, entendiendo la historia en términos de períodos, que en lo académico funcionan más como contenedores acotados que como patrones en desarrollo». Caroline Levine, Forms: *Whole, Rhythm, Hierarchy, Network*, Princeton: Princeton University Press, 2015. Edición Kindle, p. 52.

16 Véase la nota 4 en este mismo texto.

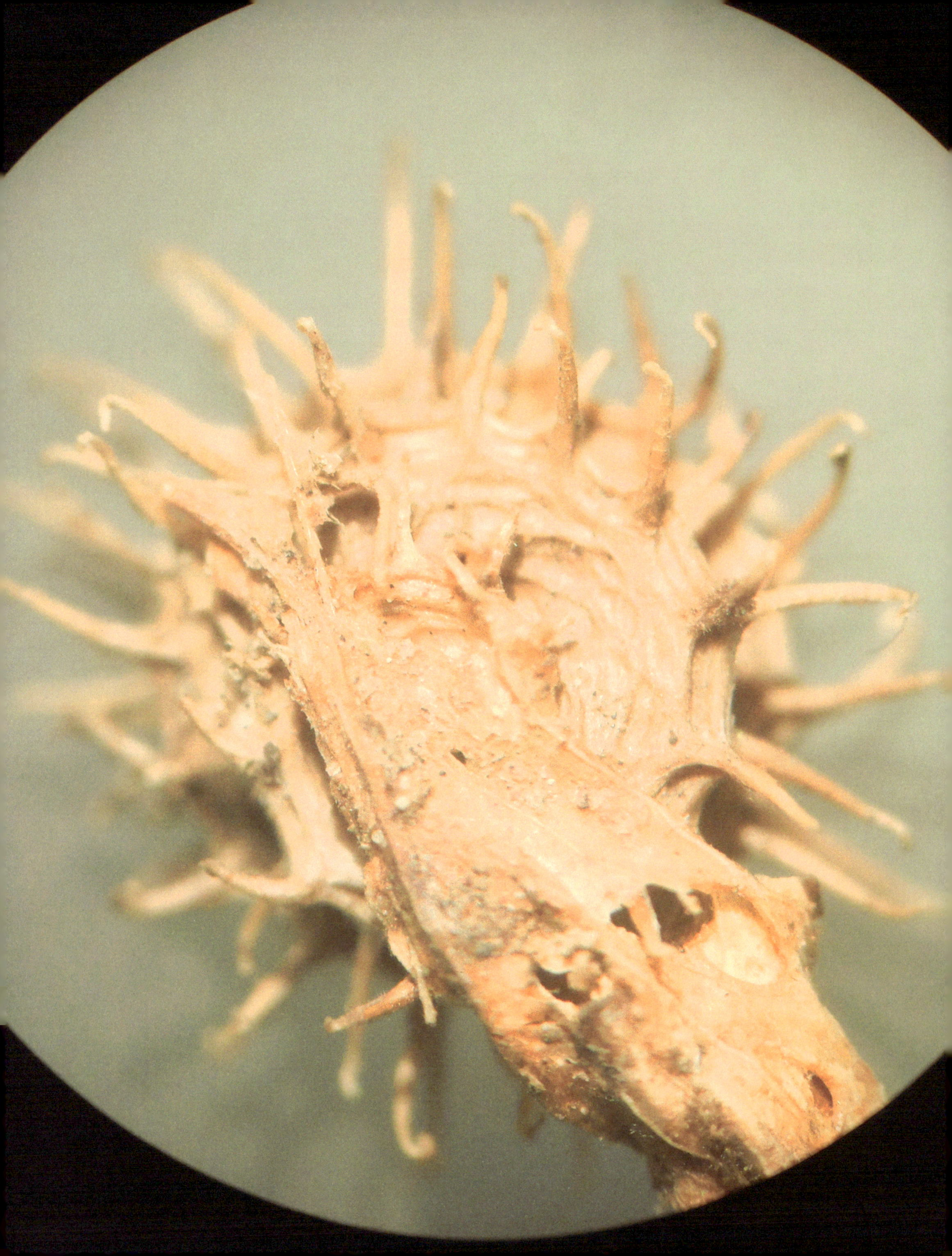

Reparar, cuidar, habitar

Plata

«La vida se ha desarrollado de manera más fecunda constantemente en los márgnes de los ríos»
—Daniela Catrileo, «Río herido»

No estaba en nuestros planes y, sin embargo, parte de nuestra vida reciente ha estado ligada al Campo de la Verdad. Desde los comienzos de la construcción del C3A, como veinteañeros ambiciosos, soñábamos con habitar su interior e ir desarrollando nuestros deseos profesionales al calor de la nueva institución, pero sabiendo que solo desde la independencia podríamos lograrlo. Allí, en la orilla sur del Guadalquivir, entre fracasos urbanísticos y solares abandonados donde las malas hierbas iban creciendo, fueron desvelándose (como una arqueología de lo vivo) relatos con los que fuimos construyendo relaciones afectivas con el entorno.

Como trabajadores culturales que ejercen sus prácticas creativas en espacios marginales, ¿nos corresponde a nosotras opinar sobre descampados, *wastelands*, tierras abandonadas y solares olvidados en el margen de las planificaciones de ordenación urbana? ¿Existe una contradicción entre abandonado y abundante? ¿Pueden coexistir en un mismo lugar y momento? ¿Sigue existiendo la posibilidad del cambio? ¿O solo tenemos que seguir esperando otra vez más?

Quizás esas hayan sido algunas de las preguntas que durante mucho tiempo han ido sobrevolando nuestros pensamientos: de qué manera desde la práctica y la investigación artísticas podemos dar soluciones o al menos visibilizar problemáticas que exceden las lógicas del cubo blanco, creciendo como esas malas hierbas que nacen en los límites de la institución y el espacio público, entre la mole blanca de hormigón y el lugar de una invisibilizada comunidad. Es en esa situación limítrofe, precaria en sus gestos y en su supervivencia, donde podemos encontrar parcelas de vida en las que prime un interés especial por la observación, la mínima intervención y los cuidados mutuos. «Una vitalidad compartida, una íntima interdependencia»[1].

Tras más de una década de aprendizaje y trabajo en común (y para la comunidad) en experiencias como La Fragua[2] (residencia de artistas en el medio rural, Belalcázar, 2010- 2016) y CoMbO[3] (espacio independiente, Córdoba, 2014-2016), Plata llega por primera vez al Campo de la Verdad con el proyecto de artistas en residencia AABAS (Arte Agricultura Biodiversidad Alimentación y Salud), dedicado a pensar y trabajar sobre una serie de problemáticas y emergencias que buscan «plantear ecosistemas comunitarios más sostenibles, contando con nuestras vidas dedicadas a sugerir futuros más ricos y complejos alejados de la simplicidad del sistema capitalista de explotación de los recursos de nuestros cuerpos, nuestros paisajes y nuestros afectos»[4].

Aquella experiencia comienza con Daniela Moreno Wray realizando una ofrenda a la tierra que íbamos a cultivar en el C3A con inciensos traídos de Ecuador, frutas, tabaco y su palabra, diccionario de culturas andinas. Una revelación, un cambio en las lógicas del extractivismo, un comienzo para interiorizar que vivimos en íntima interdependencia con los suelos y que, si vamos a comer de ellos, al menos tendríamos que realizar gestos de cuidado. La tierra nos lo agradeció y la agri(cultura) puesta en práctica por Agripino, Protasia y María José Suso cumplió un ciclo de noviembre a mayo, convirtiendo la entrada al C3A en un refugio de polinizadores e insectos atraídos por la biodiversidad que componían las habas, altramuces, escanda y arvenses. Recordamos a Pedro Soler, Daniela Moreno Wray, Aniara Rodado, Agripino, Protasia, María José Suso, Maria Ptqk, Laura Morales y aquel parche de biodiversidad que dio frutos en el parterre de entrada al C3A.

Cinco años después, Plata vuelve a este lugar en un nuevo momento. Es primavera de 2021 y una conversación con Rafael Tamajón, biólogo miembro de la Sociedad Cordobesa de Historia Natural, nos alerta de la presencia de la *Astragalus boeticus* en el descampado contiguo al C3A, una leguminosa de valor interesante al haberse utilizado como sustituto del café en el siglo XIX y que en el término municipal de Córdoba solo habita en el Campo de la Verdad. El descubrimiento de esta pequeña planta, infravalorada como tantas y tantas otras (a las que les apetece compartir nuestro espacio «urbano»), deriva en una nueva manera de observación del territorio. El barrio se convierte en el escenario de una investigación donde desarrollar acciones en el marco de ¡Vives en una ciudad agrícola![5], beca concedida por la Fundación Daniel y Nina Carasso, que propone la recuperación, desde las artes, las ciencias y las humanidades, del patrimonio agrícola de la ciudad de Córdoba en su vertiente psicocultural, y que apunta, a su vez, a una nueva orientación de esa identidad para construir un espacio mejor. Nuevos futuros para habitar la ciudad. *Habas, habita, habibi* (Tere Recarens). Comienzan nuestras preguntas.

Somos seres improductivos y residuales para la maquinaria del capital. Somos también designados, como ellas, malas hierbas por gran parte del contexto social. Somos refugiados en lo salvaje, elegimos caminos vitales que optan por abrir otras veredas en un lugar que está aún por llegar, en devenir, como esa utopía queer de la que nos habla José Esteban Muñoz: «como un modo estructurante e inteligente de desear que nos permite ver y sentir más allá del atolladero del presente. El aquí y ahora es una cárcel. Frente a la representación totalizadora del aquí y ahora, tenemos que esforzarnos y sentir un entonces y un allí»[6]. Como arvenses o ruderales, esas pioneras de las que bien leímos en Gilles Clement que ocupan «el vacío»[7], de alguna manera las personas más creativas nos gritan «¡Llegué antes!». Y no solo llegan antes, pueblan en colaboración y diálogo con sus «hermanas». Es a esta idea de comunidad asilvestrada, de enredo con todo aquello que nos

1 María Puig de la Bellacasa, «Reanimar los suelos: transformando los afectos entre humanos y suelos a través de la ciencia, la cultura y la comunidad», Mercedes Claus y Pablo Méndez (trads.), *Prácticas artísticas en un planeta en emergencia*, Buenos Aires: Centro Cultural Kirchner, 2021, p. 2. Disponible en línea: https://www.cck.gob.ar/reanimar-los-suelos-por-maria-puig-de-la-bellacasa/9975 (última consulta: 25/10/2022). Este artículo se publicó originalmente en inglés como «Re-Animating Soils. Transforming Human-soil Affections Through Science, Culture and Community», *The Sociological Review Monographs*, n.º 67, vol. II, 2019.

2 Véase https://lafraguair.tumblr.com (última consulta: 25/10/2022).

3 Véase https://comboarts.tumblr.com (última consulta: 25/10/2022).

4 «AABAS. Arte agricultura biodiversidad alimentación salud», C3A Centro de Creación Contemporánea de Andalucía, 2017 -2018. Texto en línea: https://www.c3a.es/educacion-y-programas-discursivos- pasadas/detalle /-/assetpublisher /pQ0PxnELFHyj/content/aabas-arte -agriculturas -biodiversidad- alimentacion-salud (última consulta: 25/10/2022).

5 Véase https://www.platalugar.org/info-agricola (última consulta: 26/10/2022).

rodea, a donde llega la invitación a participar en el proyecto de «Futuros abundantes», un nuevo comienzo para volver a reconectar con el lugar.

En un proceso de trabajo en común, nos proyectamos en el interior y exterior del espacio artístico atravesados por la utopía de esa matriz verde sobre la que escribe el sociólogo Lewis Mumford: «El mantenimiento del marco regional, la matriz verde, es de importancia fundamental para la cultura de las ciudades. Allí donde este marco se ve afeado, mutilado o destruido, necesariamente sigue la decadencia de la ciudad, pues la relación es simbiótica»[8]. Bajo estas premisas iniciamos un trabajo procesual cuya temporalidad iba a poner en jaque ciertas lógicas de producción de la institución, recuperando o poniendo en práctica otros tiempos que conectan con el propio ciclo natural de la vida y las actividades agrícolas, y también buscando una apertura hacia el exterior, una contaminación con el entorno, una fisura o grieta por la que iría penetrando esa matriz verde que iba a convertirse en la línea de fuerza de todo el proyecto.

Fue un ciclo lo que se planteó en la acción inaugural. *The long table cycle*. Comer semillas, hojas y frutos en una acción para la comunidad, para pensar sobre la alimentación en un momento de colapso como fue el comienzo de la guerra en Ucrania. Al respecto escribía nuestra compañera Gaby Mangeri: «En Córdoba los supermercados están vacíos. Las bocinas hacen sonar su corazón en señal de protesta a lo largo de kilómetros y kilómetros por la ciudad. No hay transporte, las estanterías gritan mensajes en silencio. Señales vacías. Señales de alto. Conciencia».

También bajo el ciclo temporal de la naturaleza se planteaba la *Acupuntura vegetal*, que se insertaba en diferentes patios del C3A en relación con las obras de Abraham Cruzvillegas y en colaboración con Semillas Silvestres, con quienes se fueron seleccionando diferentes especies vegetales para un «futuro sin petróleo». Tintoreras, oleaginosas, textiles y maderas nos sirvieron para recordar los usos tradicionales de algunas de ellas, tecnologías que nos acompañan desde el Paleolítico y que nos podrían servir para un futuro menos extractivista y equilibrado.

Teniendo en cuenta el contexto en el que trabajamos en las cercanías del Guadalquivir (río Betis en la cultura latina) y la vinculación con el proyecto sobre la *Astragalus boeticus*, que estábamos realizando en el espacio verde exterior, se pone en marcha la construcción del *Salón Boeticus*, un espacio de encuentro, investigación y acción para la comunidad, que entiende la dimensión social de la participación a la manera de esa comunidad inoperante de la que nos habla Jean-Luc Nancy: «[...] no se hace un mundo con simples átomos. Hace falta un *clinamen*. Hace falta una inclinación del uno hacia el otro, del uno por el otro o del uno al otro. La comunidad es al menos el *clinamen* del "individuo". Pero ninguna teoría, ninguna ética, ninguna política, ninguna metafísica del individuo es capaz de encarar este *clinamen*, esta declinación o este declinamiento del individuo en la comunidad»[9].

Enredados en estos proyectos, llega el suceso que todo lo cambia (o que visibiliza que nada cambia). La devastación del descampado junto al C3A en plenitud primaveral y su transformación en un aparcamiento para automóviles. No es la primera vez que el poder emplea su fuerza en este lugar de Córdoba de manera tan aplastante, sellando las huellas de lo vivo. Estamos en el año 203 H./818 d. C., Al Hakam II sofoca los «sucesos del arrabal de Saqunda empleando toda su ira contra "los depravados, la canalla y la gente ínfima de Córdoba", "esparteños" de corto alcance y rústicos...»[10]. La historia se repetirá a lo largo de los siglos bajo la precariedad y la pobreza. Todo ello nos lleva a pensar en este lugar como un espacio herido que reparar, observar, sanar.

6 José Esteban Muñoz, *Utopía queer. El entonces y allí de la futuridad antinormativa*, Buenos Aires: Caja Negra, 2020.

7 Gilles Clement, *Le jardin en mouvement*, París: Sense & Tonka, 2007.

8 Lewis Mumford, *La ciudad en la historia. Sus orígenes, transformaciones y perspectivas* [1961], Enrique Luis Revol y Javier Rodríguez Hidalgo (trads.), Logroño: Pepitas de Calabaza, 2021. Esta obra se publicó originamente en inglés como *The City in History: Its Origins, Its Transformations, and Its Prospects*, San Diego, CA: Harcourt, Brace and World, 1961.

9 Jean-Luc Nancy, *The inoperative Community* [1985-1986], Peter Connor (ed.), Peter Connor, Lisa Garbus, Michael Holland y Simona Sawhney (trads.), Minneapolis: University of Minnesota Press, 1991, p. 3. Para este texto, se ha recurrido a la traducción de Juan Manuel Garrido Wainer en Jean-Luc Nancy, *La comunidad inoperante*, Santiago de Chile: Universidad de Artes y Ciencias Sociales, 2000, p. 15.

«Y sabemos que la única certeza surge en lo que nos excede y que intentar lo imposible es la única seguridad que podemos seguir», nos repetía Cecilia Vicuña parafraseando a Lezama Lima[11]. Es en ese espacio sellado, lienzo en blanco, *parking*, en el que Plata invita a un zahorí a buscar el pozo oculto mientras iniciamos un nuevo camino de asilvestramiento, un «canto al campo» (Santiago Latorre, *Architecture of Friendship*)[12]. Se abre una rambla, *Wadi* (*uadi, oued*), un festival con el que proponemos inventar una nueva imagen de la ciudad. Quizás se trataba de eso, de imaginar otros futuros para los habitantes de Saqunda, Plata, las torcidas y asilvestradas. «Yo pienso que sería feliz en aquel lugar donde casualmente no me encuentro, y este asunto de cambiar de casa es el tema de un diálogo perpetuo con mi alma» (Charles Baudelaire, *Un lugar fuera de este mundo*). Cambiamos de casa. Cuidamos de esta tierra. Reparamos el suelo herido. Se abre un nuevo manantial para tiempos de sequía. «Las incursiones son nuestra agricultura» (proverbio beduino).

«Nuestro pequeño bosquecillo tiembla. ¿Qué será de la tierra bajo estos cielos encapotados? Desaparece un árbol, se ensancha un camino, se labra un prado, más canteras, otra casa»[13]. Reparar, cuidar, habitar. Apostar por la vida. Sentir cómo vibra la materia. Poner en práctica las estrategias de la ecología social que promueve que solo cuando acabemos con las relaciones jerárquicas entre seres humanos (las del hombre sobre la mujer, el viejo sobre el joven, una etnia o religión sobre otra, etcétera), seremos capaces de sanar nuestra relación con el mundo natural (Comuna Internacionalista de Rojava)[14].

10 Ibn Hayyan, *Crónica de los emires Alhakam I y Abdarrahman II entre los años 796 y 847. [Almuqtabis II-1]*, Mahmud Ali Makki y Federico Corriente (trads.), Zaragoza: Instituto de Estudios Islámicos y del Oriente Próximo, 2001.

11 Cecilia Vicuña, en VV. AA., *Veroír el fracaso iluminado. Cecilia Vicuña*, Miguel Ángel López (ed.), Móstoles y Rotterdam: CA2M, Turner y Kunstinstituut Melly. 2021.

12 Santiago Latorre, «Canto al campo», del álbum *Architecture of Friendship*, 2022. Escucha disponible en línea: https://open.spotify.com/track/6fGaKtpQuSolapUSDDnzFA (última consulta: 26/10/2022).

Derek Jarman, *Modern Nature: The Journals of Derek Jarman*,
13 Londres: Vintage Classics (Penguin Books), 1992.

14 Internationalist Commune of Rojava (VV. AA.), *Make Rojava Green Again. Building an Ecological Society*, Londres: Dog Section Press e Internationalist Commune of Rojava, 2018.

Descampado del Campo de la Verdad, junio de 2022

Victor Barrios, Sillas Pachecas, 2021-2022

Belén Rodríguez, Yo aplico el color, 2021

10
10
10
10
Nº Semillas.

Barbas de viejo, cerraja basta
(*Urospermum picroides*) AU

Área de distribución: sur y suroeste de Europa, norte de África, oeste y suroeste de Asia, Macaronesia

Ciclo de vida: anual

Período de floración: marzo-mayo

Hábitats que ocupa: áreas ajardinadas (parterre baldíos (descampados)

Observaciones: capítulos muy hinchados y redondeados pelos más o menos rígidos

AVENA LOCA
(AVENA STERILIS)
CAFE DE LOS POBRES
(ASTRAGALUS BOETICUS)
MERCURIAL
MERCURIALIS
AMBIGUA
MARGARITA
(ANTHEMIS ARVENSIS)
RABANIZA
(HIRSCHFELDIA
INCANA)

Melilotus indicus (Trébol del olor, meliloto)

Tipa, tipuana (Tipuana tipu)

Espiguilla de burro (Bromus madritensis)

Lineal en un supermercado de Gijón el pasado jueves. / EP

Campos de cultivo frente al mar Menor, en 2020. / PEDRO MART
(LAVATERA CRETICA)

MAÑANA
Gabriel Boric, ayer en Valparaíso. / NATACHA PISARENKO (AP)

Laia Estruch
Ocells Perduts V67

Performance en Sotos de la Albolafia
Córdoba, 5 de junio, 2022

Ocells Perduts consiste en un proceso de creación y experimentación sonora, a medio camino entre la escultura y la performance, en torno al cuerpo de los árboles y el canto de los pájaros. El proyecto surge de la voluntad de abrir nuevas líneas de investigación relacionadas con el movimiento del cuerpo, la voz y la palabra. En él se exploran los límites del comportamiento del cuerpo humano, acercándolo al de las aves y tensionando el «cuerpo de la voz» y sus apariciones. El cuerpo humano pasa a concebirse así como algo que no nos pertenece, y a generar nuevos encuentros a partir del simple acto de circular y transitar por espacios ocupados por los pájaros.

«Si el canto es una extensión del cuerpo del pájaro, el pájaro, podríamos decir, es cantado por su canto [...]. El canto del pájaro hace cuerpo con el espacio. Literalmente. El canto es el modo expresivo por el que un espacio cantado toma cuerpo y se convierte en el cuerpo del pájaro»[1].

Platanero, en Iconographia Zoológica, 1820

Estornino alirrojo, en The Natural History of Carolina, Florida, and the Bahama Islands, 1754

Hay tantas cosas entre el cielo y la tierra

A principios del año 2020, en una librería de segunda mano de Ciudad de México, encontré una traducción al catalán de Maria de Quadres del libro *Stray Birds*, la colección de poemas aforísticos del escritor y pintor bengalí Rabindranath Tagore (*Ocells perduts* en la versión catalana, editada por Edicions de la Rosa dels Vents en Barcelona, en 1938). Este hallazgo fue el punto de partida del proyecto *Ocells Perduts,* en el que abordé la condición aérea y espiritual del cuerpo humano a través de la voz. Nuestras voces tienen capacidad de viajar, interactuar y migrar, como cuerpos invisibles, libres y fugaces. La voz humana viaja a diferentes velocidades y puede liberarse del cuerpo y del suelo para crear otros encuentros y transformarse en territorio. Como reflexiona Vinciane Despret:

«El pájaro cantaba. P[illegible]
tiempo, me pa[illegible]
se pueden rec[illegible]
el lugar exacto [illegible]
pero jamás un [illegible]
más alejado, con [illegible]
exigencia de la no [illegible]
una bella tensión y p[illegible]

en una bella tensión y para el que cada palabra importa. El silencio contenía la respiración, lo escuché temblar para acompasarse con el canto»[2].

En la primavera de 2021, comencé el proceso creativo de *Ocells Perduts* en el bosque de la Sierra de Collserola, una zona ubicada en el cruce de una vía litoral de migración de pájaros. Acudí en el periodo de mayor actividad migratoria junto a dos ingenieros de sonido que me ayudaron a capturar y grabar las voces de los pájaros migratorios con un equipo de sonido especializado. Durante este proceso pudimos registrar el sonido de infinidad de aves y de los ejercicios vocales que realizo, con los que intento introducir la voz humana en el bosque.

Tras este proceso de aprendizaje y de trabajo de campo, a finales de 2021, me desplacé al Museo de Arte Contemporáneo de Barcelona (MACBA) para seguir explorando esta vía de investigación desde la «cautividad». En el interior de una sala del museo, instalamos una escenografía elevada, una escultura realizada mediante una combinación de redes, que me permitió dibujar caminos para la voz y el cuerpo en las alturas del museo, incorporando la experiencia previa en un territorio exterior.

Ocells Perduts V67

Ocells Perduts V67 (2022) se enmarca en una segunda fase de este proyecto de investigación y creación, promovido por TBA21 con motivo del programa *Pasaje del agua*. En esta ocasión, el entorno en el que trabajé fueron los Sotos de la Albolafia de Córdoba, reconocido como uno de los hábitats naturales de pájaros más prósperos de las orillas del río Guadalquivir. A partir de una serie de prácticas escénicas experimentales, consistentes en reproducir cantos de pájaros autóctonos a través de la articulación corporal, fui desplegando un reconocimiento de las particularidades naturales de los Sotos de la Albolafia que dio paso a *Ocells perduts V67*. Durante este proceso, traté de conversar y sintonizar con el ecosistema fluvial y su exuberante avifauna desde la performatividad de la propia naturaleza: de forma similar a los seres humanos, los pájaros generalmente recurren al sonido para marcar su presencia. Así, su territorio se convierte en cuerpo y en un escenario donde pueden ser vistos y escuchados. Como señala Despret:

«Si hay territorios que insisten en ser cantados o, más concretamente, que solo pueden ser cantados, si hay territorios que insisten en ser marcados por el poder de un simulacro de presencia, territorios que se convierten en cuerpos y cuerpos que se convierten en lugares de vida, si hay lugares de vida que se convierten en cantos o cantos que crean un lugar, si el sonido o los olores tienen sus propias potencias, es indudable que el habitar tiene muchos modos de ser, y que esos modos de ser multiplican los mundos que existen»[3].

En este nuevo vuelo performativo que es *Ocells Perduts V67*, desarrollé sobre el terreno una investigación sonora en torno a los límites de la voz humana y la posibilidad de generar diálogos con las voces de los pájaros, del río, de los árboles y de la ciudad de Córdoba.

«Los pájaros perdidos del verano vienen a mi ventana para cantar y se van volando. Y las hojas amarillas del otoño, que no tienen canciones, revolotean y caen con un suspiro»[4].

1 Vinciane Despret, *Habiter en oiseau*, Arlés: Actes Sud, 2019, p. 216. Traducción al castellano de TBA21 para esta publicación.

2 Ibíd., p. 12.

3 Ibíd., p. 62.

4 Rabindranath Tagore, *Stray Birds*, trad. del bengalí al inglés por el autor, Nueva York: The Macmillan Company, 1916. Traducción al castellano de TBA21 para esta publicación.

Para más información, visita la plataforma digital TBA21 on st_age

Mario García Torres Five Feet High and Rising

Conferencia audiovisual
en el Real Jardín
Botánico de Córdoba
Córdoba, 2 de abril, 2022
En colaboración con el DJ David Power

La música es una cosa que se mete en nuestras vidas, en nuestro cuerpo, sin nuestro consentimiento, y nos hace reaccionar, muchas veces, de manera automática. Esto me compromete políticamente. Parte de esa renuencia me ha llevado a pensar en la música como algo antropológico. Cuando escucho un autor nuevo, o una producción nueva, lo primero que hago es entender quién es esa persona, de dónde viene, cuáles son sus influencias. Mi entendimiento desde ese lugar se convierte después en una parte importante de mi relación con dicho producto musical. No sé qué tan común o esotérico es esto, pero cuando estoy en una pista de baile y escucho una canción de El General, lo que me hace bailar es en parte el *beat*, pero en mi cabeza aparece la idea de que El General es panameño, que estos *beats* son un esfuerzo protoreguetonero, que esa rola está influenciada tanto por el *reggae* jamaiquino como por el rap norteamericano (y quiero buscar qué sonidos pertenecen a dónde), y pienso en la paradoja de que el sonido final fue definido por un productor estadounidense en Nueva York, aunque hoy creamos que ese es un sonido que viene del Caribe…

Esta relación habla de mi acercamiento a los dos proyectos que conforman mi colaboración para «Futuros abundantes». En ambos la música es un elemento esencial: la utilizo como un espacio de conocimiento común, entre el público y yo.

Estas piezas están unidas por mi interés en debatir sobre el estado de nuestro planeta y nuestra relación cultural con él. El punto de partida de *The Day Mankind Faded Away* es un tipo de fantasía en la que empecé a imaginar, desde un espacio filosófico, cómo sería el fin del mundo. La pieza cuestiona un número de ideas generadas a partir de textos de la filosofía occidental que argumentan que nuestro entendimiento del mundo es posible solo a través del pensamiento humano. Es una película corta, donde una voz solitaria canta una letra, escrita por mí, basada en la paradoja del árbol en el bosque. «Si un árbol cae en el bosque y nadie está cerca para oírlo, ¿hace algún sonido?». Es un experimento mental que genera interrogantes respecto a la observación y el conocimiento de la realidad. En la canción de la pieza, el objeto de la paradoja no es un árbol sino el mundo entero. Dice, con cierta ironía «quiero creer que el día que el mundo acabe nadie estará ahí; entonces será para el universo como si nunca hubiésemos existido».

Podría hablar ampliamente de la configuración de la pieza, la imagen, etcétera. Pero creo que la parte importante es que cuestiona el antropocentrismo que ha reinado en el pensamiento occidental. Este pensamiento descarta el universo como una entidad autónoma, con su propio desarrollo. Es por ello que la pieza sugiere que, de acabarse el mundo como lo conocemos, el universo seguiría su propia ruta, y nosotros habremos sido, si lo vemos en términos geológicos, apenas un momentito casi insignificante.

Por su parte, *Five Feet High and Rising*, la obra performativa presentada durante la inauguración de la muestra, es una conferencia de *disc jockey*. Con esto me refiero a que es una presentación donde un texto, leído por mí, es intervenido, casi como una conversación, por música reproducida por un *disc jockey*. El contenido es una historia cultural sobre los ríos en nuestro planeta. La pieza clasifica y funde diferentes historias sobre el movimiento, la migración y la fragmentación mientras navega por un conjunto de canciones, poesías y textos que hablan o son fruto de nuestra relación con los ríos.

Five Feet High and Rising es también una historia personal sobre mi anhelo de vivir y mi obsesión por estar cerca de un río. Es una historia que atraviesa e interrumpe un tiempo cronológico, donde los ríos y los productos culturales que estos generan nos llevan a visitar muy diversas geografías sin ningún tipo de lógica.

La conferencia comienza en mi natal Monclova, (México) donde solo existe un río seco. Y prosigue con una serie de ríos invisibles, ya sea porque han sido desviados o entubados. Luego habla de los ríos místicos y llega a los históricos. Los ficticios de las películas y los reales. Los que causan daño a nuestra cotidianidad, como el que dio lugar a la canción de Johnny Cash, de la cual esta pieza toma su nombre. Revisa los ríos que se citan equivocadamente y los que nos asombran con sus duras historias. En esta conferencia, hay momentos emotivos, cortesía del vals *El Danubio azul* de Johann Strauss, y termina en un baile, *The Rivers of Babylon*, de Boney M.

Five Feet High and Rising nació antes de la invitación de TBA21 para hacer una intervención en un seminario en Lopud, Croacia, y es una pieza que a través de los años ha ido evolucionando y mutando, como los ríos. Una pieza a la que le salen pequeños desvíos: cada vez que la presento trato de anclarla a una historia local. En el caso de Córdoba, se menciona por supuesto el río Guadalquivir, pero no solo por la importante historia de este caudal, sino por la influencia que ha tenido en la poesía y en la música andaluza.

La historia de los ríos es una historia compartida, con una multiplicidad de significados. Los ríos unen y separan; los ríos nos transportan a duras realidades y también a hermosas ficciones. La poesía, las películas y la música que se mencionan y se escuchan en la conferencia se han vuelto también espacios compartidos que nos llevan, igual que los ríos, a los más diversos lugares.

Lista de pistas (por orden)

Last Man Standing – Opening
Louis Febre

Rio Bravo
Dean Martin

Five Feet High and Rising
Johnny Cash

Watching the River Flow
Bob Dylan

When the Levee Breaks
Led Zeppelin

Mississippi Goddam
Nina Simone

Take Me to the River
Al Green

Take Me to the River
Bryan Ferry

Take Me to the River
Talking Heads

Moon River
Audrey Hepburn

Moon River
R.E.M.

Moon River
Frank Ocean

Moon River
Presuntos Implicados

Río Babel
Gustavo Cerati

Tell Me
Johnny Jewel

Cry Me a River
Ella Fitzgerald

Cry Me a River
Justin Timberlake

Bagdad
Rosalía

Orinoco Flow
Enya

Policy of Truth
Depeche Mode

Johann Strauss, The Blue Danube Waltz, op. 314
New York Philharmonic

Vincenzo Bellini, I puritani
Luciano Pavarotti

Yellow River
Jeff Christie

Yellow River
Elton John

Pyramid Song
Radiohead

Sergei Prokofiev, On the Dnieper Suite, op. 51bis
Ukrainian State Symphony Orchestra

Fuente y caudal
Paco de Lucía

Tó ba a çalîh bien mamá
Califato ¾

El río de mi Sevilla
Lole y Manuel

Encuentro en el Río
Virus

La Seine
Josephine Baker

Rivers of Babylon
Boney M.

Furies
REPLICANTS

Niño de Elche
ma' ma' aíμa

Performance en el Molino de Martos
Córdoba, 3 de junio, 2022.
Encargo de TBA21
Thyssen-Bornemisza Art
Contemporary y st_age

La performance de Niño de Elche *ma'ma' αίμα* tuvo lugar en el Molino de Martos, a las orillas del río Guadalquivir. Este encargo al Niño de Elche, uno de los artistas flamencos más innovadores de la actualidad, toma su título de *αἷμα* (*haîma*, la palabra que designaba en griego antiguo a la sangre y que recuerda a *ma'*, «agua» en árabe). El autor propone una interpretación espiritual del simbolismo ligado a la sangre y al agua, evocando conceptos como la pureza y la vida, la muerte y el sacrificio, la salvación y la redención. Sus invocaciones performativas aspiran a provocar conexiones entre los cuerpos a través del amplio alcance polifónico de la vocalización, capaz de generar mímesis acuática y comunión.

Acto I. Balbuceos

El agua es la materia principal de esta creación. Estudié con detenimiento los rituales y significantes en los textos religiosos, de múltiples credos, en relación con el agua. Los textos sagrados están repletos de referencias al agua y a la sangre, considerados elementos vitales o vida en sí mismos. El agua encierra una paradoja intrínseca de destrucción y resurrección: la sed de Dios y el martirio como ejemplo del amor profundo hacia lo divino y lo humano. En esta conexión entre el agua y la purificación, entre el constante flujo vital y la muerte, se abre un puente, una línea muy profunda: entendernos a nosotros como agua. De este modo, comencé a enlazar el trabajo con el sonido acuático y el cuerpo que habitamos. *ma'ma' αίμα* combina la palabra «agua» en árabe, que nos recuerda gráficamente a la palabra «madre» o «mamá», junto a la voz griega antigua «sangre».

¿Cómo escuchamos el agua que nos rodea? Partiendo de un recurso perceptivo, busqué los focos de agua que hay en la ciudad de Córdoba. Paradójicamente, la arquitectura del Molino de Martos, a la orilla del río, me recordaba una iglesia. Consta de una nave central y en los laterales se abren una especie de camarines semejantes a los que albergan las imágenes secundarias de los centros religiosos. Los cuerpos de los asistentes en el espacio de la sala ayudaron también a generar una alegoría de la misa: el público se situó en la nave central, y en los camarines, las fuentes de sonido.

Lo que sonaba era un coro, un coro de las aguas que recolecté en la ciudad, todas ellas con muchísimas diferencias armónicas. Mis trabajos sobre el archivo de Val del Omar son clave para articular estas variaciones sonoras, ya que él entendía el chapoteo del agua como un balbucear. Al abstraernos y hacer una escucha mucho más profunda, del sonido del agua afloran lecturas en las que se pueden encontrar palabras que, en ese universo armónico acuático tan complejo, en ese mundo del chapoteo, revelan un «balbuceo acuático». Quiero entender este balbuceo como palabra, como lenguaje, como un lenguaje que busca la palabra sagrada para purificar. No solamente de una forma performativa, sino también de una forma técnica, ¿cómo puede el agua hablar y convertir la boca en una fuente?

Acto II. Sudor y saliva

Pensando en el agua como elemento primigenio, podemos entendernos a nosotros mismos como seres de agua; como la madre, «mamá», teniendo el poder de dar nacimiento a las cosas. Y hacerlo mediante conceptos que encontramos en las religiones: el dar a luz, el crecimiento, el esfuerzo, teniendo en cuenta sus construcciones espirituales, sociales y materiales. Este ejercicio de gestación se plantea desde la comunión, el sacrificio, el trabajo, la escucha colectiva, el común. A su vez, forma parte de algo tan mundano como puede ser el sonido del agua. Y que algo tan cotidiano pueda superar las expectativas vitales es lo que han planteado siempre las religiones: la pequeña revolución y emancipación en la vida cotidiana de cada individuo mediante el ejercicio espiritual colectivo.

En este caso, busqué la comunión a través del sonido de las aguas. En la performance concebí el cuerpo como una fuente acuática. Nuestra boca está llena de saliva, que es nuestra agua, nuestra expresión acuática primigenia, es el fluido con el que más vinculación tenemos. Aunque la perfumes con la sangre, con semen o sudor, todo este mundo de fluidos siempre está en relación con nuestro cuerpo. Sudor y saliva son fluidos muy importantes y, en esta creación, pensaba en cómo transformar estos elementos líquidos en palabra, en materia. Una palabra que pudiera entrar dentro del cuerpo, salir al espacio, purificar. Sudor y saliva, sangre y agua.

Acto III. Escucha y tiempo

El estar acompañado de las aguas de la ciudad de Córdoba me animó a explorar otras formas de escucha, otra forma de enfrentarse al sonido. ¿Dónde podría nacer ese sonido acuático profundo? Aunque uno no pueda visualizarlo, sí puede percibirlo. En mi trabajo, intento superar constantemente lo que entendemos por escucha. Busco los espacios posibilitadores del sonido, entendiendo el sonido como experiencia: todo aquello que se pueda acercar al silencio y todo lo que se pueda acercar al ruido.

De este modo, entiendo que todo trabajo que tienda hacia el ruido o hacia el silencio genera dichos espacios. Por eso, intento imbuirme en la complejidad del agua o el fuego, en sus sonidos más internos como el crepitar de la madera ardiendo, o las sonoridades del viento y su cadencia. Estos elementos son materiales sónicos porque plantean una temporalidad de escucha diferente, una forma de abordar el tiempo muy específica. El agua también tiene ese poder: nos obliga a trabajar desde otra frecuencia temporal. Esta materialidad produce un tipo de resistencia que ayuda a transitar hacia lo espiritual; la escucha abarca un tiempo alargado donde se abordan diferentes posibilidades sonoras, donde los cuerpos y las subjetividades sucumben a la experiencia performativa.

A lo largo de la perfomance, trabajé con las intensidades y el tiempo como variables que me permitieron ahondar en tres actos donde la intensidad va *in crescendo*. La abundancia del agua, el agua que corre, la violencia de la naturaleza, la naturaleza como elemento destructor, Dios como elemento destructor. Partimos de una escucha con unos decibelios muy bajos procedentes de un origen prácticamente anónimo y que provoca un sentimiento de incomprensión o de incomodidad para transitar hacia una escucha atronadora y explosiva de un agua que ruge y que apenas puedes tolerar. Un zumbido con un componente muy espiritual, un pasaje que abre una tensión constante entre Eros y Tánatos, entre la vida y la muerte, entre la sangre y el agua.

Para más información, visita la plataforma digital TBA21 on st_age

Madison Bycroft, Léo Landon Barret, Nana (Anaïs) Pinay. Dejarse llevar: más allá de una condición arraigada

Performance en el Real Jardín Botánico de Córdoba.
Córdoba, 5 de junio, 2022

Lista Enraizada

Una lista de treinta cosas que sé:

1. Uno es el primer número entero por encima del cero. Es el número que denota unidad, o *ser uno* con algo, significa armonía. Uno es singular, particular, individual, pero al mismo tiempo «uno» puede referirse a un individuo de un grupo vagamente indicado, por ejemplo, «uno sabe de lo que habla». ¿Qué uno?Al menos no dos.
   Uno puede ser el número que se asigna al que viene primero. Por ejemplo, la primera letra del alfabeto latino es la A, que curiosamente en inglés indica el singular, es decir, «A list of things I know» («Una lista de cosas que sé») denota una única lista, una sola. No obstante, no se especifica y podría ser una de muchas. Curiosamente, al anteponer la A a una palabra también se invierte la palabra, diciendo en su lugar lo que no es. Asignificante, atemporal, atópico, asexual, asimétrico… Son ejemplos de palabras en las que la A despoja a la palabra de su propia cualidad, dejándola carente, vaciada de sí misma.
2. Lo contrario de quedarse sin, carente o vaciado de sí mismo, sería estar lleno de sí mismo, siendo sí mismo propiedad de sí mismo, en posesión de sí mismo, propiamente.
3. En el lenguaje, *un* nombre propio es una disposición de letras que producen un sonido o una serie de sonidos que se utilizan para identificar a un individuo.
4. Cuando digo identificar, me refiero a establecer o indicar quién o qué (alguien o algo) *es*. Para indicar quién o qué es alguien o algo, la «esidad» debe ser estable, localizable o, quizás, incluso enraizada. Por enraizado me refiero a establecido profunda y firmemente.
5. La mayoría de los nombres son establecidos profunda y firmemente por alguien externo al individuo nombrado.
6. Hay, sin embargo, casos de autodenominación.
7. El reconocimiento oficial de la autodenominación conlleva largos procesos administrativos. Por oficial quiero decir reconocido por el Estado.
8. Existen convenciones para nombrar, acordadas de forma general.
9. Se deben utilizar letras mayúsculas al principio del nombre. «Mayúscula» en sí es un nombre que se le da a las letras en ciertas ocasiones, y cuyo nombre en inglés (*capital*) proviene del latín *capit*, que significa «cabeza». Algunos radicales contemporáneos han encontrado cierto interés en la decapitación para despojar al nombre de sus propiedades propias. Sin cabeza e impropios, están condenados a vagar sin valor.
10. Los nombres deben poder enunciarse. Pronunciarse. Los símbolos y números romanos suelen estar prohibidos. Deben evitarse los apóstrofes, así como las letras extranjeras.
11. Los nombres deben ser apropiados, compactos, eufónicos, memorables y deben evitar causar ofensas.
12. En muchos lugares del mundo, ciertos nombres están prohibidos. Se cree que la prohibición de nombres surgió como un intento de impedir que los que no tenían rango de nobleza adoptasen los nombres de los nobles. Una selección de nombres prohibidos incluye: Batman, Capitán, Christo, Dios, Duque, Emperador, Facebook, Hermano, Ikea, Jefe, Juez, Justicia, Lady, LOL, Lord, Lucifer, Majestad, Mesías, Mafia No Fear, Metallica, Nutella, Padre, Presidente, Prince, Princesa, Rey, Robocop, Satán, Fruta Sexual, Cabeza Apestosa, Espinaca, Superman y Verandah, 4real, 89, así como el punto o el símbolo de la estrella.
13. En muchos lugares es ilegal dar a tu descendencia un nombre que «sea propio» del «sexo opuesto». Los nombres propios de un sexo están definidos por la tradición, arraigados profunda y firmemente, y en su asignación nos ayudan a mantener y reproducir esas raíces.
14. El nombre propio más largo pertenece al

Sr. Hubert Blaine Wolfeschlegelsteinhausenbergerdorff, nacido el 4 de agosto de 1914, en Alemania, y que falleció el 24 de octubre de 1997, en Filadelfia, Pensilvania, EE. UU., según se comprobó el 1 de enero de 2021. El nombre de Hubert en su totalidad es Adolph Blaine Charles David Earl Frederick Gerald Hubert Irvin John Kenneth Lloyd Martin Nero Oliver Paul Quincy Randolph Sherman Thomas Uncas Victor William Xerxes Yancy Zeus Wolfeschlegelsteinhausenbergerdorffqueanteriormenteeraunconcientedebiencuidadoycuidadoparaprotegerdeunataqueporpartedelosenemigosqueanteriormenteeraunlobomilmilesdeaños,aparecieronporprimeravezloshumanosdelanaveespacialutilizadoliteralmentesuorigendelapotencia,laestrellainicióunlargoviajeenelespaciointerestelarenlabúsquedadeesteresquehayansidohabitablesenloscírculosdelplanetaydondelasnecesidadesdecomprensióndelahumanidadpodríancontinuarplanteandoydisfrutandoseguramentedelavida,deldisfruteydelapaz,conelprimerataquedeotrocabezainteligenteenelespaciointerestelar m senior. Aunque este nombre es sin duda único, utilizarlo como medio de identificación puede resultar complicado.

15. En algunos países es legal tener un nombre de una sola letra. Por ejemplo, J.
16. Un diminutivo es una forma abreviada de un nombre.
17. Acortar un nombre de una letra es difícil. Uno puede cortar la letra por la mitad, convirtiéndola en «j» en lugar de «J», o eliminar la letra por completo, indicándola con una breve inhalación.
18. Los padres están legalmente autorizados a dar nombres. Por lo tanto, los padres son taxónomos.
19. Cualquiera puede ser un taxónomo si puede producir descendencia sin nombre que luego pueda clasificar y nombrar en función de un sistema de propiedad establecido.
20. Hay tantas formas de producir descendencia que no tengo tiempo de explicarlas hoy, pero lo he esbozado en otra parte: Bycroft, «Métodos de producción de descendencia en el mundo vivo», *Philosophical Transactions of the Royal Society Journal*, 1987.
21. No es necesario producir descendencia para ser un taxónomo, también se puede inventar una cosa y luego nombrarla o hacer un descubrimiento de algo que aún no ha sido nombrado.
22. Estas «cosas» pueden ser islas, accidentes geográficos, cometas, estrellas menores, pruebas matemáticas, galaxias, meteoritos, bolas de fuego, animales, bacterias o plantas.
23. Los científicos cuentan en 1,4 millones los nombres diferentes para las plantas de la Tierra. Pero los botánicos estiman que solo existen unas 300.000 especies.
24. Estos números no coinciden.
25. Los nombres indígenas no se incluyeron en esta lista.
26. Los resultados de esta investigación revelan que las entidades nombradas son propensas a tener múltiples nombres y múltiples nombradores.
27. Por tanto, se deduce que los individuos pueden ser identificados por múltiples sonidos o series de sonidos.
28. Si se hacen varios sonidos al mismo tiempo, se mezclan y se vuelven indistinguibles entre sí. En estos casos, los nombres no son útiles para la identificación. De manera similar, si se escriben varios nombres al mismo tiempo, en el mismo lugar, palimpsésticamente, la identificación queda anulada y sin efecto. Se produce un garabato.
29. Se cree que los garabatos se parecen a las raíces.
30. El término «raíces» también puede significar origen, la causa básica o la fuente de algo. Rastrear las raíces del *Homo sapiens* ha dejado a menudo al investigador sin justificación, desanclado de la tierra. Volvamos ahora la vista atrás. Quizás a las 6 pm. O a esta mañana. A la mañana del lunes. Al primero de mayo. Al primero de enero. A 1999. En este punto, ¡el haba humana se rebela! ¡Pierde los papeles! Y empieza a rastrear sus raíces infundadas, sin toma de tierra.

* Créditos de la performance: extracto de *La cohée du lamentin* (2005), de Édouard Glissant; la canción *Islands in the Stream* (1983), con letra de los Bee Gees e interpretada por Kenny Rogers y Dolly Parton; texto de Madison Bycroft.

Para más información, visita la plataforma digital TBA21 on st_age

La visión del haba

Jess Saxby

Bañada en luz violeta, una criatura con multiples ojos y apéndices que recuerda a una patata o un haba, interpretada por Bycroft, se encuentra sentada ante un micrófono, a punto de comenzar la performance *Dejarse llevar: más allá de una condición arraigada*, de Madison Bycroft, Nana (Anaïs) Pinay y Léo Landon Barret, con una «Lista enraizada». «Una lista de treinta cosas que sé» comienza con números, luego letras y después sigue hablando de nombres. Número 3: «En el lenguaje, *un* nombre propio es una disposición de letras que producen un sonido o una serie de sonidos que se utilizan para identificar a un individuo». Entretejiendo redes entre el lenguaje, la nomenclatura, la propiedad, la identificación, la taxonomía, la jerarquía y la vigilancia, la performance toca varios temas fundamentales en la obra reciente de Bycroft.

Formuladas en los jardines botánicos de Córdoba, estas reflexiones sobre los actos de nombrar, poseer, apropiarse y distorsionar resultan indisociables de esta localización. La historia de la botánica se basa en la bioprospección, la extracción, la exportación, la adjudicación, el cambio de nombres, la apropiación y la transferencia de conocimiento. De hecho, el hombre considerado como el «padre de la taxonomía moderna» no es otro que Carl Linneo, un botánico sueco del siglo XVIII cuyo sistema de categorización de los organismos sigue usándose en la actualidad. Su forma de organizar la vida vegetal, animal y humana surgió de la idea, tal y como apunta la historiadora Londa Schiebinger, de que «la riqueza nacional podía incrementarse a través del estudio exacto de la naturaleza». Así, la fundación de la botánica como disciplina vino acompañada por varios proyectos coloniales cuando bioprospectores europeos fueron enviados al Nuevo Mundo en busca de nuevas fuentes de alimentación y medicinas, tanto para extraerlas como para, más tarde, explotarlas *in situ*.

Sin embargo, *Dejarse llevar: más allá de una condición arraigada* se posiciona *en contra* del orden del jardín botánico. Los jardines y el museo son espacios de máxima legibilidad, y aunque sigue algunas convenciones de una disertación académica, con referencias y notas al pie, la incipiente «Lista enraizada» es narrada, sin embargo, por un haba muy simpática. Al final del guion, «¡el haba humana se rebela! ¡Pierde los papeles!», y comienza a cantar «la madre de mi madre, y el padre de mi padre», anunciando una vertiginosa genealogía cuyo alcance excede la capacidad de comprensión del público. Estos gestos performativos ponen patas arriba muchas de estas convenciones académicas y someten a juicio el lenguaje por su complicidad con la taxonomía, la categorización y la jerarquía, volviéndolo de nuevo absurdo y bajándole los humos.

Cuando el haba sale del museo, el público la sigue y la performance se traslada a una fuente del jardín. Un pez, interpretado por Nana (Anaïs) Pinay, chapotea en el agua antes de empezar un discurso que es casi un acertijo. «¿Y si flotar no significara morir? ¿Puede que yo sea la que estoy de espaldas?». Sale al borde de la fuente y camina sobre dos piernas. Una tercera figura, Léo Landon Barret, se une al haba y al pez, adornado con una estructura cilíndrica en torno a su cintura. Los intérpretes dejan de hablar de sí mismos, se esconden tras el borde de la fuente, hacen olas, el haba llora a lágrima viva por sus numerosos ojos. Comienza una melodía polifónica de voces que hacen eco en el espacio a medida que los tres intérpretes entran en la fuente y regresan al agua. Se despliega una plétora de cautivadoras melodías, una versión *a capella* de *Islands in the Stream,* de Dolly Parton y Kenny Rogers, que se diluye en paisajes sonoros cambiantes, disonantes y de perfiles diversos, donde las olas quiebran la superficie de la fuente cristalina y el lenguaje acaba volviéndose confuso.

Esta ruptura de la legibilidad también podría interpretarse desde la pérdida de conocimiento omnipresente y concomitante que tiene lugar en espacios como el jardín botánico. Es decir, que cuando una planta se extrae de un lugar del mundo y alguien de otra parte del mundo le asigna un nuevo nombre es inevitable que haya una no-transferencia de conocimiento. Cuando un organismo pertenece a un mundo específico, a un conjunto de prácticas y un cuerpo de conocimiento, y entonces alguien se apropia de él y lo entiende de forma análoga, o lo obliga a encajar en un sistema de entendimiento distinto, este conocimiento queda deformado. Cuando Linneo inauguró su detallado sistema de nomenclatura binomial, anunció el establecimiento de convenciones universalmente aceptadas que erradicarían cualquier confusión. Pero los intérpretes saben más: «23. Los científicos cuentan en 1,4 millones los nombres diferentes para las plantas de la Tierra. Pero los botánicos estiman que solo existen unas 300.000 especies./24. Estos números no coinciden./25. Los nombres indígenas no se incluyeron en esta lista». No solo se pierde el nombre, compuesto por letras y sonidos, sino también los mundos complejos y relacionales que lo acompañan.

De todos modos, aunque debamos lamentar esta pérdida de conocimiento y denunciar la violencia que conllevan la omisión, la supresión y la exclusión, en este espacio de no-transmisión también podemos encontrar resistencia. Los secretos botánicos y médicos mantenidos a salvo de los colonos, las existencias personales conservadas en privado o, en el caso de esta performance, el fracaso del lenguaje dejan paso a cantos y sonidos de alegría, chapoteos en el agua y conocimiento corporal.

Listado de obras

Futuros abundantes

Obras de la colección TBA21
Thyssen-Bornemisza Art Contemporary

Ai Weiwei
Luz que viaja, 2007
Madera de Tieli, cuentas de cristal, acero, luz eléctrica
478 x 224 x 178 cm

«La historia siempre es la ficha del puzle que falta en todo lo que hacemos». Esta afirmación de Ai Weiwei atestigua que el presente está habitado por fragmentos de la historia y que nuestra tarea consiste en hallar formas de reconstruir, resucitar o combinar dichos fragmentos. Hasta cuando resulta incierto e invisible, el pasado nos exige una respuesta sin nostalgia ni anhelos románticos. Ai Weiwei, que suele emplear objetos históricos muy valiosos en sus obras, rechaza la instrumentalización de la historia y prefiere crear una atmósfera de desorientación y desobediencia utilizando antigüedades de formas inesperadas.

En *Luz que viaja*, una columna de la dinastía Ming es el eje central de una aparatosa lámpara como las que el artista produce desde hace años. El pilar de madera, de casi cinco metros de alto, está apoyado en una base metálica móvil. En su parte superior, 5.000 cuentas de cristal producidas específicamente para esta obra cuelgan de cuatro piezas circulares entrelazadas. Las cuentas, con distintas formas, se disponen en combinaciones aleatorias para generar destellos y reflejos. El enorme pilar y la gracia de las hileras de cuentas confieren a *Luz que viaja* un magnetismo monumental e ilustran las palabras del artista cuando afirma que «para mí, esta pieza recuerda a un baldaquino, con todas las connotaciones y el aura de poder que conlleva este término».

Nacido en Pekín, China, en 1957. Vive en Berlín, Alemania.

Allora & Calzadilla
Apagón, 2017
Cobre, cerámica, hierro, acero, oscilador, altavoz, performance vocal
139 x 262 x 129 cm

Las reliquias de un transformador electromagnético que explotó en Puerto Rico en 2016 y provocó cortes de red y un apagón completo en la isla, son el punto de partida de esta obra creada por Allora & Calzadilla, un dúo de artistas afincado en Puerto Rico. En ella, estos restos se reinterpretan en forma de instrumento que reproduce flujos de energía. Los aislantes cerámicos y las bobinas del transformador conforman una masa amorfa de cobre con carga eléctrica ensamblada a modo de monstruosa central energética. Las piezas proceden de la Central Termoeléctrica Aguirre en Salinas, gestionada por la Autoridad de Energía Eléctrica de Puerto Rico, uno de los principales emisores de bonos responsables de la deuda actual de 72.000 millones de dólares que lastra la economía de la isla. El cuerpo central —derruido, oxidado— de *Apagón* presenta una cierta descomposición material y sónica. Refleja el corrupto entramado político, financiero y medioambiental que entreteje producción energética y deuda, y encapsula deformaciones económicas, disfunciones estructurales y desajustes legales.

Por su parte, *mains hum*, que completa esta pieza, es una serie de acciones vocales creada en colaboración con el director de orquesta Donald Nally y el compositor David Lang, la cual indaga en el zumbido eléctrico, ese ruido sordo y continuo que desprenden los transformadores eléctricos viejos o incorrectamente instalados. La composición emplea una cita de Benjamin Franklin, aunque sus palabras resultan indescifrables, transformadas en un sistema que controla la música. La cita afirma lo siguiente: «Al continuar con estos experimentos, ¡cuántos hermosos sistemas construimos para tener que destruirlos a continuación! Si no se descubre otro uso para la electricidad, ello bastaría para hacer agachar la cabeza a un hombre vanidoso». *mains hum* se activa con una intervención del coro cordobés Coro Brouwer y de estudiantes de la Escuela Superior de Arte Dramático de Córdoba.

Jennifer Allora nació en Filadelfia, EE. UU., en 1974; Guillermo Calzadilla nació en La Habana, Cuba, en 1971. Ambos viven en San Juan, Puerto Rico.

Dana Awartani
Ven, deja que cure tus heridas, 2020
Instalación con seda teñida con hierbas medicinales y bordada a mano sobre bastidores de madera
136 x 477 x 15 cm
Encargo de TBA21 Thyssen-Bornemisza Art Contemporary

Ven, deja que cure tus heridas es una instalación que consta de diez pantallas traslúcidas y sutilmente coloreadas confeccionadas con seda teñida con hierbas medicinales y bordada a mano. Para teñir los tejidos se han empleado cincuenta hierbas y especias, cada una de ellas con referencias culturales diferentes. Estos extractos naturales llevan siglos empleándose en el sur de Asia y en las culturas árabes por sus propiedades medicinales. La seda procede de Kerala (India). Trazando una cartografía libre de la aniquilación del legado cultural en el mundo árabe, las piezas textiles son una representación abstracta de lugares destruidos por grupos fundamentalistas islámicos en Egipto, Irak, Libia, Arabia Saudí, Siria, Túnez y Yemen desde 2010, cuando comenzaron las protestas antigubernamentales que se suelen agrupar bajo el paraguas de la Primavera Árabe. Los tejidos deteriorados, agujereados y rasgados han sido posteriormente restaurados con la técnica del encaje. Un grupo de artesanos, entre los que se encuentra la propia artista, reparó las 355 roturas empleando el arte del zurcido, una técnica de costura manual que se utiliza desde tiempos remotos para remendar tejidos. El proyecto alza la voz para salvaguardar las antiguas civilizaciones en el mundo árabe y reivindica la historia colectiva de la artesanía, el conocimiento de las plantas curativas y el respeto debido a la venerable costumbre de reparar objetos.

Dana Awartani indaga en los principios geométricos del arte y la artesanía del islam para sacar a la luz sus significados filosóficos. Sus obras son actos continuos de recuperación y traen al presente distintos lenguajes del arte islámico tradicional, entre los que se encuentran los manuscritos iluminados, la taracea, la cerámica y los oficios textiles.

Nacida en Yeda, Arabia Saudí, en 1987. Vive en Yeda, Arabia Saudí.

Para más información, visita la plataforma digital TBA21 on st_age

Víctor Barrios
Sillas Pachecas, 2021-2022
Varias mesas, sillas, taburetes y librerías de madera, metal y pintura
Dimensiones variables

Sillas Pachecas, el mobiliario diseñado por Víctor Barrios, está realizado a partir de mesas y sillas encontradas y revitalizadas con superficies coloridas. Algunas de ellas muestran decoraciones minimalistas; otras, adornos exuberantes. Mediante un uso creativo de las manchas, el lijado y la pátina, conservan las huellas de sus transformaciones y reclaman atención como objetos artísticos. Las sillas y mesas encapsulan el noble arte de la sobremesa, un tiempo compartido de duración indeterminada en el que se habla y se bebe, se disfruta de la compañía de otros y se vive el momento.

Víctor Barrios nació en Madrid, España, en 1972. Vive en Castro del Río, Córdoba, España.

Claudia Comte
Objeto escultura 52: el gusano, 2017
Madera de abeto sin corteza y quemado, ébano
600 x 50 x 50 cm

El hacha, 2018
Madera de abeto sin corteza y quemado, mármol
600 x 50 x 50 cm

La botella, 2018
Madera de abeto sin corteza y quemado, bronce
600 x 50 x 50 cm

Tres enormes abetos cuelgan del techo. Cada árbol alberga un relicario tallado, que a su vez custodia una escultura pequeña y delicadamente ejecutada: un gusano de madera, un hacha de mármol y una botella de bronce. Cortados y tallados con sierra mecánica —la artista suiza Claudia Comte ha elegido esta herramienta que no es famosa por su precisión, sino más bien por su fuerza y su carácter práctico— y levemente quemados en la base, los troncos ejercen como pedestales. Al emplear madera procedente de los bosques de su infancia, en las montañas del Jura, en los Alpes, pero también ébano, mármol y bronce, la obra de Comte amplía el potencial escultórico de los materiales jugando con sus formas, volúmenes y superficies. Movida por su interés en la memoria material y la observación detallada del modo en que la mano se relaciona con distintas tecnologías, investiga los sistemas de producción, artesanal y mecánica, y los materiales naturales empleados en la artesanía y la escultura.

En *Objeto escultura 52: el gusano*, Comte juega con la inconfundible forma serpenteante obtenida a través de la talla, el modelado y el pulido del ébano, una madera ornamental muy valiosa caracterizada por su acabado brillante en negro, que enfatiza el atractivo pop y en cierto modo irónico de la escultura acabada. *El hacha* encapsula la expresividad de este utensilio empleado para diseccionar la madera en trozos fáciles de gestionar y de ser trabajados. Al tiempo que reivindica una historia de artesanía, habilidad y maestría técnica, la obra de Comte también está impregnada de urgencia medioambiental. *La botella* habla del valor económico, de los residuos generados por los humanos y de la generalización de lo desechable. El molde en bronce del que es el objeto plástico de un solo uso por excelencia puede interpretarse como reliquia o monumento, un memento que nos recuerda que este objeto cotidiano tarda 450 años en descomponerse. De este modo, la obra de Comte invita a abandonar con determinación las formas extractivas de producción que dominan el presente a través de elementos que hunden sus raíces en tiempos remotos y apuntan a futuros imaginados.

Nacida en Grancy, Suiza, en 1983. Vive en Basilea, Suiza.

Abraham Cruzvillegas
Autorretrato queriendo ser fray Tomás González y escuchando abajeños con la banda de Zacán, incapaz de comunicar la frustración de no poder reconocerme como un narciso iracundo, pobre, obediente, casto y, para acabarla de chingar, desplazado, 2014
Madera, hierro, espejo, cuerda de nailon, cuero, hormigón, aluminio, hierro galvanizado, cinta autoadhesiva, goma, mazorca de maíz
800 x 469 x 570 cm
Encargo de TBA21 Thyssen-Bornemisza Art Contemporary

En su obra, que incluye escultura, pintura, instalación y vídeo, Abraham Cruzvillegas rinde homenaje a las poéticas humildes y a las fragilidades de los entornos vitales precarios construidos bajo rígidas imposiciones económicas. Mediante la reutilización de objetos de desecho recogidos y encontrados, sus esculturas cuestionan las concepciones tradicionales de la producción artística y se basan en la improvisación, la colaboración y el aprendizaje. La que tal vez sea su serie más famosa, *Autoconstrucción* —un título que subraya las implicaciones psicológicas del concepto—, asienta su obra escultórica en una técnica de ensamblaje DIY (*Do it yourself* [Hazlo tú mismo]). Las obras de Cruzvillegas surgen de vínculos muy personales, y sus materiales y temas revelan los compromisos colaborativos, filosóficos y éticos del artista.

En esta obra, Cruzvillegas se reconcilia con sus defectos en el marco de las asombrosas andanzas de fray Tomás González, un fraile franciscano y activista por los derechos de los migrantes que regenta un refugio para personas migrantes llamado La 72 en Tenosique, en el sureste de México. Los grupos del crimen organizado que controlan los flujos de migrantes en la frontera guatemalteca han amenazado a González por su labor legítima y pacífica en defensa de los derechos humanos. Como sugiere el título, Cruzvillegas contempla la extraordinaria labor del fraile mientras escucha música folclórica tradicional mexicana y comprende que él también es un «narciso desplazado» que necesita el consejo del fraile. Creada en el marco de una exposición en Zapopan, México, con materiales encontrados en los vertederos de la zona, la obra también es un guiño al padre del artista, ligado al convento franciscano de la ciudad.

Nacido en Ciudad de México, México, en 1968. Vive en Ciudad de México, México.

Abraham Cruzvillegas
Autorretrato fronterizo y chispeante abrazando el retrato de Gilberto Bosques, escuchando pirekuas y tragando esquites afuera de la catedral, 2014
Hierro, aluminio, madera, gorgorán, goma, acero inoxidable
725 x 950 x 557 cm
Encargo de TBA21 Thyssen-Bornemisza Art Contemporary

Como muchas de las obras de Abraham Cruzvillegas, esta pieza se compuso a partir de materiales que el artista encontró en un lugar concreto, en este caso, los alrededores del Museo de Arte de Zapopan, en Guadalajara, México, donde la obra se expuso por primera vez. Formalmente, la pieza está compuesta por dos núcleos materiales que dialogan entre sí. Uno sobresale de modo ascendente, con una forma esbelta que recuerda a un junco, y contrasta con una pila de losas de hormigón. El otro es un conjunto de barras de construcción de metal y madera dispuestas en forma de centella o de las hojas en rosetón de la planta del agave, con líneas que se proyectan hacia el exterior y hacia arriba desde un punto central. Esta obra pertenece a la serie *Autorretrato*, y, como sugiere su título, en ella el artista reflexiona sobre la figura del diplomático mexicano Gilberto Bosques (1892-1995). Antes de embarcarse en la carrera diplomática, Bosques fue un legislador progresista y un combatiente durante la Revolución mexicana. En 1940, en Marsella, uno de sus destinos consulares, Bosques asumió la tarea de rescatar a miles de republicanos españoles y judíos exiliados, y se aseguró de que no tuvieran que regresar a España ni a la Alemania nazi. Sin embargo, sus actos heroicos no recibieron grandes elogios y permaneció en el anonimato internacional hasta que, años después de su muerte, su historia se desenterró y su labor suscitó admiración. En 1944, Bosques dijo a propósito de sus esfuerzos: «Seguí la política de mi país de proporcionar apoyo material y moral a los heroicos defensores de la República española, leales paladines de la lucha contra Hitler, Mussolini, Franco, Pétain y Laval».

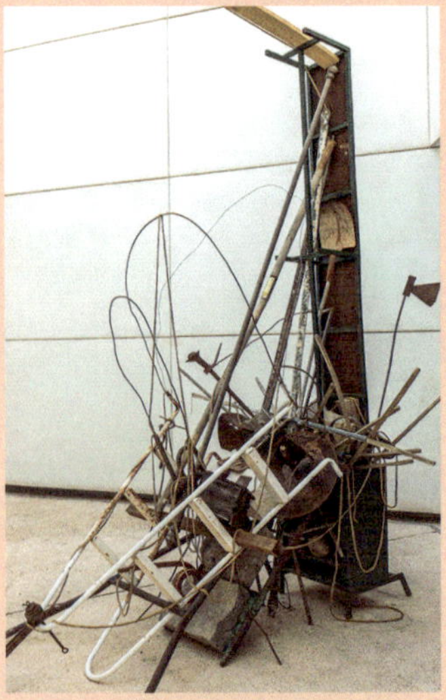

Abraham Cruzvillegas
Una cita a ciegas con Ibn Zaydun, entre el aceite y el agua, 2022
Madera, metal, piedra, fibra sintética, fibra natural, cerámica, aceite, agua, tierra, organismos vivos
330 x 578 x 210 cm
Encargo de TBA21 Thyssen-Bornemisza Art Contemporary para «Futuros abundantes»

«Futuros abundantes» interviene en los espacios no utilizados expositivamente del C3A y los reactiva introduciendo vida vegetal y animal en este entorno artístico. Tres patios hexagonales fueron asignados al artista mexicano Abraham Cruzvillegas para que exhibiese en ellos esculturas realizadas ex profeso. Los ensamblajes de Cruzvillegas aluden a figuras históricas y ahondan en los distintos modos de intervenir en la historia y en la memoria colectiva sin soslayar su complejidad.

Una cita a ciegas con Ibn Zaydun, entre el aceite y el agua, obra concebida específicamente para esta exposición, invita a conversar con varias figuras: el poeta Ibn Zaydun (1003-1071), posiblemente el más famoso de al-Ándalus, conocido por sus escapadas y por las *nuniyyas* que dedicó a su amada, la princesa Wallada bint al-Mustakfi. Esta cita a ciegas se completa con agua del río Guadalquivir, conocido en árabe como *Wadi' al-Kabir*, o «Gran río», y con aceite de oliva ecológico y sin filtrar, cuyo término en árabe, *zaytun*, es casi idéntico a Zaydun. La escultura adopta la forma de un puente que conecta las dos orillas del Guadalquivir entre el casco viejo y el denominado Campo de la Verdad —donde se encuentra el C3A—, zona en la que tuvo lugar una de las principales batallas de la Córdoba medieval.

La cita a ciegas es, para Cruzvillegas, una metáfora de su forma de relacionarse con materiales encontrados e inéditos para él, e ilustra su capacidad para dar nuevos usos, reasignar y redefinir la percepción que tenemos de estos. «Todos los objetos están vivos cuando los uso en mi obra. Las cosas tienen una opinión, y te preguntan o no», explica el artista. Estos materiales dotados de opinión propia, en precario equilibrio y unidos entre sí por cuerdas, cables y la fuerza de la gravedad, articulan las estrategias conceptuales, las coordenadas políticas y las estéticas contingentes sobre las que Cruzvillegas pone el foco.

Abraham Cruzvillegas
Lámpara de esparto *sin título*, 2022
Madera, esparto, cable, bombilla
350 x 350 x 103 cm
Encargo de TBA21 Thyssen-Bornemisza Art Contemporary para «Futuros abundantes»

Abraham Cruzvillegas
El Campo de la Verdad, 2022
21 collages sobre papel, manuscrito con la descripción del proyecto
29,7 x 21 cm (unidad)
Encargo de TBA21 Thyssen-Bornemisza Art Contemporary para «Futuros abundantes»

El Campo de la Verdad es una serie de *collages* sin una narrativa ni un tema específicos. Están basados en materiales y referencias variadas, entre los que se incluye una especie vegetal (*Astragalus boeticus*, una semilla que se ha utilizado para infusiones en épocas de escasez, también conocida como «café de los pobres»), identificada por el biólogo Rafael Tamajón en el descampado adyacente al C3A y en las orillas del río Guadalquivir, en Córdoba, España. La serie recoge imágenes de muestras de esta semilla, recogida durante una excursión dominical, y recortes de periódicos locales e internacionales reunidos durante la instalación de la exposición «Futuros abundantes».

El Campo de la Verdad se realizó en apoyo a las actividades de rescate medioambiental del colectivo Plata (www.platalugar.org) para revitalizar la abundancia de la parcela adyacente al museo.

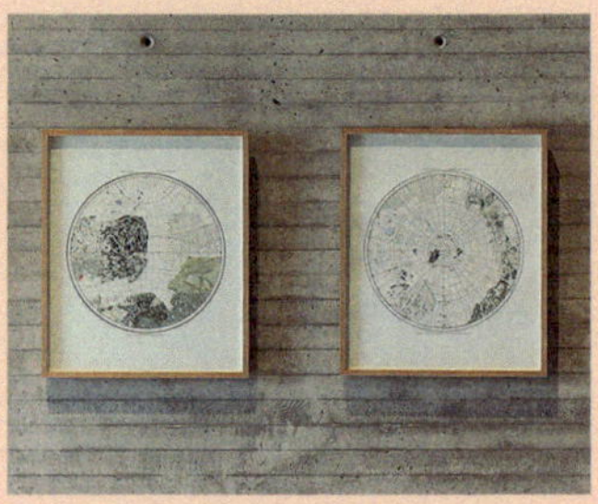

Elena Damiani
Hemisferio este, 2018
Hemisferio oeste, 2018
Hemisferio norte, 2019
Hemisferio sur, 2019
Cartografías minerales
Impresión giclée sobre papel de algodón
74,2 x 62 cm (unidad con marco)

Para la artista peruana Elena Damiani, la geología revela la memoria de la Tierra. Su obra más reciente explora la vitalidad de la litosfera, la corteza mineral del planeta, y pone a prueba suposiciones asentadas y todavía vigentes sobre la permanencia geológica. Para materializar esta idea, Damiani crea *collages* con imágenes de archivo y mapas encontrados que aluden a los rasgos geológicos y a sus conexiones con la biosfera y su estructura material y energética.

Cartografías minerales investiga el papel de las fuerzas eólicas, que transportan partículas minerales desde zonas desérticas hasta lugares lejanos, la erosión que originan en la superficie terrestre y el consecuente traslado de partículas de polvo entre continentes. Bautizados así en honor a Eolo, el custodio de los vientos en la *Odisea*, los procesos eólicos trasladan nubes de polvo del desierto del Sáhara que acaban posándose a muchos kilómetros de distancia y nutren la cuenca del Amazonas. A su vez, las partículas del desierto de Gobi acaban en Corea y Japón, mientras los sirocos arenosos influyen en el sur de Europa. Estos procesos naturales demuestran la conexión entre diferentes zonas del planeta y nos ayudan a concebir la Tierra como una entidad única, en constante movimiento y transformación más allá de las divisiones geográficas. Los mapas originales empleados en *Cartografías minerales* proceden de un atlas titulado *Geographic Exercises* (Ejercicios geográficos), publicado en Londres en 1775. Inicialmente, estos mapas se dibujaron como herramientas didácticas para que los estudiantes de geografía completaran los espacios en blanco entre las cuadrículas y las fronteras. Damiani les superpone microfotografías de minerales laminados que conforman un territorio a modo de mosaico, el cual resulta familiar, debido a que sus coordenadas son reconocibles a primera vista, e imaginario al mismo tiempo, lo que invita a los espectadores a reconectar con la riqueza mineral de la Tierra.

Nacida en Lima, Perú, en 1979. Vive y trabaja en Lima, Perú.

Patricia Domínguez
La balada de las sirenas secas, 2020
Instalación con montaña y cascada de Styrofoam, fibra de vidrio, circuito eléctrico de agua, traje led con colas de sirena, esculturas realizadas con impresión 3D, proyecciones holográficas, vídeo monocanal en monitor, color, sonido, 31:54 min
212 x 350 x 194 cm
Encargo producido por TBA21 Thyssen-Bornemisza Art Contemporary

Dirección y guion: Patricia Domínguez
Cámara y dirección de fotografía: Emilia Martín
Asistente de cámara y grabación de sonidos: Ce Pams
Música: Futuro Fósil
Animaciones 3D: Álvaro Muñoz
Actrices y creación de diálogos: Las Viudas del Agua
Cantor a lo divino: Juan López
Grabaciones con dron: Cárol Pastenes y Jorge Pérez
Confección de traje led: Alejando Abos-Padilla
Diseño de aguagramas para vestuario: Patricia Claro
Edición de vídeo y sonido: Patricia Domínguez con efectos sonoros adicionales de Ce Pams
Localizaciones: Petroglifos El Pedernal, Palquico, La Ligua, y Plantaciones de aguacates El Carmen (Provincia de Petorca, Chile)
Agradecimientos: Soledad Gutiérrez (comisaria); Las Viudas del Agua; MODATIMA (Movimiento de Defensa del Agua, la Tierra y la Protección del Medioambiente); MUCAM (Museo Campesino en Movimiento); *Códice Maya Tro Cortesiano*, Museo de América (Madrid, España), y Galería Patricia Ready (Vitacura, Chile)

Patricia Domínguez
Los testículos colgantes y el espíritu femenino del agua, 2020
Diseño 3D en lienzo polycanvas
230 x 124 cm
Encargo producido por TBA21 Thyssen-Bornemisza Art Contemporary

La obra de la artista chilena Patricia Domínguez combina investigaciones etnobotánicas, antiguas prácticas sanadoras y la privatización del bienestar para abordar el modo en que el capitalismo perpetúa las prácticas coloniales de explotación y extracción. Domínguez colabora con activistas por la democracia, el derecho al agua y la justicia indígena, y lleva más de diez años desempeñando una labor educativa a través de su plataforma Studio Vegetalista, que gira en torno al conocimiento experimental y aúna arte, etnobotánica y cosmologías andinas.

Las principales líneas de trabajo de Domínguez se pueden ver en *Gaiaguardianxs*, una publicación digital interactiva que condensa tres años de investigación a través de un viaje personal por América Latina. A lo largo de siete capítulos, *Gaiaguardianxs* narra historias de injusticia social ligadas a los complejos flujos del agua, la crisis medioambiental y la posibilidad del llanto, el duelo y la espiritualidad.

El primer capítulo familiariza al lector con el tucán ciego, un guía animal y figura espiritual. Víctima de la sequía y los incendios que han destruido más de cuatro millones de hectáreas de bosque en Chiquitania (Bolivia), este animal es invocado por la artista en las primeras líneas. En los siguientes capítulos de *Gaiaguardianxs*, narrados desde una posición profundamente empática con humanos y no-humanos, se describen sucesos y luchas activas en distintas regiones. Desde la lucha por los derechos de la naturaleza y la X Marcha Indígena de la plaza de Santa Cruz de la Sierra, en Bolivia, hasta la violencia estatal en Chile frente a las exigencias civiles por la justicia social, *Gaiaguardianxs* es un catálogo de historias humanas y no-humanas que dan testimonio de la transformación neoliberal que está experimentando América Latina, así como de los múltiples modos de resistencia a ese proceso.

La instalación *La balada de las sirenas secas* se concibió como parte del cuarto capítulo de *Gaiaguardianx*, centrado en historias de activismo que buscan restituir los recursos hídricos comunes en Chile. Compuesta por una amplia variedad de materiales, desde elementos orgánicos a objetos tecnológicos y componentes *low-fi*, esta instalación totémica recuerda a un santuario.

En su centro hay un monitor de vídeo, ubicado verticalmente en un altar de tierra árida, flanqueado por dos montículos, cada uno de ellos coronado por un rostro siniestro, una cabeza sedienta y desdeñosa en forma de aguacate. Una figura oscura con forma de sirena cubierta de luces led se arrodilla ante la pantalla en un gesto votivo, un instante de duelo o de oración. Por su parte, la pieza de vídeo despliega una secuencia de escenas filmadas en las inmediaciones de Palquico, Chile, una zona duramente golpeada por la sequía y la privatización de los recursos hídricos derivada del cultivo intensivo del aguacate. El relato gira en torno al tradicional «canto a lo divino», propio de las zonas del centro de Chile y atribuido a los jesuitas que llegaron allí alrededor del año 1600. En la obra de Domínguez, esta balada, interpretada por el cantante Juan López, se transforma en un canto a la sequía, al agotamiento de la tierra y de sus recursos hídricos.

A su vez, *Los testículos colgantes y el espíritu femenino del agua*, que forma parte de *La balada de las sirenas secas*, da continuidad a la denuncia que hace Domínguez de la privatización del agua en Chile, introducida por primera vez durante la dictadura de Augusto Pinochet en 1984, cuando se mercantilizó su uso y acceso. Bajo la legislación vigente, que supone una violación de los derechos humanos, el agua dulce se desvía para regar grandes plantaciones comerciales de aguacate en la provincia de Petorca, con la aquiescencia de la clase política y en perjuicio de la población local, mayoritariamente indígena. Para este proyecto, Domínguez colaboró con MODATIMA (Movimiento de Defensa por el acceso al Agua, la Tierra y la Protección del Medioambiente), una organización fundada en Petorca en 2010 para reivindicar el derecho al agua de agricultores, trabajadores y habitantes de la zona. Dotada de un rico simbolismo, esta obra hunde sus raíces en lo que la artista denomina «ciencia ficción multiespecie, más cerca de lo espiritual que de la conquista o la dominación. Una ciencia ficción orgánica». Su título también alude a la polisemia del término «aguacate», *āhuacatl*, «testículo», y sugiere una crítica velada al patriarcado.

Nacida en Santiago, Chile, en 1984. Vive en Santiago, Chile.

Para más información, visita la plataforma digital TBA21 on st_age

Olafur Eliasson
Catarata invertida, 1998
Instalación con recipientes (acero, madera, PVC), andamio (acero inoxidable), bomba eléctrica, agua
340 x 398 x 597 cm

Catarata invertida de Olafur Eliasson fue una de las primeras obras que dedicó a las cataratas y originalmente se concibió para ser expuesta en el interior de una galería en los años noventa. A diferencia de los proyectos de arte público que desarrolló durante las dos décadas siguientes (especialmente en Nueva York en 2008 y en Londres en 2019), *Catarata invertida* proyecta chorros de agua hacia arriba, de recipiente a recipiente, revirtiendo el flujo gravitatorio habitual. La instalación evoca la majestuosa Escalera del agua de los Jardines del Generalife de la Alhambra, en Granada (España), así como la historia de la ingeniería paisajística en Andalucía, que se remonta a la época medieval.

En *Catarata invertida*, una estructura en cuatro escalones ubicada en una piscina de agua sostiene cuatro recipientes rectangulares metálicos, uno en cada nivel. A través de un sistema de bombeo, el agua se pulveriza al azar y sin límites sobre los recipientes y la piscina, empapando también sus alrededores. El sonido del chapoteo se percibe por encima del murmullo de las bombas eléctricas, y el aire queda impregnado de una sutil humedad. El interés de Eliasson en las cataratas, y en las experiencias perceptivas multisensoriales que generan, dialoga aquí con sus preguntas acerca de la relación entre la subjetividad (interior) y la denominada objetividad (exterior). La visión ecológica, un término acuñado por los psicólogos Eleanor y James Gibson, ofrece una explicación compleja sobre el proceso de percepción que consiste en explorar el entorno no solo con los ojos, sino con «los-ojos-en-la-cabeza-en-el-cuerpo-sobre-el-suelo». El artista hace hincapié así en las intrincadas interrelaciones entre lo visual, lo móvil, las sensaciones y el resultado de procesos ecológicos en constante transformación.

Nacido en Copenhague, Dinamarca, en 1967. Vive en Copenhague, Dinamarca, y en Berlín, Alemania.

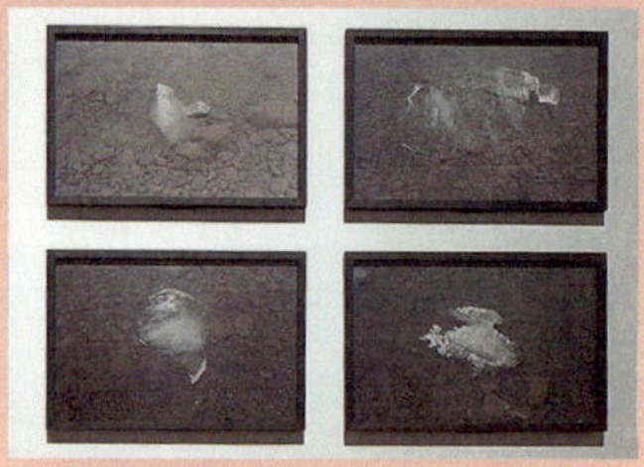

Olafur Eliasson
La serie de hielo derritiéndose, 2002
20 impresiones cromogénicas a color
31,1 x 90,8 cm (unidad con marco)

El compromiso de la obra artística de Olafur Eliasson es una respuesta a las emergencias sociales y medioambientales. Muchas de sus piezas más recientes muestran la evidencia de la crisis climática con una clara voluntad ecologista. Instalaciones como *Observatorio del hielo* (2015), para la que Eliasson recogió bloques de hielo glacial de Groenlandia y los trasladó a París con motivo de la firma del tratado de Naciones Unidas sobre el cambio climático, y también a Copenhague y Londres, donde dejó los bloques en la calle hasta que se derritieron, tratan de hacer tangible el calentamiento global. Sus series de paisajes, que a menudo registran la transformación de ríos, cuevas y glaciares islandeses, adoptan un planteamiento documental donde convergen el arte y las reivindicaciones ecocríticas.

La serie de hielo derritiéndose consta de veinte fotografías que inmortalizan la licuación del hielo en una superficie de guijarros volcánicos negros. Dispuestas en una retícula, cada una de estas fotografías, aparentemente en blanco y negro, congela un plano detalle de un pequeño fragmento de membrana de hielo. La serie ofrece una idea acumulativa del terreno, de los lentos procesos de transformación de la actividad térmica y geológica, y de las transiciones de estados sólidos a líquidos. Eliasson omite deliberadamente la escala y selecciona perspectivas que subrayan la relación corporal del espectador con la imagen fotográfica, implicándonos en un proceso que nos hace medirnos y posicionarnos ante sucesos pequeños, imperceptibles, que, en última instancia, ponen en primer plano nuestra presencia y complicidad a las puertas de un cambio colosal.

Olafur Eliasson
Eye see you, 2006
Acero inoxidable, aluminio, vidrio con filtro de color, bombilla
230 x 120 x 110 cm

Olafur Eliasson lleva años trabajando con la luz como material y como tema de investigación, indagando en sus propiedades y el modo en que los humanos la experimentan. *Eye see you* (un juego de palabras intraducible que podría adaptarse como «Ojo, te veo») invita a los espectadores a verse a sí mismos junto a la fuerza más ancestral de las que nos mantienen vivos: el sol, entendido como fuente de nutrición y energía, como posible aliado y, también, como amenaza potencial en esta era de crisis climática. La instalación consiste en un «horno solar» —un cuenco prefabricado con superficie de espejo que, en climas cálidos, se usa para cocinar aprovechando la radiación solar— sobre un trípode. En su centro, una lámpara de sodio emite una intensa luz de monofrecuencia amarilla. Dos cristales dicromáticos instalados frente a la lámpara cambian de color en función de la posición y los movimientos del espectador. *Eye see you* yuxtapone de forma crítica dos elementos. Por un lado, el absolutismo del sujeto vidente como una persona altamente específica (ojo/yo), dotada de un solo ojo. Por otro, la categorización reduccionista del objeto tecnológico como cosa que, en la instalación, refracta la mirada humana. «Me interesa hacer obras que existan para ser vistas y que también inviten a reflexionar sobre el modo en que son vistas», comenta Eliasson.

Olafur Eliasson
Seu planeta compartilhado, 2011
Acero inoxidable, aluminio, vidrio con filtro cromático (cian, azul, rosa, amarillo), espejos
195 x 289 x 149 cm

En *Seu planeta compartilhado* (Tu planeta compartido), una estructura metálica sostiene cuatro caleidoscopios con formas y colores propios y aperturas triangulares, hexagonales, cuadradas y romboides. Ubicada a la altura de los ojos, la obra invita al espectador a moverse alrededor de las aperturas y mirar a través de las lentes facetadas de color amarillo, verde, turquesa y azul. Los fondos cónicos de los cuatro dispositivos ópticos están orientados hacia un punto de fuga donde emerge la imagen de un planeta compartido en forma de patrón poliédrico. La pieza aborda un tema recurrente en el trabajo de Olafur Eliasson: la interdependencia de la percepción, el movimiento y el espacio, y los múltiples modos en que se constituyen entre sí. Interesado en la historia de la mirada y su complicidad con las estructuras de poder, este artista crea aparatos de visualización que desvían, complejizan y externalizan el acto de ver, distanciándolo de su función primaria de registrar la realidad. Sus instrumentos y máquinas de visión aspiran a recomponer la percepción en cuanto a capacidad de estar en el mundo, acentuando la emoción y el conocimiento, y reavivando así un sentido expandido de la presencia y la atención. Al movilizar a los espectadores e invitarlos a experimentar la visión de modo diferente, Eliasson busca reactivar la fascinación ante el planeta y, con ello, a formular un horizonte político colectivo.

Olafur Eliasson
La serie del glaciar derritiéndose 1999/2019, 2019
30 impresiones cromogénicas
31,1 x 90,8 cm (unidad con marco)

En 1999 Olafur Eliasson fotografió varias decenas de glaciares en Islandia como parte de su proyecto continuo de supervisión y cartografía de la isla. Esta serie de fotografías dio lugar a una obra llamada *La serie del glaciar*. Veinte años después, regresó a Islandia para volver a catalogar los glaciares. Esta nueva obra, *La serie del glaciar derritiéndose 1999/2019*, establece una comparación entre aquellas treinta imágenes de 1999 y las de 2019 para revelar el impacto dramático que el calentamiento global ya ha tenido en el planeta, y el modo en que afectará a las futuras generaciones.

«En 1999 viajé a Islandia para documentar varios de sus glaciares desde el aire. En aquel entonces creía que los glaciares estaban fuera del alcance de la influencia humana [...]. Veinte años después volví a fotografiar los mismos glaciares desde el mismo ángulo y a la misma distancia. Al volver a sobrevolarlos, la diferencia me impactó. Por supuesto, sé que el calentamiento global derrite el hielo y esperaba que los glaciares hubiesen cambiado, pero no podía hacerme una idea de hasta qué punto. Todos se han reducido considerablemente, y algunos de ellos son difíciles de localizar. Está claro que no debería ser así, porque el hielo glacial, a diferencia del marítimo, no se derrite y vuelve a formarse cada año. Cuando un glaciar se derrite, desaparece. Para siempre. Al ver la diferencia entre el antes y el ahora —veinte años de nada— fui plenamente consciente de lo que sucede. Las fotos hacen reales, vívidas, las consecuencias de las acciones humanas para el medioambiente. Vuelven esas consecuencias tangibles. [...] Espero que hayamos llegado a un punto de inflexión. Tenemos una responsabilidad frente a las generaciones futuras que consiste en proteger los glaciares que quedan y detener el proceso del calentamiento global. Cada desaparición de un glaciar es un reflejo de nuestra inacción. Cada glaciar que salvemos será un testamento de las medidas que tomamos ante la emergencia climática. Algún día, en lugar de lamentar la pérdida de más glaciares, debemos lograr celebrar su supervivencia». —Olafur Eliasson

Haris Epaminonda
*Sin título *14*, 2007
Collage
14,5 x 19 cm

*Sin título *24*, 2007
Collage
30,2 x 20,1 cm

*Sin título *25*, 2007
Collage
30,1 x 19,6 cm

*Sin título *27*, 2007
Collage
25 x 16,6 cm

*Sin título *29*, 2007
Collage
149 x 249 cm

*Sin título *36*, 2007
Collage
264 x 171 cm

Objetos encontrados e imágenes de archivo pueblan la obra de Haris Epaminonda, a menudo concebida como un proceso que ensambla, monta e integra a modo de *collage* estos materiales mediante vídeos, instalaciones y obras sobre papel. En lugar de explotar la nostalgia hacia el pasado, Epaminonda reordena fragmentos de historia en nuevas constelaciones, demostrando que la ambigüedad y el alcance de estos fragmentos pueden servir para generar memoria e historia.

Compuestos por imágenes procedentes de libros y revistas de las décadas de 1940, 1950 y 1960, los ensamblajes de la serie *Sin título* parecen dar vida a estos materiales en lugar de apropiárselos sin más. Cada obra de la serie abre múltiples relatos sin proporcionar lecturas unívocas ni finales. La sutura entre un fragmento y otro crea una sutil sensación de incomodidad y de tensión entre mundos diferentes. Al inaugurar una mirada prismática a través de la difracción, Epaminonda invoca formas de ver y narrar que aceptan la simultaneidad. Esta forma de abordar las imágenes anula la atención sobre un único elemento e invita a considerar diferentes temporalidades, localizaciones y subjetividades a la vez. «Intento trabajar con la esencia de la imagen. Creo que algunas imágenes contienen algo capaz de descolocarnos, un giro. El poder de las imágenes consiste en arrojarnos a un desierto donde debemos encontrar nuestro propio camino. Exigen algo de nosotros», dice la artista. Por ello, en su obra, el archivo ostenta un potencial que puede ser troceado y reconfigurado para reunir distintas realidades en un único plano.

Nacida en Nicosia, Chipre, en 1980. Vive en Berlín, Alemania.

Mario García Torres
El día en que la humanidad se desvaneció, s. f.
Videoinstalación monocanal (transferida de película de 16 mm), color, sonido, 2:21 min
Encargo de Manifesta 11
coproducido por TBA21 Thyssen-Bornemisza Art Contemporary

Las mariposas monarca emprenden cada año una prodigiosa ruta migratoria. A pesar de que sus hábitats y rutas de vuelo han sido alteradas por la degradación producida por los humanos, migran desde los bosques de Estados Unidos y Canadá hasta el corazón del valle ancestral del norte de México. Allí, las mariposas hibernan en los bosques de montaña, donde un clima menos extremo hace más viable su supervivencia. La zona donde se tomaron estas imágenes es particularmente próspera. Debido a su condición de santuario natural y, quizás en mayor medida, por lo hostil de la zona, que impide a los visitantes acceder de forma segura al parque, es un oasis casi aislado en una zona turbulenta. Al presentar escenarios difíciles pero plausibles sobre la situación del mundo y su posible colapso, Mario García Torres media en torno a lo que sucedería si la humanidad se desvaneciera. Si no quedan humanos que den testimonio de la existencia de la humanidad, tal vez nunca habremos existido.

El día en que la humanidad se desvaneció es una obra de vídeo basada en imágenes de archivo de este santuario natural protegido en el norte de México que muestra un denso enjambre de mariposas monarca —una especie en peligro de extinción— sin rastro de humanos, con una interpretación vocal del tenor afincado en Zúrich Eelke van Koot. La obra se produjo con motivo de Manifesta 11, celebrada en Zúrich en 2016, donde todos los artistas seleccionaron figuras locales ajenas al mundo del arte contemporáneo para colaborar en la producción de sus obras. El libreto fue escrito por el artista.

Nacido en Monclova, México, en 1975. Vive en Ciudad de México, México.

Isa Genzken
Nuevos edificios para Berlín VI, 2013
Vidrio, resina epoxi, silicona, MDF lacado
Vidrio: 83 x 47 x 32 cm; plinto: 139 x 40 x 30 cm

La serie de Isa Genzken, *Nuevos edificios para Berlín*, que comenzó en 2002, reimagina la naturaleza cambiante de la ciudad que la artista considera su hogar. En estas piezas arquitectónicas de neoensamblaje, Genzken propone un paisaje urbano dotado de ligereza donde el vidrio coloreado sustituye a las infraestructuras grises que parecen caracterizar a Berlín. Irreverentes, disidentes, de estética punk, alegres y joviales, estas maquetas arquitectónicas aluden a una tradición constructiva basada en el uso de materiales coloridos, encontrados y reutilizados, que plantan cara al «mundo globalizado lleno de basura». Consisten en conjuntos de *ready-mades* rearticulados que resultan audaces y, al mismo tiempo, sencillos, sostenibles y aspiracionales. Tiras de vidrio coloreado, DM pintado y paneles lacados, apoyados entre sí, remiten a la arquitectura de la modernidad de Ludwig Mies van der Rohe y Bruno Taut, y al mismo tiempo trascienden una función meramente ilustrativa. En esta serie, la maqueta se convierte en un motivo recurrente, no tanto como herramienta de representación, sino a modo de propuesta para una arquitectura que aún no existe.

Nuevos edificios para Berlín VI se presenta en un pedestal elevado que prolonga sus volúmenes verticales, evocando la metrópolis sin aludir explícitamente a ningún edificio real de la capital alemana. De hecho, apela a una imaginación utópica para una constelación social alternativa plasmada arquitectónicamente. Así, la escultura permite indagar en la función especulativa y política de la arquitectura y, en última instancia, del arte.

Nacida en Bad Oldesloe, Alemania, en 1948. Vive en Berlín, Alemania.

Helen Mayer Harrison y Newton Harrison / The Harrison Studio
Granja de camarones, pieza de supervivencia #2, 1971/2022
Energía solar, agua salada, sal, algas *Dunaliella*, camarones de salmuera *Artemia*, madera, láminas de plástico
1.200 x 500 x 25 cm
Desarrollada originalmente en colaboración con el Scripps Institute of Oceanography, San Diego (California), esta instalación ha sido realizada con aguas procedentes de las Salinas del Alemán en Huelva, con el asesoramiento de Sabina Limón y Ricardo Tur.

Helen Mayer Harrison y Newton Harrison han colaborado durante más de cuarenta años con científicos, arquitectos y otros artistas en la creación de obras interdisciplinares que fomentan y potencian la biodiversidad y la producción y gestión de ecosistemas sencillos. Estas colaboraciones implican propuestas basadas en investigaciones rigurosas que permiten para llevar a cabo intervenciones en paisajes existentes, generando transformaciones a gran escala y regeneración continua. Pioneros del movimiento del arte ecológico, los Harrison concibieron *Granja de camarones, pieza de supervivencia #2* en 1971, en el marco del programa de «Arte y Tecnología» de Los Angeles County Museum of Art (LACMA), Estados Unidos, con la intención de estudiar un ecosistema sencillo y eficiente impulsado por la luz solar. Esta instalación de exterior consta de cuatro piscinas de madera llenas de agua salada con distintas concentraciones de salinidad y con la microalga *Dunaliella*. La salinidad específica de cada piscina sirve para cultivar algas de distintos tonos, pues, para sobrevivir a altos niveles de salinidad y presión osmótica, las algas producen β-caroteno, o betacaroteno. Este pigmento tiñe el agua de naranja, rosa y verde amarillento, generando imágenes tridimensionales que recuerdan a una pintura de campos de color. Una vez las algas reaccionan a la salinidad del entorno, se introduce en las pisicinas el camarón microscópico *Artemia*, que se alimenta de las algas y estabiliza cada piscina formando ecosistemas autocontenidos y autónomos. Al ilustrar la riqueza de un ciclo de vida biológico, la obra muestra el modo en que, a escala, la granja de camarones puede producir toneladas de biomasa marina para el consumo o para la producción energética. La palabra «supervivencia» en el título apunta a la capacidad de estos organismos para prosperar en entornos extremos y subraya la necesidad de replantearnos nuestras relaciones ecológicas en un mundo amenazado.

Helen Mayer Harrison nació en Nueva York, EE. UU., en 1927. Falleció en Santa Cruz, California, EE. UU., en 2018. Newton Harrison nació en Nueva York, EE. UU., en 1932. Falleció en Santa Cruz, California, EE. UU., en 2022.

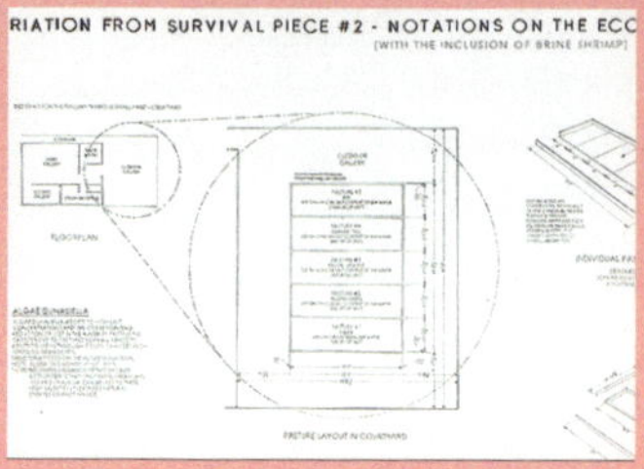

Helen Mayer Harrison y Newton Harrison / The Harrison Studio
Variación de pieza de supervivencia #2: notas sobre el ecosistema de las salinas de Cargill, 2017
Tinta y grafito sobre papel
61 x 92 cm (con marco)

Variación de pieza de supervivencia #2: notas sobre el ecosistema de las salinas de Cargill es el dibujo preparatorio que los Harrison hicieron durante el proceso de producción de *Granja de camarones, pieza de supervivencia #2*, que se expone en los jardines del C3A. El dibujo funciona como un manual de instrucciones completo para construir y mantener una instalación concebida como «biológicamente competente» y «autorregulada». Cada *Pieza de supervivencia* plasma una propuesta minuciosamente investigada para generar formas de agricultura y ganadería urbana frente a lo que los Harrison previeron como un futuro abocado a la crisis climática y la consiguiente escasez de alimentos. Estas obras se basan en las siguientes premisas:

Primera premisa: el sistema económico de la naturaleza almacena la energía que no necesita en el momento a través, principalmente, de formaciones de carbono.

Segunda premisa: la naturaleza, a diferencia de los sistemas económicos de cultivo, no obtiene beneficios.

Tercera premisa: todos los sistemas naturales son estructuras disipativas formadas por individuos que viven, se reproducen y mueren regidos por la indeterminación.

Cuarta premisa: todos los sistemas naturales han aprendido a convivir entre sí y, en un contexto de simbiosis, contribuyen a la supervivencia de los sistemas colectivos, en ocasiones en abundancia.
Quinta premisa: los artefactos — especialmente los de carácter legal, político y económico, y también los sistemas de producción y consumo— construidos por el ser humano aspiran a la constancia, pero a menudo violan las leyes de conservación de la energía y tienden a la entropía de los sistemas.

Mathilde ter Heijne
Mujer para llevar, 2005
Impresiones digitales en blanco y negro, expositores de postales

El título de la obra de Mathilde ter Heijne, *Mujer para llevar*, se puede interpretar de modo prácticamente literal: los visitantes pueden elegir entre 180 postales con retratos de mujeres y llevarse todas las que quieran. Las postales muestran retratos de mujeres que vivieron entre 1839, fecha de aparición de los primeros daguerrotipos, y la década de 1920, una época marcada por el auge del movimiento por los derechos de las mujeres. Ter Heijne comenzó a buscar y recopilar estas fotografías en archivos de museos de todo el mundo en 2001. Las fotografías se tomaron como registros etnográficos. La identidad de las personas retratadas se ha perdido, o tal vez nunca fue registrada. También cabe la posibilidad de que los archivos donde alguien registró sus nombres nunca fueran asociados a sus fotografías. Quizás ellas nunca fueron consideradas seres independientes, sino muestras de sus civilizaciones, atributos de sus maridos o padres, o propiedad de sus dueños.

El reverso de cada retrato documenta sucintas biografías de mujeres de la misma época: vidas que, considerando el tiempo en que vivieron, podrían calificarse como extraordinarias. Entre las biografiadas están, por ejemplo, Aletta Jacobs, la primera mujer médica de Países Bajos; la reina zulú Nandi, y la escritora palestina May Ziadeh. En su mayoría, las biografías constan de unos pocos fragmentos y rara vez están completamente documentadas. Mediante la conjunción libre y asociativa de biografías y fotografías anónimas, la artista plantea una pregunta: ¿por qué estas mujeres, a pesar de sus grandes logros, no reclamaron el lugar que les correspondía en la historia? *Mujer para llevar* reescribe la historia para integrar a estas mujeres e invoca una asamblea imaginaria de mujeres cuyas vidas fueron despreciadas, invisibilizadas y sometidas. Al llevarse estas fotografías consigo, el público se implica en sus historias y amplía su alcance.

Nacida en Estrasburgo, Francia, en 1969. Vive en Berlín, Alemania.

Camille Henrot
Yo digo, 2017
Molde de aluminio, bronce, esterillas de *jiu-jitsu*
155 x 70 x 35 cm

La obra de Camille Henrot reconsidera las funciones y significados de los objetos y el papel que desempeñan en sistemas de conocimiento consolidados y dominantes. Extrae de la literatura, la biología evolutiva, el cine, la antropología, la religión y la vida cotidiana tanto lo banal como lo potencialmente transformador. Los mundos generados por la obra de Henrot a menudo presentan un encuentro con la fantasía y la realidad, que conspiran para abordar las estructuras binarias de poder y el daño autoinfligido que estas provocan a través de los ritos, la autoridad y el control. El inconfundible lenguaje plástico de la artista tiene como objeto revelar el modo en que estos roles son a la vez simbólicos y reversibles.

Yo digo es una escultura metálica compuesta por elementos de bronce y aluminio unidos entre sí. Desde un punto de vista formal, la parte de aluminio tiene una forma figurativa con el aspecto de un híbrido antropomórfico a camino entre un brazo y una pierna. Dicho miembro abraza o, más bien, estrangula la parte de bronce, que recuerda a un saco de boxeo bajo presión. El brazo de aluminio se prolonga en una mano que señala con el dedo, lo que tal vez indique una relación de poder y juicio, ya que, después de todo, señalar con el dedo es otorgarse la autoridad necesaria para hacerlo. Este abrazo potencialmente sensual funde las formas y las ubica en un punto intermedio entre el afecto y la dominación. A los visitantes les corresponde especular acerca lo que significa que un objeto empleado para entrenar artes marciales sea subsumido, en cierto modo, por una entidad amorfa pero claramente humana.

Nacida en París, Francia, en 1978. Vive entre Berlín, Alemania, y en Nueva York, EE. UU.

Ann Veronica Janssens
CL2 sombra azul, CL9 sombra rosa y atardecer B, 2018
3 paneles de vidrio recocido con filtro de PVC
230 x 115 x 1,5 cm (unidad); dimensión total variable

La artista belga Ann Veronica Janssens desarrolla desde la década de 1980 un conjunto de obras que adoptan la forma de instalaciones *in situ* y emplean materiales aparentemente sencillos, incluso intangibles, como el vidrio, la luz, el sonido o la niebla artificial. Sus viscerales propuestas artísticas exploran la permeabilidad de los contextos e invitan a los espectadores a aproximarse a un umbral de inestabilidad visual, psicológica y temporal. El tríptico *CL2 sombra azul, CL9 sombra rosa y atardecer B*, que incorpora un filtro de PVC coloreado a cada uno de los tres paneles de vidrio, crea reflejos iridiscentes y variaciones cromáticas de azul, rosa y naranja en función del punto desde donde se observen.

Janssens, cuya primera intención fue ser arquitecta, ha asimilado y aunado los juegos de geometría y luz en la obra de Ludwig Mies van der Rohe, y las variaciones lumínicas atmosféricas de la ciudad de Kinsasa, en República Democrática del Congo, donde pasó su infancia. Interesada en lo que se le escapa, más que en lo que puede definirse, Janssens desarrolla una poética de lo inasible y lo opaco. En este estado liminal, su obra profundiza en la capacidad de un espacio para transformarse en otro distinto, y lo traslada a experiencias táctiles. A través de su mera presencia, del movimiento y la inmersión, el público participa en una sutil activación de las obras.

Nacida en Folkestone, Reino Unido, en 1956. Vive en Bruselas, Bélgica.

Miler Lagos
Los anillos de corazón esmeralda, 2022
Collage de periódicos reciclados, marco
155 x 155 cm

Este *collage* de papel, obra del artista colombiano Miler Lagos, forma parte de la serie *Los anillos del tiempo* y representa los estratos temporales inscritos en los anillos de crecimiento de los árboles a través de recortes de periódico pulcramente plegados. Lagos emplea periódicos, un producto de la industria maderera, para crear una imagen de la materia prima de la que surge el papel: la sección horizontal del tronco de un árbol. La obra plantea un juego dialéctico entre el tiempo registrado por los anillos de los árboles y el tiempo de la historia registrada o escrita. El empleo de un material derivado de la celulosa subraya los distintos ciclos vitales de la materia y la información. «Cada anillo de un árbol es como un archivo de un momento y un lugar, del mismo modo que cada página de un periódico es un archivo de una zona y un momento», explica Lagos. «Por este motivo, utilizo periódicos. Vuelven tangible la conexión entre los medios impresos y la escultura, y hacen pensar en la prensa y en la cantidad de papel que se ha utilizado para conservar imágenes de la historia». Las reflexiones de Lagos también son extensibles a la técnica del *collage*, un lenguaje visual basado en materiales encontrados y fragmentos residuales, en la unión y la superposición, en la deconstrucción y el reensamblaje de imágenes. Este proceso, casi metafórico, podría vincularse a la circulación entrópica de la información y a la naturaleza errática y acumulativa de la memoria como forma de almacenamiento.

Nacido en Bogotá, Colombia, en 1973. Vive en Bogotá, Colombia.

Sarah Lucas
Dacre, 2013
Molde de bronce
Escultura: 61,5 x 49 x 65,5 cm;
pedestal: 84 x 44,5 x 44,5 cm

En su aproximación a las cuestiones del género y el sexo, la artista británica Sarah Lucas pone a prueba el dualismo masculino-femenino y enarbola la androginia y la disolución de fronteras como herramientas de resistencia. Desde principios de los años 2000, su producción artística incorpora elementos no figurativos, orgánicos y biomórficos, fluidos y en transición, que reflexionan sobre la construcción de la identidad. Al transgredir la forma, la materia y el tiempo, sus objetos desbordan las definiciones normativas de la vida humana y acaban por proponer nuevas variaciones.

Dacre pertenece a una serie de seis esculturas de bronce basadas en un conjunto anterior de obras, *NUDS* (2009-), en el que medias rellenas de fibras de kapok adoptan ambiguas formas biomórficas de metal con tonos dorados. *Dacre* fusiona dos seres que se mantienen unidos al abrazarse con brazos largos y esbeltos. La elegancia glacial de la figura se realza cuando la luz centellea en su superficie pulida. Evoca la imagen de una madre y su hijo, de dos amantes que se abrazan o de un guardián protector. El tono dorado vincula el bronce a la historia material del oro, con ecos que remiten a los iconos bizantinos, las estatuas doradas de Buda y el exceso versallesco. Sin embargo, desde una perspectiva poshumana, *Dacre* cuestiona la arrogancia de lo «humano» y vuelve visible la animalidad del *Homo sapiens*.

Nacida en Londres, Inglaterra, Reino Unido, en 1962. Vive en Aldeburgh, Reino Unido.

Matthew Lutz-Kinoy
Esplendores arrojados a la tierra, 2018
Serigrafía y acrílico sobre lienzo
240 x 630 cm

En un intento de explorar las posibilidades formales y simbólicas de distintos materiales y técnicas, Matthew Lutz-Kinoy trabaja con la pintura, la impresión, la cerámica y la poesía a partir de su experiencia previa en el teatro y la danza. Procesos queer y colaborativos, a menudo combinados con intervenciones performativas, se plasman en el lienzo y se conciben como un terreno de negociación para establecer relaciones entre elementos visuales y textuales en un fluir constante.

El título *Esplendores arrojados a la tierra* procede de un verso del poema *Atlantis*, del escritor estadounidense Robert Duncan (1919-1988). En este lienzo de gran formato, un gran elemento curvado domina la superficie atravesada por majestuosas pinceladas de pintura acrílica. La curvatura apunta a un mundo que está cambiando de forma, y a los flujos y el movimiento como posibilidades de creación e invención. Las líneas serpenteantes en distintos tonos de azul sobre el fondo blanco conviven con veladuras amarillas y naranjas y con pinceladas acuosas de rojo y rosa. En esta composición abstracta y atmosférica al mismo tiempo, Lutz-Kinoy superpone el texto del poema de Duncan, serigrafiado en rojo en la parte superior de la pintura y replicado ocho veces a lo largo del lienzo, que adquiere así el tratamiento de una página.

El pasado y el futuro están
llenos de desastres, esplendores
arrojados a la tierra, mares que crecen
hasta eclipsar
las orillas y rugen.

Estos versos transmiten pena y añoranza por un pasado sumergido que no ha sido olvidado, sino que vuelve a emerger a través de los mares, un símbolo del tiempo y sus ciclos recurrentes de destrucción y creación. Al transcribir *Atlantis* directamente sobre el lienzo, Lutz-Kinoy experimenta con procesos líricos como la fragmentación y el montaje, que le permiten diversificar el lenguaje y reinventar la composición y la creación literaria. Plasmadas sobre el lienzo, las palabras resignifican las pinceladas y sugieren movimientos de olas y vórtices, ensamblando y disolviendo la materia sin cesar.

Nacido en Nueva York, EE. UU., en 1984. Vive en París, Francia.

Ana Mendieta
Sin título, Iowa, 1981
Impresión en gelatina de plata
67 x 50,3 cm (con marco)

La artista nacida en Cuba y de nacionalidad estadounidense Ana Mendieta es célebre por sus obras de los años setenta realizadas en conexión con la tierra: intervenciones escultóricas en el paisaje que establecen una relación simbiótica entre su cuerpo o su silueta fantasmal y el entorno natural. Al fusionar su interés en los rituales afrocubanos y en la religión panteísta de la santería con prácticas contemporáneas como el arte asociado al paisaje, el *body art* y la performance, conservó los lazos con sus raíces cubanas. Su serie *Silueta*, iniciada en 1973, empleaba formas femeninas abstractas a través de las que esperaba acceder a una «fuerza femenina omnipresente». Mendieta, que trabajó en Iowa, Cuba y México, imprimió en suelos y rocas la forma de su cuerpo, cubierto por un repertorio de materiales que incluía flores, ramas de árboles, musgo, pólvora y fuego, ocasionalmente combinados con corazones de animales o las huellas de sus manos en el suelo. Hacia 1978, *Siluetas* dio paso a una serie de dibujos de arquetipos femeninos de las culturas indígenas taíno y ciboney y de la mitología precolombina tallados en la roca, modelados con arena o grabados en arcilla. Cuando intervino en unas cuevas naturales de piedra caliza situadas a las afueras de La Habana, su intención era que dichas esculturas fuesen descubiertas por los visitantes que acudieran al parque en el futuro. Sin embargo, muchas acabaron destruidas por la erosión y el cambio de usos de la zona. Mientras varias de estas obras han sido redescubiertas, para la mayoría de los espectadores estas *Esculturas rupestres* (1981), como las *Siluetas* que las precedieron, perviven en las filmaciones y las fotografías de Mendieta, magnéticos vestigios de su búsqueda, en palabras de la artista, de esa «única energía universal que fluye a través de todo: del insecto al hombre, del hombre al espectro, del espectro a la planta, de la planta a la galaxia».

Nacida en La Habana, Cuba, en 1948. Falleció en Nueva York, EE. UU., en 1985.

Ana Mendieta
Sin título, ca. 1984-1985
Calco de hoja recortado en forma de hoja
23,9 x 16,7 cm (con marco)

En 1983 Ana Mendieta obtuvo la beca del Prix de Rome otorgada por la Academia Americana en Roma. Su estancia en Italia supuso un punto de inflexión: tras años trabajando en exteriores, pasó a crear esculturas, dibujos y estampaciones en su estudio. Trabajar en interiores le permitió un tipo de permanencia formal que sus obras realizadas en conexión con la tierra solo habían tenido a través de su documentación en fotografía o filmación. En todo caso, siguió empleando materiales naturales y dando protagonismo a la silueta como forma predilecta. La vida y la regeneración, así como la propia temporalidad de su trabajo, conservaron una importancia nuclear, a pesar de la naturaleza más tradicional y estática de estas composiciones. Muchos de los materiales que Mendieta empleó en este nuevo conjunto de obras —que incluyen hojas verdes, papel de corteza, barro, tierra y raíces de plantas— no fueron inmunes a los efectos del tiempo. Sufrieron procesos de descomposición que se manifestaron en cambios de color y textura, integrando de forma definitiva los ciclos vitales de la naturaleza en estas piezas.

Mendieta solía afirmar que, si pudiese reducir su cuerpo a una forma básica, sería una hoja en el momento en que cae del árbol al suelo para descomponerse en el sustrato y volver a ser parte de él. En esta nueva fase, por tanto, la hoja —a menudo combinada con el repertorio visual de sus emblemáticas siluetas— se convirtió en una herramienta fundamental para retratar esta temática del «regreso al origen». Esta obra sin título pertenece a una serie recogida en el libro *Pietre Foglie* (Roma, 1984).

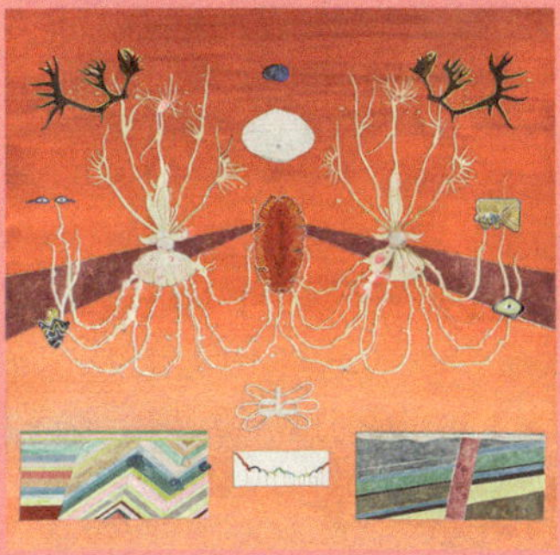

Regina de Miguel
Abrazo simbionte, 2022
Acuarela, gouache y lápiz sobre papel
46 x 53 (con marco)
Encargo de TBA21 Thyssen-Bornemisza Art Contemporary para «Futuros abundantes»

Arbustos de nervios como bosques de coral 01, 2020
Arbustos de nervios como bosques de coral 07, 2020
Acuarela, témpera y lápiz sobre papel
55,5 x 43,5 cm (con marco)

Astro lacustre, 2021
Acrílico sobre tabla
80 x 60 cm
Mater suspiriorum, 2022
Técnica mixta sobre madera
158 x 121 cm

Holobiontes multiespecie con el sistema nervioso de un calamar, corales, partes de hongos, flores, insectos, cerámica, máscaras, collares y representaciones cósmicas: estos son algunos de los organismos y objetos animistas que habitan las obras de Regina de Miguel. Un holobionte, como teorizó la bióloga Lynn Margulis, es un conjunto de muchas especies que conviven para conformar sistemas ecológicos, a menudo en simbiosis o bajo otras formas de cooperación. Es la materialización y el ejemplo de la interrelación de toda la materia orgánica e inorgánica. En las series de acuarelas y dibujos, entidades microbianas y otras creadas por el hombre se enmarañan por completo y forman tótems animistas que expresan la interdependencia de toda la materia.

Estas obras forman parte de un grupo de pinturas surgidas a partir de un relato de ecociencia ficción que De Miguel escribió en 2020. En este cuento futurista, ambientado en un mundo en que los humanos han colonizado el espacio, la protagonista es una bióloga cuyas investigaciones sobre arqueología alienígena se desarrollan en un planeta llamado Exile (Exilio). Vive junto a un pantano y describe y pinta las formas mutantes de vida que la rodean. El escenario mítico-poético del pantano pasa de ser un espacio de convivencia y multiplicidad que fomenta la nostalgia a convertirse en una interfaz desde la que hablar a cometas, acordar una reunión de suicidas o soñar con aguas intoxicadas. Entonces, un brote vírico obliga a la bióloga a confinarse en un hotel, por cuyos terrenos pasea en aislamiento observando los híbridos entre pájaros e insectos y las especies vegetales mutantes mientras reflexiona sobre el vínculo entre la química cósmica y las epidemias terrestres.

Nacida en Málaga, España, en 1977. Vive en Berlín, Alemania.

Para más información, visita la plataforma digital TBA21 on st_age

Beatriz Milhazes
Maresias, 2002-2003
Acrílico sobre lienzo
300 x 267 cm

Las pinturas de Beatriz Milhazes son seductoras, cautivadoras y engañosas, llenas de estratos y sorpresas. Consagradas a la expansiva vitalidad de las flores, a sus delicados tirabuzones y formas similares a hojas, las pinturas también muestran la potencia y el simbolismo de los patrones decorativos. En su indagación en torno a los puntos de contacto entre motivos populares brasileños —de la imaginería del carnaval a la flora y fauna tropical— y el movimiento moderno occidental, las referencias de Milhazes a menudo parecen ilimitadas. El espíritu hedonista del movimiento tropicalista, el uso del color de Henri Matisse o Sonia Delaunay, los patrones textiles de Emilio Pucci, el *chitão* brasileño —un tejido asequible y lleno de colorido— y la geometría abstracta aportan inspiración al complejísimo y exultante repertorio de imágenes, formas y colores que constituye su obra. La artista describe su forma de entender la abstracción como «geometría de cromatismo libre» y sigue un proceso por estratos: primero, pinta un motivo con colores intensos en una lámina transparente; a continuación, la adhiere a un lienzo, y después comienza a retirarla cuidadosamente. Repite el proceso varias veces hasta obtener una superficie de aspecto envejecido que recuerda a un *collage* y que carece de pinceladas visibles.

En *Maresias*, Milhazes logra transferir al lienzo toda la potencia natural de las flores, y destaca por su capacidad de diferenciar entre un número ilimitado de tipos y formas. Sus flores se multiplican a través de la variación, como interpretaciones naturalistas y abstractas o como sutiles siluetas gráficas. Los rizos y arabescos aportan movimiento y profundidad ópticos a la composición vibrante, y las franjas, cuadrados y rectángulos ejercen la función de fondo, como si se tratara de un lecho florido. La hermosa maresia, que da título a la obra, es una pequeña flor silvestre originaria de la cuenca mediterránea.

Nacida en Río de Janeiro, Brasil, en 1960. Vive en Río de Janeiro, Brasil.

Asunción Molinos Gordo
¡Cuánto río allá arriba!, 2021
Cerámica glaseada, hierro
170,3 x 52 x 52 cm; 188 x 65 x 65 cm; 188 x 65 x 65 cm

Combinando los lenguajes de la escultura contemporánea y los de la cerámica artesanal tradicional, Asunción Molinos Gordo rinde homenaje a los variados usos y la magistral ingenuidad de la alfarería destinada a conservar y transportar agua, y pone sobre la mesa las dinámicas y los juegos de poder que regulan el acceso a este recurso y sus fuentes. Jarras, cántaros, cantimploras, palanganas y ritones, producidos en colaboración con tres talleres de Manises (España), replican formas usadas durante siglos en la cuenca mediterránea para transportar, beber y rendir culto al agua. Los *collages* cerámicos reviven fragmentos de distintas épocas históricas, como la dinastía nazarí, la última musulmana de la península ibérica; botijos de engaño, una clase de botijo adornado con varios pitorros, algunos de ellos puramente decorativos, y cántaros de novia, un símbolo de abundancia y celebración comunitaria. Por su parte, las estructuras metálicas recuerdan a las caritativas fuentes *—ollel—* que ofrecen agua potable a los transeúntes de las ciudades islámicas.

En su investigación sobre el campesinado contemporáneo, Molinos Gordo pone el foco sobre la distribución justa del agua, haciendo hincapié en el contraste entre los sistemas tradicionales de cooperación y solidaridad y la tendencia actual a privatizar y mercantilizar los recursos. Ensalza la alfarería artesanal y su valor, y explora los nexos entre la disponibilidad de agua corriente, la mecanización de la agricultura y el papel de las comunidades rurales en la sociedad contemporánea.

«¡Cuánto río allá arriba!» es un verso de *El cántaro roto*, un poema emblemático del poeta mexicano Octavio Paz. Escrito en los años sesenta, denunciaba la modernización de su país y representaba el sufrimiento de su pueblo a través de la tierra seca, el polvo y las espinas. De un modo similar, Molinos Gordo cuestiona las visiones simplistas que consideran a los agricultores como meros productores de alimentos, y reivindica su papel como agentes culturales fundamentales y como dueños de saberes tradicionales que podrían resultar útiles para afrontar los desafíos del presente.

Nacida en Aranda de Duero, Burgos, España, en 1979. Vive entre España y Egipto.

Asunción Molinos Gordo
Barruntaremos, 2021
Vídeo monocanal,
color, sonido, 9:38 min
Vídeo: Sonia Pueche; sonido: Alberto Carlassare
Encargo de TBA21 Thyssen-Bornemisza Art Contemporary

Barruntaremos (del verbo «barruntar», que significa conjeturar, predecir) es un vídeo que explora modos diversos de habitar el mundo y sentir el paisaje. Está narrado a través de la voz de Pedro Sanz Moreno, un pastor de la región española de Segovia, que es depositario de una forma tradicional de predicción del tiempo llamada «cabañuelas», la cual se basa en la capacidad de leer el paisaje y los elementos atmosféricos para detectar cambios meteorológicos. La ciencia empírica de las cabañuelas, cuyo origen se remonta varios siglos en el tiempo, sigue practicándose hoy en España y en algunas zonas de América Central y del Sur, el Caribe y África. A partir de minuciosas observaciones de signos derivados de los colores y formas de las nubes, los vientos, la niebla, las estrellas, la tierra y el comportamiento animal, especialmente durante los primeros siete días de agosto y entre el 13 y el 24 de diciembre, Sanz Moreno ha desarrollado un complejo sistema que le permite rastrear y predecir patrones climáticos. Presta especial atención a los animales, a las actividades de hormigas y orugas, a la capacidad de los burros para detectar el peligro y al comportamiento de ovejas y pájaros a la hora de presentir vientos y lluvias inminentes.

En este vídeo, Asunción Molinos Gordo cuestiona la noción romántica del paisaje en la historia del arte y lo presenta como forma de explorar redes no solo humanas construidas gracias a las aportaciones de animales y otros seres terrestres. Como cabañuelista, Sanz Moreno adopta lo que la filósofa Vinciane Despret denomina una «perspectiva afectada» para subrayar el modo en que el observador se ve influido por las cuestiones que atañen a los animales y los paisajes. Esta perspectiva se condensa en un glosario de prácticas en peligro de extinción y sugiere que los métodos cabañuelistas de predicción, basados en conocimientos ancestrales y en lo cotidiano, podrían ser un modo de afrontar la emergencia climática que Sanz Moreno describe como «una interferencia en las señales del paisaje».

Para más información, visita la plataforma digital TBA21 on st_age

Paulo Nazareth
Sin título, de la *Serie de etnografía blanca*, 2019
Efun sobre impresión fotográfica en papel de algodón
90 x 67,5 cm (con marco)
90 x 67,5 cm (con marco)
45 x 60 cm (con marco)
60 x 45 cm (con marco)

El artista peripatético brasileño Paulo Nazareth acude a sus raíces africanas e indígenas para formular gestos que aspiran a restituir las historias arrinconadas del Sur global. En su *Serie de etnografía blanca*, Nazareth recopiló en internet retratos en blanco y negro de comunidades africanas. Después los imprimió en papel de algodón, un soporte que alude a las rutas de comercio de este material, la extracción de recursos en las colonias africanas y el esclavismo de plantación. Este proceso de impresión sobre papel de algodón genera retratos difuminados, ilegibles y despersonalizados: no hay forma de identificar con claridad rostros, objetos, posturas ni escenarios, porque sus contornos y rasgos están desenfocados. Las imágenes resultan todavía más distorsionadas debido a los círculos blancos trazados a mano con efun, una tiza empleada para distintos cometidos culturales en la comunidad olukumi. El velado de imágenes que representan una conciencia negra específica genera una sensación de opacidad que problematiza el concepto de transparencia en la investigación etnográfica.

En *Poéticas de la relación* (1990), el poeta y filósofo Édouard Glissant describe la opacidad como herramienta de resistencia frente a las formas de conocimiento que exigen la transparencia del «otro», un acto paternalista que reduce la singularidad y la complejidad del sujeto y fomenta su cosificación y sometimiento. La *Serie de etnografía blanca* invita a reflexionar de forma crítica sobre la representación de las personas negras y sobre los remanentes de una mirada colonial que emana de (y refuerza) la hegemonía cultural, geopolítica y financiera de Occidente. Nazareth subvierte un proyecto de etnografía blanca al recuperar y restaurar imágenes cargadas de memoria colonial, científica y cultural.

Nacido en Governador Valadares, Brasil, en 1977. Vive en Santa Luzia, Brasil.

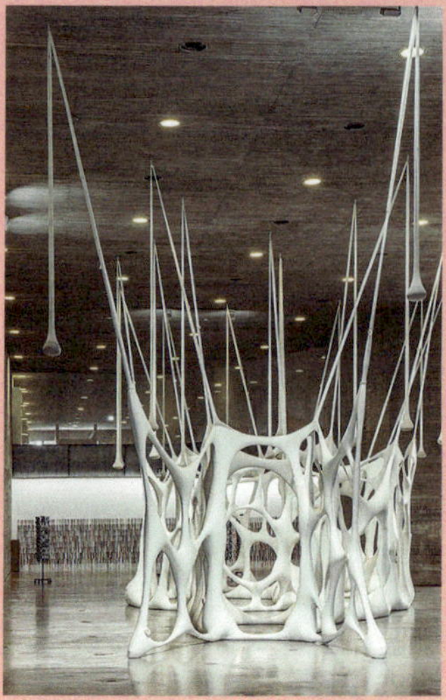

Ernesto Neto
Esqueleto glóbulos, 2001
Tejido de poliamida, pellets de espuma de poliestireno, arena
450 x 400 x 1.400 cm

Desde hace más de veinte años, el escultor brasileño Ernesto Neto desarrolla un conjunto de obras de nailon transparente rellenas de bolitas de poliestireno y especias aromáticas que aportan forma y olor a sus esculturas. Suspendidas en el espacio y sujetas a la estructura arquitectónica, estos entornos envolventes conforman instalaciones que albergan cuerpos, activan movimientos y sensaciones, y ofrecen lugares de reposo. Descritas en ocasiones como «esculturas de la experiencia», pueden ser ocupadas por los visitantes, que se sumergen en este cuerpo exobiomórfico y experimentan placeres sensoriales.

A través de su superficie suave y sensual, sus contornos esqueléticos blancos y sus apéndices esféricos, *Esqueleto glóbulos* evoca el cuerpo celular y la morfología de sus tejidos conectivos y vasculares. El título de la obra alude a dichas características biomórficas, tal y como explica el propio artista: «*Esqueleto glóbulos* tiene dos tipos de significado orgánico: mediante la estructura y mediante el contenido. Esqueleto es el tejido, que es el final, el esqueleto de la obra, y la gravedad afecta al contenido, los glóbulos, y ese contenido se mantiene unido por el esqueleto. La piel proporciona un límite, así que la piel y el esqueleto son lo mismo en este caso». La escultura está compuesta por varias cámaras dispuestas para ser exploradas por cuerpos desplazándose en un flujo constante de posiciones, perspectivas y relaciones cambiantes. La gravedad y la armonía, lo orgánico y lo opaco, el simbolismo y la abstracción escenifican un ejercicio delirante sobre el cuerpo individual y colectivo, sobre el equilibrio y lo comunitario.

Nacido en Río de Janeiro, Brasil, en 1964. Vive en Río de Janeiro, Brasil.

Rivane Neuenschwander
Deseo tu deseo, 2003
Cintas de tejido coloreado estampado con deseos del público
Dimensiones variables en función del espacio de instalación

Deseo tu deseo es una explosión cromática compuesta por cientos de cintas de algodón de diferentes colores que cuelgan de forma desordenada de un muro blanco. La superficie de la pared está repleta de pequeños agujeros de taladro de los que cuelgan las coloridas tiras o, alternativamente, pedazos de papel enrollado. Cada cinta lleva inscrita una frase que expresa un deseo, una esperanza o un sueño personal, y todas ellas comienzan del mismo modo: «*I wish*, yo deseo, *je voudrais, vorrei...*». Cuando estaba preparando su primera instalación en 2003, Neuenschwander pidió a cuarenta personas su aportación a la selección inicial de deseos. Desde entonces, miles de personas han compartido e intercambiado sus anhelos. Las reglas son sencillas: coge una cinta, átala tres veces alrededor de la muñeca o el tobillo, pronuncia un deseo por cada nudo, y después sustituye la cinta por un deseo escrito en papel y colócalo de vuelta en la pared. Cualquiera puede hacer una contribución a la futura colección de deseos añadiendo una nueva nota en los espacios vacíos. El anonimato de este ritual de intercambio y su carácter lúdico permiten a los participantes confesar a desconocidos sus deseos, frustraciones y anhelos más íntimos, construyendo conexiones personales y, sin embargo, imposibles de rastrear.

Esta obra rinde homenaje a una longeva tradición brasileña que tiene como centro la iglesia de Nosso Senhor do Bonfim en Salvador, Bahía. Los peregrinos deben enrollarse la *fita do Senhor do Bonfim* (cinta del Señor de Bonfim) en la muñeca o engancharla a las puertas de la iglesia. Los amuletos también recuerdan a los òrìṣà, deidades yoruba a quienes se invoca al formular los tres deseos. Emulando la fusión de las tradiciones populares católicas y afrobrasileñas, Neuenschwander investiga las intersecciones entre culturas, personas y símbolos de comunicación. Así, conecta pasado, presente y futuro en un ciclo de participación entre la artista y el público que evoluciona de forma continua sin concluir nunca.

Nacida en Belo Horizonte, Brasil, en 1967. Vive en São Paulo, Brasil.

Rivane Neuenschwander
Especie bandera, 2022
Taller
Con la colaboración de la Escuela de Arte Mateo Inurria de Córdoba

Especie bandera es resultado de un taller educativo concebido por la artista brasileña Rivane Neuenschwander. La instalación, que consiste en una recopilación progresiva de banderas de dos caras, subraya los modos en que la naturaleza podría reformular el concepto de nación en una época marcada por el nacionalismo creciente y las políticas de pertenencia derivadas de él. Los nuevos diseños, organizados alrededor de un conjunto de casos de estudio de todo el mundo, ponen el foco en el papel de las especies bandera, que son especies representativas de un territorio determinado, catalogadas así para llamar la atención sobre la biodiversidad y el patrimonio natural de dicha zona. A través de una investigación creativa, la artista invita a los participantes a explorar los modos en que las especies bandera dan cabida a nuevos símbolos, y cómo ciertos biomas pueden definir los colores y las formas de los emblemas nacionales. Además, las banderas establecen un debate acerca del paradigma de los derechos de la naturaleza, que identifica a paisajes y seres terrestres, humanos y no-humanos, como entidades legales, atribuyendo derechos inherentes a las entidades naturales.

Para dejar constancia de la degradación ecológica y del extractivismo que están redefiniendo las ecologías nacionales, el reverso de las banderas alude a los logotipos de las empresas implicadas en esta violencia medioambiental. Estos emblemas apuntan a los peligros que amenazan a las poblaciones «más que humanas», y que a menudo sobrepasan el control de los gobiernos con la indulgencia de los organismos internacionales. La explotación, el desplazamiento, la privatización y la contaminación de paisajes suponen una amenaza y evidencian la necesidad de reivindicar la importancia de los derechos de la naturaleza, el uso y acceso a los recursos comunes y la conservación de las especies. A partir de los diseños aportados por los participantes y la propia artista en el taller, las banderas *Especie bandera* alzan su vuelo en la exposición y proporcionan una interpretación colectiva de los conceptos de nación y pertenencia a través de la mirada del perspectivismo y el poshumanismo, posiciones que contrastan con los efectos implacables del extractivismo y la explotación de los recursos de la tierra y las profundidades del océano.

Olaf Nicolai
Te damos la bienvenida a las lágrimas de San Lorenzo: una cita para contemplar estrellas fugaces, 2005
Proyecto de arte público, folleto y póster
Encargo de TBA21 Thyssen-Bornemisza Art Contemporary

Todos los años, a mediados de agosto, el cielo se abre y las prolíficas lluvias de meteoros conocidas como perseidas surcan la noche en un espectáculo lumínico celestial. Las lluvias de meteoros, también conocidas como lágrimas de San Lorenzo, coinciden con la festividad del santo, el 10 de agosto. Se dice que san Lorenzo fue quemado vivo en una parrilla como castigo por haber repartido tesoros entre los pobres en lugar de ofrecérselos al emperador romano Valeriano. Los meteoros, según la leyenda, son las ascuas de la hoguera.

Te damos la bienvenida a las lágrimas de San Lorenzo: una cita para contemplar estrellas fugaces es una obra basada en el tiempo y con final abierto, creada inicialmente para la 51ª Bienal de Venecia. Mediante la distribución de pósteres y folletos (que incluyen mapas astrológicos, detalladas explicaciones científicas e históricas, imágenes y enlaces a páginas web), Olaf Nicolai nos invita a alzar la vista para contemplar este espectáculo efímero anual. La pieza opera en la llamada economía de la atención, que contempla la atención humana como un bien escaso y monetizable. Las perseidas han sucedido con y sin espectadores, y seguirán teniendo lugar aunque nadie las observe. Nicolai pone el foco en un acontecimiento existente, incitando a los buscadores de estrellas a observar e interpretar lecturas científicas, mitos e imaginarios populares. Al definir este acontecimiento como una cita, apela a una comunidad (posible) diseminada por todo el planeta, pero congregada por los hechizos del teatro cósmico.

Desde agosto de 2009 la obra de Nicolai se encuentra en préstamo permanente en el Kunstmuseum Thurgau / Kartause Ittingen en Suiza, cuyo patrón es san Lorenzo. La exposición de la obra en el contexto de «Futuros abundantes» se complementa con eventos programados el día de clausura de la muestra.

Nacido en Halle (Saale), Alemania, en 1965. Vive en Berlín, Alemania.

Plata / Semillas Silvestres
Acupuntura vegetal: plantas para un futuro sin petróleo, 2022
Gualda (*Reseda luteola*), rubia roja (*Rubia tinctorum*), equinácea purpúrea (*Echinacea purpurea*), hierba pastel (*Isatis tinctoria*), sésamo bastardo (*Camelina sativa*), colza (*Brassica napus*), girasol (*Helianthus annuus*), soja (*Glycine max*), lino (*Linum usitatissimum*), cáñamo (*C. sativa* industrial), algodón (*Gossypium hirsutum*), ortiga mayor (*Urtica dioica*)
Encargo de TBA21 Thyssen-Bornemisza Art Contemporary para «Futuros abundantes»

Los combustibles fósiles son depósitos orgánicos derivados de organismos vegetales que, de manera errónea, suelen considerarse minerales. Las plantas acumulan grandes cantidades de energía terrestre, lo que las convierte en biosustitutos fácilmente accesibles. Las especies oleaginosas, como el sésamo bastardo (*Camelina sativa*), pueden utilizarse como biodiésel, al igual que el aceite de colza (*Brassica napus*), el aceite de girasol (*Helianthus annuus*) y la soja (*Glycine max*).

La mayoría de los tintes naturales tienen origen vegetal. A partir de raíces, frutos, vainas y hojas, puede obtenerse una amplia gama de colores y tonos. El primer paso es hervir estos elementos para extraer los componentes capaces de teñir. Después, los tejidos se sumergen en agua coloreada. De las raíces de la rubia roja (*Rubia tinctorum*) se pueden extraer tintes como el rojo turco. La gualda (*Reseda luteola*) contiene un flavonoide que produce un tinte amarillo claro, apto para lana, lino e incluso seda, especialmente cuando se cosecha antes de su maduración completa. Al combinarlo con el índigo procedente de la hierba pastel (*Isatis tinctoria*) se obtienen tonos verdes.

El hecho de que numerosos productos que antaño se obtenían de plantas ahora se fabriquen con derivados del petróleo subraya la riqueza de opciones libres de petróleo que tenemos a nuestro alcance. Esto también atañe a los textiles: las fibras del cáñamo (de la variedad industrial de *C. sativa*), algodón (*Gossypium hirsutum*), lino (*Linum usitatissimum*) y ortiga mayor (*Urtica dioica*) sirven para elaborar cuerdas, tejidos e indumentaria. La riqueza vegetal nos rodea y nos proporciona opciones más sostenibles, renovables y de cercanía.

Plata es un colectivo artístico colaborativo formado por Jesús Alcaide, Gaby Mangeri y Javi Orcaray. Se fundó en Córdoba, España, en 2021.
Semillas Silvestres se fundó en Córdoba, España, en 1992.

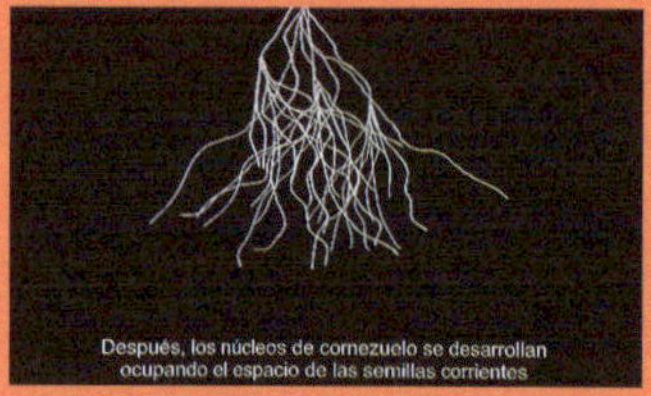

Diana Policarpo
CPMK2, 2021
Animación 3D, color, sonido, 5:43 min
Efectos visuales: João Cáceres Costa; composición sonora con la colaboración de Edward Simpson
Encargo de TBA21 Thyssen-Bornemisza Art Contemporary en colaboración con Kunsthall Trondheim

Convulsiones, alucinaciones, quemazón. El conjunto más reciente de obras de Diana Policarpo indaga en torno al hongo del cornezuelo y su presencia en la historia, la ciencia y la contraescritura feminista. El cornezuelo es un parásito tóxico que crece en el centeno y otros cereales. Cuando los humanos y otros mamíferos lo consumen, los alcaloides que biosintetiza pueden producir intoxicación y ergotismo. Esta enfermedad, también conocida como «fuego de san Antonio», produce sensaciones de hormigueo y quemazón, espasmos musculares, gangrena y alucinaciones. Muy habitual durante la Edad Media, el envenenamiento por consumo de pan con cornezuelo y sus síntomas aparecen en pinturas de El Bosco y Matthias Grünewald bajo la forma de fuerzas diabólicas que ponen a prueba la devoción de san Antonio.

A lo largo de los siglos, las mujeres han empleado pequeñas dosis de extracto de cornezuelo para aliviar dolores pélvicos, inducir abortos y tratar hemorragias durante el parto. También se han documentado a fondo las propiedades alucinógenas del cornezuelo, capaces de generar experiencias psicodélicas. CPMK2 es el nombre que recibe la proteína quinasa activada por mitógenos derivada del cornezuelo que es empleada para sintetizar LSD. En *CPMK2*, Policarpo sumerge a los espectadores en imágenes y sonidos en torno al ciclo fúngico, las políticas de salud sexual y la sabiduría de matronas y curanderos que permiten reflexionar sobre las condiciones actuales de precariedad y resistencia en las comunidades agrarias. Las formas creadas digitalmente por la artista recuerdan a las hifas —las estructuras alargadas, ramificadas y filamentosas de los hongos— de las setas de cornezuelo y también evocan las transformaciones corporales posibilitadas por el *biohacking* transfeminista. El paisaje sonoro de esta animación 3D procede de grabaciones microscópicas de esporas de hongos que han sido amplificadas hasta resultar audibles.

Nacida en Lisboa, Portugal, en 1986. Vive en Londres, Inglaterra, Reino Unido, y en Lisboa, Portugal.

Para más información, visita la plataforma digital TBA21 on st_age

Naufus Ramírez-Figueroa
Huertos de los ch'olti, 2020
Instalación con tres cortinas de cuentas (bronce, cuentas de cerámica, resina, vidrio, cabello artificial, tejido)
240 x 120 x 45 cm
Encargo producido por TBA21 Thyssen-Bornemisza Art Contemporary

Huertos de los ch'olti, 2021
Acuarela y lápiz sobre papel
Dimensiones variables

Tomando como inspiración los jardines «encantados» del antiguo territorio de lengua ch'olti, hoy en Belice y Guatemala, *Huertos de los ch'olti* consta de una serie de cortinas de cuentas, cada una de ellas colgada de una rama de bronce adornada con frutos de cacao, vainilla y achiote. Estos tres cultivos ocuparon un papel central en un complejo sistema agroeconómico prehispánico ligado a los manche ch'ol de las tierras bajas mayas hasta finales del siglo XVII. En 1695, bajo la dominación española, el fraile Francisco Morán registró la lengua ch'olti en un manuscrito titulado *Arte y vocabulario de la lengua ch'olti*. Este es el único testimonio de la lengua ch'olti antes de su extinción. Tras años de pacificación fallida y siguiendo los consejos de Morán, los hablantes de ch'olti fueron violentamente expulsados y aniquilados, y sus tierras quedaron despobladas bajo la autoridad militar y misionera. Durante las décadas siguientes, el territorio ch'olti fue un lugar encantado y maldito para los colonialistas. El manuscrito de Morán y el contexto en que fue creado reflejan la larga historia del imperialismo religioso y la evangelización en América Latina, los procesos de deculturización y las pérdidas que el pueblo guatemalteco sigue sufriendo en la actualidad.

Una serie de dibujos preparatorios para la instalación sirven como vehículo de un imaginario fragmentado que da forma al pueblo perdido de los manche ch'ol. En deuda con la lengua de las cosmologías indígenas y con la ciencia ficción, los dibujos retratan lo que parecen ser fantasmas, espíritus y seres terrenales: rostros y cuerpos con rasgos humanos que se transforman en plantas, bulbos, flores y hojas. Dibujados sobre papel blanco o, en algunos casos, un fondo nuboso pintado con acuarela, estas figuras viven en transición entre dos mundos. En la obra de Ramírez-Figueroa, fantasmas personales y colectivos pueblan mundos surreales.

Nacido en Ciudad de Guatemala, Guatemala, en 1978. Vive en Ciudad de Guatemala, Guatemala.

Para más información, visita la plataforma digital TBA21 on st_age

Pipilotti Rist
Piernas relacionadas (Dientes de león de Yokohama), 2001
Videoinstalación de 2 canales, color, sonido, 21:51 min; cortinas de encaje; sillas infantiles
Dimensiones totales variables
Sonido: Anders Guggisberg y Roland Widmer
Instalación y adaptación: Antshi von Moos, Tamara Rist y Käthe Walser
Dynamic Projection Institute: Gerald Herlbauer

En su trabajo con el vídeo, el sonido y la instalación, la artista suiza Pipilotti Rist crea desde mediados de los años ochenta composiciones de una belleza sobrecogedora que indagan en las relaciones entre el entorno natural, el cuerpo y los paisajes psicológicos. Esta obra evoca un estado liminal cercano al trance a través de la proyección de secuencias de vídeo fragmentadas y rotatorias sobre un conjunto de anticuadas cortinas de encaje colgadas a diferentes alturas, así como en el suelo y los muros del espacio expositivo. Esta fluidez ambiental es el resultado de una proyección que hace que las imágenes se muevan en sentido circular como complemento a una proyección fija. La sensación se vuelve más intensa gracias a ritmos de percusión, sonidos oníricos y etéreos, y la risa de una niña. Los y las visitantes se desplazan por este flujo de imágenes coloridas que resultan a la vez alucinatorias, reales y claramente sintéticas: dos mujeres en la calle con zapatos de tacón y faldas a la altura de la rodilla, una mujer desnuda agazapada y saltando en la consulta de un médico, una mujer emborronando su maquillaje frente a una ventana, quemadores de gas rotando como halos abstractos, dientes de león arrastrados por la brisa, un monitor de televisión ardiendo y otras escenas similares. Filmadas con distintos equipos y editadas de manera dinámica, las imágenes son el resultado de un proceso de grabación que evita las referencias espaciales y mezcla coordenadas y puntos cardinales, creando así una combinación desasosegante de placer, deseo, miedo y desorientación. Desde la perspectiva feminista de Rist, estas potentes impresiones sensuales aspiran a provocar una sensación de intimidad, fragilidad y afecto, y también el deseo de una rebelión gozosa.

Nacida en Grabs, Suiza, en 1962. Vive en Zúrich, Suiza.

Matthew Ritchie
La granja familiar, 2001
Instalación de técnica mixta formada por *La granja familiar*, 2001 (tinta y grafito sobre Mylar); *Germinal*, 2001 (óleo y rotulador sobre lienzo); *Plano de establecimiento*, 2001 (óleo y rotulador sobre lienzo); *La granja familiar*, 2001 (impresiones uratrans lambda en caja de luz); *La granja familiar*, 2001 (acrílico y rotulador sobre pared, esmalte sobre sintra); *Espacio Calabi Yau*, 2000 (acrílico, rotulador sobre pared); *Puede que ya seas un ganador*, 2000 (rotulador sobre pared)
Mylar: 75 x 176 cm; lienzos: 183 x 305 cm (unidad); caja de luz: 305 x 152 cm

La obra de Matthew Ritchie explora las ramificaciones narrativas y los mitos del universo: relatos religiosos, científicos y culturales creados para plasmar patrones simbólicos inagotables y para ofrecer explicaciones que permitan entender los mundos humanos, naturales y suprahumanos. *La granja familiar* es un entorno pictórico compuesto por pinturas, cajas de luz, dibujos murales y una instalación topográfica de gran formato que aúna historia personal, cosmología y los mitos y la geología de Reino Unido. En la instalación de Ritchie colisionan distintas escalas temporales y se dispersan, como en un caleidoscopio, relatos y sistemas de información muy variados.

La granja familiar traza una línea entre la infancia de la abuela del artista en una granja de manzanas desaparecida tras la ampliación del aeropuerto de Heathrow, en Londres, y una suerte de historia cósmica. En concreto, la obra se adentra en el periodo conocido como la Gran Oxidación, cuando la vida aeróbica conquistó el planeta y desplazó a sus anteriores ocupantes. También presta atención a hallazgos científicos como los que Isaac Newton presentó en su *Philosophiæ Naturalis Principia Mathematica* (1687), y muestra recreaciones espaciales de teoría cuántica. Otra referencia es el culto celta a la cabeza decapitada y al hecho de que la costa de Escocia estuvo un día conectada con Maine y Noruega, antes de la fragmentación de Pangea, el supercontinente primigenio.

Nacido en Londres, Reino Unido, en 1964. Vive en Nueva York, EE. UU.

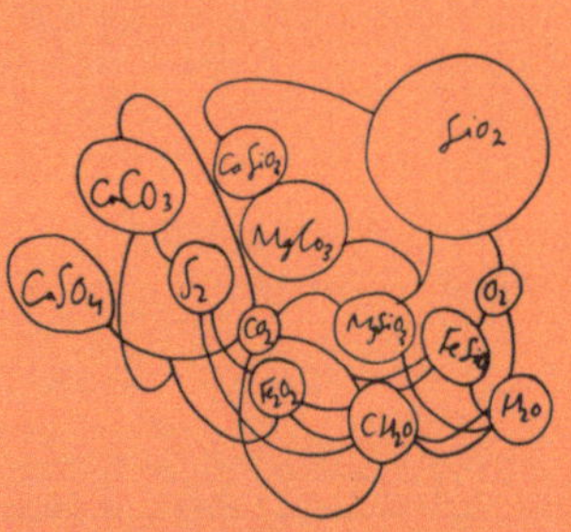

Matthew Ritchie
Diagramas esenciales, 2002
Adhesivos de vinilo montados sobre la pared
Dimensiones variables

«Oye, si no terminas de creerte, o te dan igual, fenómenos como el calentamiento global, la migración masiva, las hambrunas y las sequías en lugares remotos, la ciencia al límite de lo imposible, tu cuerpo, las drogas que consumes, la respiración, la luz o el amor, o incluso el lugar de donde dejará de llegarte tu café favorito, puede que esta nueva materialidad no sea para ti», escribe Matthew Ritchie en una reflexión sobre filosofía contemporánea. De hecho, el nuevo materialismo, una investigación filosófica sobre la vitalidad de la materia, lleva presente en su obra desde hace mucho tiempo.

Diagramas esenciales recuerda a un conjunto de garabatos, dibujos, apuntes y notas sobre varios pensamientos y reflexiones «no fundamentales». Algunos adquieren la forma de estructuras moleculares, fórmulas matemáticas y criaturas extrañas que recuerdan a amebas. Letras dispersas revelan mensajes crípticos escondidos en esta maraña de formas negras. Esta obra exuberante y compuesta de varias partes aborda de forma lúdica el problema de que cualquier sistema diagramático puede derribar pensamientos científicos, simbólicos y fantasmáticos, y establecer vínculos entre representaciones abstractas, factuales y lingüísticas. En ocasiones, diagramas y fórmulas expresan la fantasía de la superioridad intelectual y racional, pero solo pueden interpretar circunstancias desde el pedestal de los sistemas de conocimiento establecidos. No confirman la realidad existente, sino que reconfiguran sobre la marcha dónde estamos y quiénes somos.

Belén Rodríguez
Yo aplico el color, 2021
Popelín decolorado y teñido con tintes ecológicos
340 x 800 cm

Yo aplico el color, una cortina teñida con tintes orgánicos por Belén Rodríguez, se inspira en los versos de un tintorero azteca incluidos en el *Códice Florentino* (1540-1585): «Yo hago rojo-chile / Yo me convierto en rojo-chile». Rodríguez ensalza la relevancia de las técnicas tradicionales de teñido que planteaban visiones mágicas, poéticas y cromáticas. Instalado en el *Salón Boeticus*, un espacio concebido por el colectivo Plata para «Futuros abundantes», este tejido llamativo e indómito genera una atmósfera vibrante, envolvente y cálida. Asimismo, nos anima a reflexionar sobre numerosas técnicas artísticas ancestrales que no emplean productos químicos ni sustancias contaminantes y que fueron concebidas como herramientas para despertar conciencias.

Nacida en Valladolid, España, en 1981. Vive en Esles, Cantabria, España.

Thomas Ruff
04h 20m/-70°, 1992
Impresión cromogénica a color en Diasec
258,5 x 186,5 cm (con marco)

Tras adquirir negativos del cielo nocturno de Chile proporcionados por el Observatorio Europeo Austral (ESO), un centro internacional de investigación en el desierto de Atacama, Thomas Ruff empezó a imprimir en gran formato fotografías aparentemente abstractas de estrellas, galaxias y nebulosas. Conservó los títulos de los negativos originales del ESO, que indican las coordenadas del cielo en el centro de la imagen. En estas representaciones, por lo demás puramente científicas, la intervención más significativa de Ruff consiste en un cambio de formato, del negativo cuadrado de 25 x 25 cm a una escala monumental de retrato: una referencia al tema renacentista de la pintura como ventana que, aquí, permite echar un vistazo al espacio exterior. Al seleccionar ciertos detalles de los negativos, Ruff los dividió en seis categorías. En algunos casos, las estrellas estaban en primer o en último plano. En otros, eran muy remotas. También había imágenes que enfocaban objetos interestelares, como la Vía Láctea y otras galaxias. Las fotografías plantean un acertijo al espectador. Aunque está claro lo que representan, los puntos blancos sobre fondo negro, sin un conocimiento profundo previo, solo pueden interpretarse como patrones abstractos. La atención del espectador se desplaza del tema a la apabullante belleza y la inagotable fascinación que provoca el cosmos. «La fotografía finge», declara Ruff. «Puedes ver todo lo que hay ante una cámara, pero siempre hay algo detrás».

Nacido en Zell am Harmersbach, Alemania Occidental, en 1958. Vive en Düsseldorf, Alemania.

Bernardo Salcedo
Primera lección, 1970
Conjunto de 5 serigrafías
39 x 93 cm (unidad con marco)
Dimensiones totales: 195 x 93 cm

Tras estudiar sociología y arquitectura en la Universidad Nacional de Colombia, en Bogotá, Bernardo Salcedo llegó a ser considerado como el pionero del arte conceptual en Colombia. *Primera lección* desmonta la retórica nacionalista colombiana analizando la leyenda inscrita en su escudo de armas. La obra consiste en cinco paneles blancos con los siguientes textos:

«No hay cóndores»

«No hay abundancia»

«No hay libertad»

«No hay canal»

«No hay escudo. No hay patria»

Uno por uno, Salcedo desmantela los elementos presentes en el escudo, aludiendo específicamente al extinto cóndor andino y a la pérdida del istmo de Panamá y su canal, que adornan la bandera nacional. Al negar estos símbolos de grandeza, libertad y prosperidad, Salcedo critica de forma frontal la validez de esta retórica estatal a la luz de la transformación que su país estaba atravesando en el momento. Como la obra se lee de arriba abajo, la erosión progresiva de los símbolos e ideales de la nación soberana apunta a un abandono radical de las promesas y ambiciones del Estado. La división de la obra en varias afirmaciones intercambiables denota la voluntad del artista de que sus signos puedan ser reorganizados y dispuestos en diferente orden. *Primera lección* es una de las obras más explícitamente políticas de Salcedo: cuando se expuso por primera vez en Cali, Colombia, en 1973, el Ayuntamiento solicitó que se retirara.

Nacido en Bogotá, Colombia, en 1939. Falleció en Subachoque, Colombia, en 2007.

Salón Boeticus
Instalación *in situ*
Comisariado y organizado por Plata
Encargo de TBA21 Thyssen-Bornemisza Art Contemporary para «Futuros abundantes»

Salón Boeticus es un espacio abierto para compartir, reunirse y aprender, concebido y diseñado por Plata, un colectivo artístico y de investigación con sede en Córdoba. En él se pueden consultar de forma libre catálogos, material bibliográfico y libros relacionados con la exposición «Futuros abundantes». Curiosea entre los estantes, toma un libro y pierde la noción del tiempo imaginando futuros posibles en conversaciones colectivas.

Salón Boeticus rinde homenaje al *Astragalus boeticus*, una planta leguminosa propia de las regiones mediterránea, irano-turánica y macaronesia. En 2020 esta planta se detectó en los alrededores del C3A, siendo el primer hallazgo documentado de esta especie en la provincia de Córdoba en los últimos tiempos. Su nombre alude a Baetica, la antigua provincia romana que corresponde a la actual Andalucía.

Al poner el foco en la teoría y práctica de la ecología, el *Salón Boeticus* funciona como un fórum versátil que acoge una programación abierta al público en la que se incluyen conferencias de artistas, proyecciones audiovisuales, proyectos educativos y otras actividades.

Plata es un colectivo artístico colaborativo formado por Jesús Alcaide, Gaby Mangeri y Javi Orcaray. Fue fundado en Córdoba, España, en 2021.

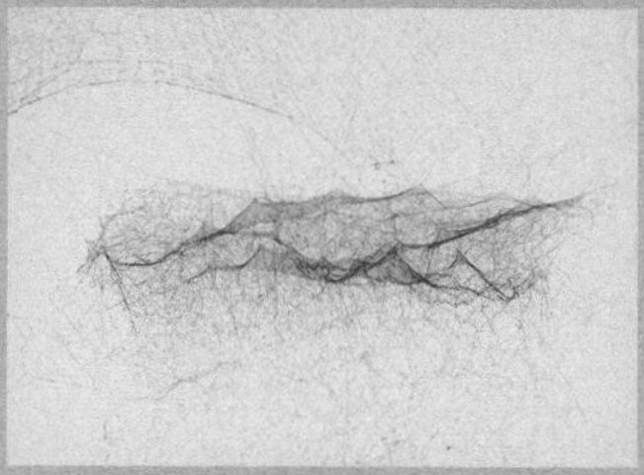

Tomás Saraceno
Cartografía semisocial solitaria de HS 1700+6416 por una única Nephila senegalensis (una semana) y una única Cyrtophora citrícola (tres semanas), 2016
Tela de araña, papel de archivo, fijador, tinta
93 x 93 cm (con marco)

Cartografía semisocial solitaria de Ceginus por una pareja de Nephila senegalensis (cuatro semanas) y un trío de Cyrtophora citricola (tres semanas), 2018
Tela de araña, papel de archivo sobre Dibond, fijador, tinta
154 x 404 cm (con marco)

Tomás Saraceno es conocido por sus proyectos de investigación especulativa como *Aerocene*, una indagación artística interdisciplinar sobre modos alternativos de transporte que no requieren combustible, y por sus colaboraciones con arañas. En su estudio, el equipo de aracnofilia se ocupa de las dinámicas de ecologías multiespecie, cultivando distintas «habilidades perceptivas» y dedicando todo tipo de cuidados a no-humanos. Aracnólogos, entomólogos, etólogos y músicos exploran junto a las arañas sus complejas arquitecturas y redes de vida.

Estas dos obras sobre papel fueron creadas en colaboración con dos especies diferentes de arañas. Al congregar géneros que de otro modo no colaborarían, Saraceno, su estudio y los arácnidos desarrollan telas de araña híbridas creadas a través de encuentros multiespecie. Esta serie de estampaciones de telas de araña sobre papel plantea modos distintos de leer e interpretar la arquitectura de la tela de araña: bien como un mapa topológico de movimientos y temporalidades que rastrea las intrincadas complejidades de estas esculturas de seda, o bien como extensiones corporales al servicio de la comunicación que emiten y transmiten estímulos sensoriales.

Nacido en San Miguel de Tucumán, Argentina, en 1973. Vive en Berlín, Alemania.

Tomás Saraceno
Viviendo en el fondo del océano de aire (araña subacuática), 2018
Videoinstalación monocanal, blanco y negro, sonido, 8:36 min

Esta obra audiovisual se centra en un tipo concreto de arácnido, la araña de agua, también conocida como *Argyroneta aquatica*. Esta especie es la única araña conocida que vive casi por completo bajo el agua, donde descansa, caza y se alimenta de sus presas, se aparea, pone sus huevos e hiberna. La araña de agua, que vive en lagos, estanques y pantanos, solo sube a la superficie para renovar sus reservas de aire. Alrededor de su abdomen tiene una burbuja de aire sujeta con hilos de seda que construye para conservar su reserva de oxígeno, la cual recuerda a una campana de buceo. Cuando se agota el oxígeno de la campana, la araña asciende a la superficie para coger más aire y reabastecer su hogar acuático. Más que separar lo acuoso de lo atmosférico, esta gota de aire flotante es una membrana permeable donde convergen dos mundos.

El título de la obra alude a una reflexión del físico italiano del siglo XVII Evangelista Torricelli, quien describió la vida en el planeta como vida sumergida en el «fondo de un océano de aire», en una aportación crucial a los estudios sobre presión barométrica y el peso del aire. La naturaleza híbrida de la *Argyroneta aquatica*, que se ha adaptado a la vida en entornos muy distintos, encapsula el interés de este artista por explorar las posibles transformaciones en la manera en que los humanos habitan el planeta, apartándose radicalmente del Antropoceno en favor de una concepción compartida y sin fronteras de la Tierra. La araña acuática se convierte así en una invitación a la bioespeculación. Saraceno se pregunta: ¿podrán algún día los humanos vivir en el aire y con el aire?

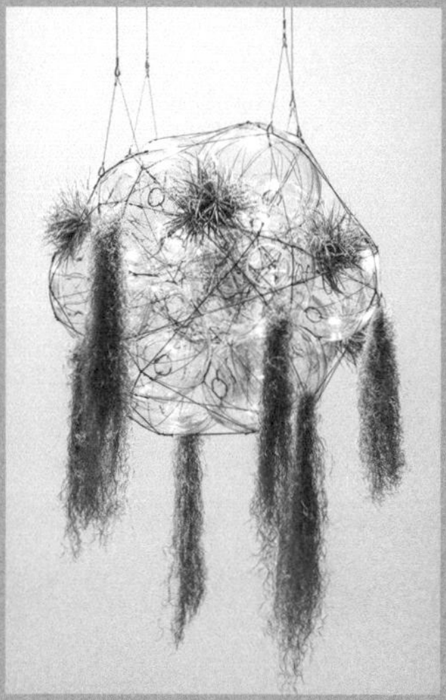

Tomás Saraceno
Pneuma 5.5, 2021
Vidrio soplado a mano, cordón de poliéster, cordón de terciopelo, monofilamento, *Tillandsia*
60 x 60 x 60 cm

En la obra de Tomás Saraceno el aire canaliza las interconexiones entre seres humanos y no-humanos, criaturas vivientes y materia no viviente. Su proyecto de largo recorrido *Aeroceno* imagina una época sin fronteras ni combustibles fósiles, en la que la humanidad colabora con la atmósfera, toma el aire como objeto de investigación y lo convierte en la materia prima de sus obras. En línea con esta lógica, *Pneuma 5.5* experimenta con vidrio soplado a mano para modelar una delicada pompa de jabón que contiene el «*pneuma*»: el aliento, el espíritu de aquello que, como el viento, es invisible, inmaterial y animado. *Pneuma 5.5*, que forma parte de un conjunto más amplio de esculturas, también nutre distintos elementos bióticos unidos en un ensamblaje de materia orgánica e inorgánica, incluidos varios ejemplares de *Tillandsia*, una planta aérea tropical que no necesita sustrato para vivir. La *Tillandsia* tiene raíces minúsculas que se transforman en pequeñas anclas y vive suspendida en el aire, sintetizando los nutrientes de la atmósfera a través de los tricomas de sus hojas. Mientras las plantas son capaces de metabolizar el dióxido de carbono y resisten a las partículas de materia que saturan el aire, Saraceno nos invita a reflexionar sobre esta pregunta: ¿Cómo sería respirar en una economía de poscombustibles fósiles y cuál es nuestra capacidad de respuesta?.

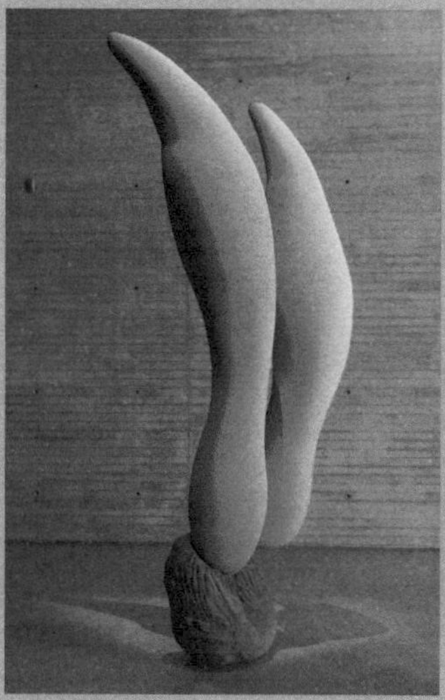

Teresa Solar
Tuneladora, 2022
Cerámica, resina, pintura de automóvil
320 x 75 x 115 cm
Encargo de TBA21 Thyssen-Bornemisza Art Contemporary para «Futuros abundantes»

Tuneladora forma parte de un nuevo conjunto de esculturas de la autora (2021-), agrupadas bajo el mismo título, que indagan en los vericuetos formales de la maquinaria industrial diseñada para cortar a través del suelo y la roca. Modeladas a semejanza de la maquinaria pesada, estas obras se conforman a partir de un vibrante vocabulario biomimético. Enormes picos, alas, aletas y garras se alzan sobre pesadas bases de cerámica. Están hechas de resina y coloreadas de forma llamativa con pintura acrílica de automóvil. En esta escultura concreta, un bloque crudo de cerámica muestra las huellas de las manos y los dedos que lo han modelado y contrasta drásticamente con las protuberancias pulidas, coloridas y elegantemente diseñadas que emergen de él. Estas extensiones zoomórficas son como los «ojos en forma de dedos» de un percebe o las garras gigantescas de un animal prehistórico surgido del corazón de la tierra. Se diría que se han abierto paso a través del suelo mineral, interactuando con los estratos profundos de residuos que se acumulan en forma de capas de sedimentos. Las esculturas de Solar se postulan como objetos híbridos entre lo orgánico y lo sintético, lo ancestral y lo futurista. La crítica Julia Morandeira Arrizabalaga compara estas escenas de perforaciones terráqueas con la práctica adivinatoria de la radiestesia, empleada para detectar y localizar aguas subterráneas, petróleo, radiaciones y vibraciones terrestres. Según ella, la artista despliega «una imaginación que discurre a través de túneles, pasadizos, galerías y sistemas cavernosos sepultados en las tripas de la tierra y el cuerpo».

Esta *Tuneladora* de gran formato, producida especialmente para «Futuros abundantes», surgió de un conjunto de dibujos que Solar creó durante la expedición Spheric Ocean, organizada por TBA21–Academy a Nueva Zelanda en 2018.

Nacida en Madrid, España, en 1985. Vive en Madrid, España.

Simon Starling
Espejos de Venus (05/06/2012, Hawái y Tahití [invertido]), 2012
2 espejos de telescopio perforados, soportes
Espejos: 60 cm de diámetro (unidad); soportes: 145,5 cm de altura (unidad)

A partir de un intenso proceso de investigación y experimentación, Simon Starling aspira a establecer vínculos entre las historias de la astronomía y el cine, y la modernidad y la globalización. Concebida como parte de un proyecto en marcha ligado a los inicios de la tecnología de la imagen en movimiento y su relación con la astronomía, *Espejos de Venus (05/06/2012, Hawái y Tahití [invertido])* presenta el tránsito de Venus cruzando entre el Sol y la Tierra tal y como se observó en junio de 2012 desde dos importantes puestos de observación en el océano Pacífico. Las pequeñas diferencias en la posición del tránsito —perceptibles cuando el espectador superpone el reflejo de un espejo sobre el otro— fueron el punto de partida para grandes avances en la comprensión de las dimensiones de nuestro sistema solar. Durante seis horas el 5 o el 6 de junio de 2012 (dependiendo de la ubicación del espectador) fue posible observar un pequeño disco negro cruzando el sol por delante. Pronosticado por Johannes Kepler y observado y documentado por primera vez por el astrónomo inglés Jeremiah Horrocks en 1639, el tránsito de Venus —un acontecimiento astronómico extremadamente raro que tiene lugar dos veces cada ocho años y en intervalos de más de cien años cada par— ha sido clave para descifrar la arquitectura del sistema solar. Los primeros proyectos científicos coordinados internacionalmente en los siglos XVII y XIX llevaron a cabo enormes esfuerzos para observar con precisión y registrar la duración y posición del tránsito desde ubicaciones geográficas remotas en distintos puntos del planeta. Algunas de estas observaciones, que emplearon incipientes técnicas cinematográficas, permitieron calcular por primera vez con exactitud la denominada unidad astronómica, que equivale a la distancia entre la Tierra y el Sol.

Nacido en Epsom, Inglaterra Reino Unido, en 1967. Vive en Copenhague, Dinamarca.

Daniel Steegmann Mangrané
∝ , 2020
Instalación con cuatro cortinas de aluminio Kriska, rieles de aluminio, marcos de acero con pintura pulverizada
450 x 1.455 x 780 cm

La instalación de Daniel Steegmann Mangrané, con su desconcertante título ∝(infinito incompleto), funciona como punto de entrada a «Futuros abundantes» e invita a los visitantes a adentrarse en el mundo compuesto por muchos mundos que despliega la exposición. Un túnel largo y cavernoso, hecho con recortes de cortinas de aluminio Kriska, teatraliza los rituales de entrada, tránsito y pasaje, y nos recuerda la conveniencia de comportarnos como buenos invitados al acceder a mundos de «otros». Del techo penden cadenas de colores brillantes típicos del sur de Cataluña, donde transcurrió la infancia del artista. A medida que los visitantes atraviesan las cuatro capas consecutivas de cadenas de aluminio, se les incita sutilmente a negociar sus movimientos a través del entorno. Pueden elegir entre abrirse paso ante la resistencia de los eslabones, alterando su orden y provocando un tintineo metálico, o cruzar los espacios vacíos en silencio. Mientras las cortinas cuelgan verticalmente en un patrón ordenado y regular, los pasadizos abiertos entre ellas son amorfos y asimétricos.

El título ∝ es la expresión matemática de dos variables proporcionales entre sí. Propone un juego entre la plenitud y el vacío, la fluidez y la interrupción, que apela a estados liminales de tránsito. Para Steegmann Mangrané, que suele emplear signos numéricos y símbolos en sus obras, en ocasiones el lenguaje resulta insuficiente como forma de comunicación. En todo caso, esta carencia no implica que esta realidad sea menos válida.

Nacido en 1977 en Barcelona, España. Vive en Río de Janeiro, Brasil.

Para más información, visita la plataforma digital TBA21 on st_age

Thomas Struth
Paraíso 7, Daintree, Australia, 1998
Impresión cromogénica en color
177,2 x 224,9 cm (con marco)

Paisajes urbanos, retratos de familia, selvas, bosques e interiores de museos son algunos de los temas que Thomas Struth ha tratado en sus series desde los años ochenta. Sus fotografías de gran formato, creadas con nuevas técnicas de impresión, son formalmente precisas, visualmente impecables y dotadas de una extrema nitidez. Al retomar géneros tradicionales como el retrato, la pintura de interior o de paisaje, las imágenes de Struth revelan cómo ha cambiado nuestra forma de entender estas categorías.
En 1998 el fotógrafo alemán se embarcó en una nueva serie de fotografías de bosques, selvas tropicales y junglas en Australia, Brasil, China y Japón titulada *Nuevas imágenes del paraíso*. Con la intención de captar imágenes cuya contemplación no estuviese condicionada por un motivo identificable y significativo, estas fotografías muestran «lugares inconscientes» que remiten (y cuestionan) a las representaciones del paraíso a lo largo de la historia en diferentes culturas. Fotografiada desde una perspectiva central, *Paraíso 7, Daintree, Australia* inmortaliza la selva húmeda de Daintree, el bosque húmedo tropical más arcaico del mundo, cuya antigüedad se estima en torno a los 180 millones de años. Su trama exuberante muestra muchos detalles sin un punto focal definido. El artista arrastra al espectador a la penumbra mística de la selva, a los tonos verdes, llenos de capas y matices, de árboles, arbustos, plantas tropicales y troncos cubiertos de musgo. La abundancia de detalles no permite profundizar en la imagen; de ahí que Struth la describa como un texto ilegible. Gracias a la sensación de inmersión en la naturaleza que provoca, *Paraíso* funciona como una membrana para la meditación: un espacio vacío de significantes donde disfrutar de un momento de quietud y diálogo interior.

Nacido en 1954 en Geldern, Alemania. Vive en Berlín, Alemania.

Rirkrit Tiravanija
sin título 2016 (dónde encajas en todo esto) (seis), 2015-2016
Acero inoxidable, poliamida, bonsái
Caja: 55,9 x 91 x 122,6 cm; escultura: 33 x 22 x 26 cm; bonsái: 33 x 22 x 26 cm

En *sin título 2016 (dónde encajas en todo esto) (seis)*, Rirkrit Tiravanija reflexiona sobre la relación entre la naturaleza y la cultura, la artificialidad y la reproducción mecánica. Los bonsáis, surgidos del injerto de plantas mayores y minuciosamente cultivados mediante la poda y la reducción de raíces, son ejemplo de naturaleza tratada como artificio. A lo largo de este proceso, el árbol se ata, dobla y miniaturiza para lograr las formas más perfectas. La imitación mecánica del bonsái, la escultura 3D en polímero blanco, es un objeto manufacturado puro. Refleja la ingenuidad humana y el uso de tecnologías capaces de dominar, alterar, replicar e, incluso, «arreglar» la naturaleza. Al mostrar un universo inmóvil y cerrado, la obra también absorbe el contexto en el que se expone. La caja de acero inoxidable crea un bucle de respuestas ópticas entre los artefactos, los visitantes y el espacio que reverbera a través de la superficie reflectante del pedestal, lo que dota a la obra de un sentido performativo.

¿Dónde encajan los humanos en todo esto? El carácter inconcluso del título de la pieza denota el modo en que Tiravanija cuestiona las interpretaciones unidimensionales de su obra. A menudo, el título combina las palabras «sin título» con citas, guiños y frases entre paréntesis que recuerdan a eslóganes, reducen el tono asertivo y dan cabida a ambigüedades y preguntas. Tiravanija, un nombre fundamental en el desarrollo de la estética relacional de principios de la década de 1990, lleva a cabo sutiles investigaciones sobre el lugar donde se produce y expone el arte, prestando atención a la economía que sustenta sus procesos.

Nacido en Buenos Aires, Argentina, en 1961. Vive en Nueva York, EE. UU.; en Berlín, Alemania; en Chiang Mai, Tailandia, y en la isla Lamma, Hong Kong.

Rirkrit Tiravanija
sin título 2014-2016 (curry para el alma de los olvidados) (tres), 2016
Videoinstalación de 3 canales, color, sonido, 47 min; escultura de bronce
Videoinstalación: dimensiones variables; escultura: 52 x 135,3 x 71,5 cm

La obra de Rirkrit Tiravanija encuentra su expresión natural en el acto social de cocinar y comer, lo que le permite subrayar las posibilidades sociales de las experiencias que no se basan en objetos. Sus piezas, a menudo performativas, crean nuevas conexiones centradas en la hospitalidad y la reciprocidad.

sin título 2014-2016 (curry para el alma de los olvidados) (tres) deja constancia del compromiso del artista con su país, Tailandia, y sus tradiciones culinarias y populares. Fruto de este empeño, el artista fundó en 1998, cerca de Chiang Mai, The Land (La Tierra), un proyecto concebido como un espacio abierto a los colectivos locales que combina arte, agricultura y modos de cohabitación. Este vídeo documenta de manera pausada uno de los encuentros en The Land con el objetivo de invitar a la reflexión sobre la preparación y el consumo del curry tailandés. El arroz que toman las personas reunidas en torno al artista procede de dos plantaciones cultivadas por The Land y compartidas por las familias de los participantes. La réplica en bronce del recipiente donde se prepara el curry también se expone en la sala, sobre una hoguera. El acto alimentario que se registra tiene lugar en silencio. Es un momento de memoria y meditación.

Aunque no hay alusiones concretas, el ritual del curry se dedica al alma de los olvidados. Si tenemos en cuenta que en 2014 un golpe militar en Tailandia expulsó por segunda vez en diez años a un gobierno electo, invocando la necesidad de restaurar el orden frente a las manifestaciones callejeras, se puede deducir que esta comida comunitaria es un acto de solidaridad con los disidentes y manifestantes caídos. Los nuevos poderes militares también impusieron la ley marcial y la censura. En la película, la solemne ausencia de palabras en contraste con el ambiente desenfadado aporta unidad al grupo y genera concentración, intimidad y parentesco. La obra aborda una multiplicidad de épocas y espacios: la inmediatez del espacio expositivo, donde la olla se muestra como una reliquia ante las imágenes en movimiento, y el testimonio de las experiencias que se relatan o sugieren en el vídeo.

Janaina Tschäpe
Relato breve sobre un manglar, 2005
Acuarela sobre papel
152 x 210 cm (con marco)

Profundamente ligadas a las fuerzas vitales del agua, las pinturas, dibujos y acuarelas de Janaina Tschäpe están repletas de seres acuáticos y universos orgánicos surgidos de un proceso subjetivo que oscila entre la inmersión, la contemplación meditativa y las conversaciones con científicos. En sus obras, el agua es una fuerza de sanación y transformación, y un reino misterioso habitado por sirenas y bestias. Al evocar paisajes acuáticos imaginarios inspirados en la vida biológica, Tschäpe encapsula el agua, su fluidez, su dimensión mitológica y su importancia ecológica como hábitat de una multitud de criaturas, como medusas, algas y pulpos.

En la acuarela *Relato breve sobre un manglar*, la fluidez de la vida acuática se entremezcla suavemente con las motas de luz que se cuelan entre las hojas en un manglar: un bioma tropical adaptado a condiciones de escasez de oxígeno que es propio de zonas pantanosas costeras a las que protege discretamente de la erosión y las tormentas. Hoy en día, los bosques de manglar afrontan una amenaza global y sus pérdidas superan el 60 % en algunos lugares. A medio camino entre la tierra y el mar, sus delicadas estructuras recuerdan a raíces que se alimentan de aire y barro, y albergan ostras, cangrejos y lapas.

Nacida en Múnich, Alemania, en 1973. Vive en Nueva York, EE. UU.

Susanne M. Winterling
Dificultades luminiscentes, 2017
Instalación con 4 animaciones CGI 3D de dinoflagelados (color, sonido) en monitores; vídeo monocanal (color, sonido) en monitor; sonido de 2 canales; 4 columnas de espejo; 8 dinoflagelados en moldes de bioresina
Animaciones: 1:24, 2:50, 1:09, 00:43 min; vídeo: 7:14 min; instalación: dimensiones variables
Encargo conjunto de Contour Biennale, TBA21–Academy, Alligator Head Foundation TBA21-Residency, Henie Onstad Kunstsenter (HOK) y el Institute of Contemporary Art, University of Pennsylvania

La instalación de Susanne M. Winterling, *Dificultades luminiscentes*, surgió a partir de la residencia de TBA21 que la artista realizó en la Alligator Head Foundation, en Jamaica. La obra investiga la bioluminiscencia de las algas dinoflageladas como indicadores de salubridad en aguas costeras potencialmente tóxicas. Winterling lleva varios años siguiendo estos cuerpos orgánicos que se iluminan al moverse o al ser tocados, y su trabajo con ellos sugiere nuevas formas de proximidad interespecie. En sus animaciones generadas por ordenador, las imágenes ampliadas de las algas acercan estos organismos al público, en un cambio de escala y de temporalidad que difumina los límites entre naturaleza y cultura. Durante su residencia, Winterling grabó en vídeo una entrevista a un pescador local sobre los conocimientos tradicionales de las comunidades pesqueras de la zona, entre los que abundan los relacionados con las propiedades medicinales de las algas para tratar infecciones cutáneas. La obra sugiere una cercanía metafórica entre la piel —nuestra frontera exterior, en contacto con nuestro entorno— y las tecnologías de pantallas luminiscentes —la interfaz de nuestras realidades digitales—. Las columnas de espejo, intercaladas con los monitores como agentes corpóreos, enmascaran y reflejan al mismo tiempo la visión, tal y como sucede con los cuerpos y la información, que se entrelazan en los mundos analógicos y virtuales. La indagación de Winterling profundiza en la solidaridad entre especies y señala nuestra vibrante forma de enredarnos con otros cuerpos, en lo que la filósofa de la ciencia Karen Barad denomina «tener-al-otro-en-la-propia-piel».

Nacida en Rehau, Alemania, en 1970. Vive en Berlín, Alemania.

Cerith Wyn Evans
Una comunidad aleccionada sobre la verdad básica de que nada importa, 2013
Neón, cables de acero
318 x 362 x 635 cm
Encargo de TBA21 Thyssen-Bornemisza Art Contemporary

Una estructura indefinible, efervescente y volátil de neón blanco con seis metros de diámetro flota en el espacio. Sin apartarse de sus referencias originales, *Una comunidad aleccionada sobre la verdad básica de que nada importa* alude indirectamente a las representaciones del bosón de Higgs y al diagrama de la estructura química del LSD sintetizado por Albert Hofmann. La existencia del bosón de Higgs, una partícula elemental formulada teóricamente por primera vez en 1964, se confirmó de forma tentativa el 4 de julio de 2012. Las cuestiones que subyacen a la existencia de esta partícula revistieron tanta importancia desde el principio que condujeron a una búsqueda que se extendió durante más de cuarenta años y, en última instancia, llevó a la construcción del acelerador de partículas más potente del mundo, el gran colisionador de hadrones del CERN. También llamada «la partícula de Dios», una denominación que suele irritar a los físicos, abre la puerta a comprender el campo, invisible y tan extenso como el universo, que proporcionó masa a toda la materia justo después del Big Bang, obligando a las partículas a agruparse en estrellas y planetas.

La imponente obra de Cerith Wyn Evans explora la visualidad y la relevancia terrenal de conceptos que, como el bosón de Higgs, parecen inaprensibles, son capaces de alterar la mente y —hasta que se confirman— resultan meramente teóricos. En ella, una versión levemente distorsionada de la estructura química del LSD se superpone a representaciones de trayectorias de haces de partículas de alta energía, como si dos formas ontológicas de realidad estuviesen a punto de colisionar y, quizás, de fundirse. Tanto el bosón de Higgs como la molécula del LSD son creadores potenciales de nuevos mundos. La experiencia y la percepción referidas u opuestas a la heurística y a la fe, así como la comunicación y la ilustración son factores que vuelven muy tangible esta geometría abstracta. La nada puede significar ausencia, pero también es un concepto fundamental en la filosofía y la estética taoísta, y apunta a la composición del reino inagotable y subatómico del que surgió el universo.

Nacido en Llanelli, Gales, Reino Unido, en 1958. Vive en Londres, Inglaterra, Reino Unido.

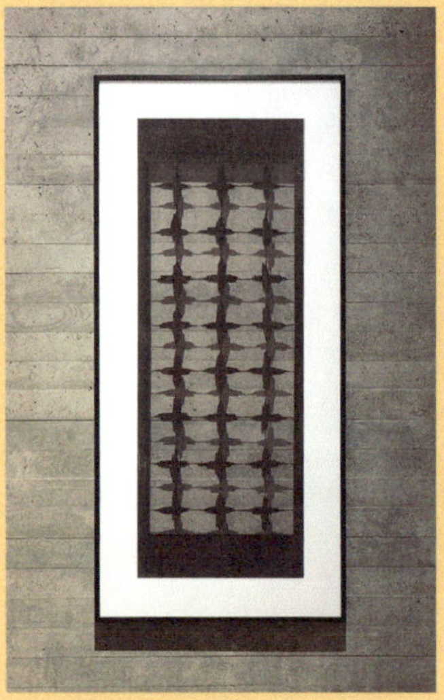

Cerith Wyn Evans
Pantalla katagami 5, 2015
Plantilla de papel, papel de morera, laca caqui, hilo de seda, marco del artista
137,5 x 64 cm (con marco)

En esta serie de obras, el artista galés Cerith Wyn Evans dispone antiguas plantillas japonesas de papel, denominadas *katagami*, entre dos láminas de vidrio. El resultado es un efecto de sombra que recuerda sospechosamente a una proyección. El *katagami* es una técnica japonesa tradicional que consiste en recortar plantillas para teñir tejidos, en su mayoría telas de kimono. Para elaborarlas, varias capas de fino papel *washi*, procedente del árbol de la morera, se superponen con un adhesivo extraído del fruto del caqui hasta obtener un papel colorido y robusto. A continuación, en el papel se recortan intrincados diseños con herramientas de corte muy precisas. Entre los motivos más populares está una gran variedad de estilizados crisantemos, además de filigranas con arabescos y formas geométricas, grullas y tortugas. Este saber artesanal, cada vez menos frecuente, ha sido reconocido como importante Patrimonio Cultural Inmaterial en Japón y el gobierno lo protege bajo la categoría dedicada a técnicas y oficios de alto valor cultural y artístico. Con esta humilde reivindicación de lo que, por lo demás, es un artefacto obsoleto, Wyn Evans celebra la costumbre, muy presente en la cultura japonesa, de reparar y dar nuevos usos a objetos cotidianos viejos, pasados de moda o rotos. Además de recuperar estas pantallas repetitivas, las eleva a la categoría de obra de arte, perpetuando su uso y valoración. Karl Marx señaló que la obsolescencia rige los patrones cíclicos de desplazamiento entre el trabajo humano y mecánico, y que la obsolescencia programada es un requisito de la producción industrial. La reparación y la «re-mediación», por tanto, afectan a la política del cuerpo, la sostenibilidad y la estética.

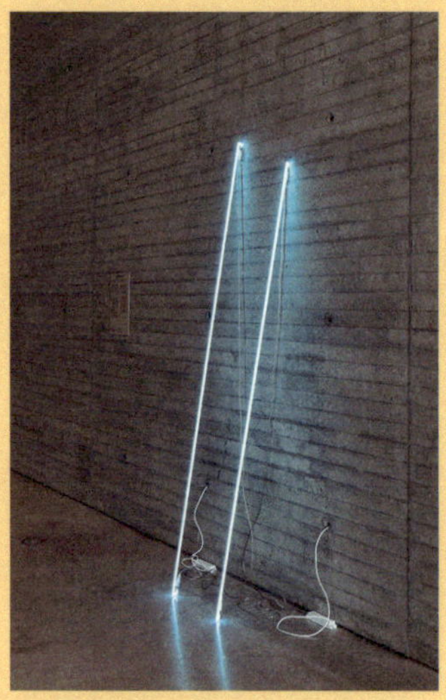

Cerith Wyn Evans
Horizonte inclinado (neón vidrio transparente argón, 2,1 m), 2015
Horizonte inclinado (neón vidrio transparente argón, 2,25 m), 2015
Neón
210 x 1,2 x 1,2 cm; 225 x 1,2 x 1,2 cm

Las instalaciones, esculturas y filmaciones conceptuales de Cerith Wyn Evans exploran los límites del lenguaje, la percepción y el tiempo. El artista plantea preguntas sobre lo que vemos y sabemos, o sobre lo que dota de significado a ciertos objetos. Su técnica y dispositivo heurístico predilecto son las esculturas de luz fluorescente, como *Horizonte inclinado (neón vidrio transparente argón, 2,1 m)* y *Horizonte inclinado (neón vidrio transparente argón, 2,25 m)*, ambas pertenecientes a la serie titulada *Horizonte inclinado*. Aquí, dos tubos de vidrio transparente, rellenos de gas argón, reposan en un ángulo semivertical contra la pared, sobre la que parecen apoyados con descuido, emitiendo un resplandor violeta.

Concebidos como respuesta a los escritos de la artista y cineasta Hito Steyerl y del historiador del arte Erwin Panofsky, que ofrecen relatos y especulaciones históricas sobre el papel de la perspectiva en el arte, los tubos fluorescentes inclinados representan un horizonte desplazado. Wyn Evans pone en duda el alcance y los límites de la vista humana a la hora de representar el espacio a distintas escalas cuando el ojo humano deja de servir como punto de referencia. Propone que las cartografías técnicas del espacio han eclipsado perspectivas estables y coherentes, de forma análoga a las ideas de Leon Battista Alberti, las cuales transformaron la perspectiva en la pintura del Renacimiento. Los espacios tetradimensionales alteran la percepción del tiempo como variable. De la perspectiva fija de un ojo estático hemos pasado al GPS, Google Maps, la fotografía de drones y otras tecnologías de posicionamiento como el 3D y la realidad virtual. La visión aumentada tecnológicamente, que el artista define como el «ojo inhumano» de una máquina abstracta, quiebra la sensación del espectador de estar frente a coordenadas espacio-temporales estables.

Xie Lei
Inspiración, 2021
Óleo sobre lienzo
50 x 65 cm

La palabra «inspiración», derivada del término latino que hace referencia a la acción de coger aire, se empleaba en origen para describir la revelación o la influencia de una verdad procedente de un ser divino o sobrenatural. Esta pintura de Xie Lei, titulada *Inspiración* y creada durante una residencia en la Casa de Velázquez, en Madrid (España), entre 2020 y 2021, plasma el significado arcaico y casi místico del acto de *inspirare*. El perfil de un rostro humano, inclinado en dirección a una fuente lumínica como si estuviese oliéndola o inhalándola, aparece incrustado entre una frondosa vegetación. Gruesas pinceladas en una gama de verde oscuro, verde mar, esmeralda y azul marino contrastan con motas de turquesa claro, generando una vibración luminosa que llega a su culmen en una fría luz blanca que ocupa el centro del lienzo. Bajo esta luz nocturna, el rostro que emerge entre el follaje parece transformarse en un espíritu del bosque. Las obras de Xie Lei suelen estar ambientadas en la oscuridad, subrayando el suspense, el desconcierto y la meditación que ofrecen los escenarios nocturnos. El artista crea atmósferas indefinidas y en tránsito. Como un amanecer interminable, los personajes de sus obras, humanos o sobrehumanos, son criaturas etéreas y eternas que evocan mitos, ritos y relatos folclóricos.

Nacido en Huainan, provincia de Anhui, China, en 1983. Vive en París, Francia, y en Madrid, España.

Yeo Siew Hua
Invocación a la Tierra, 2020
Vídeo monocanal, color, sonido, 16:10 min
Coproducción del Festival de Cine Internacional de Singapur y TBA21 Thyssen-Bornemisza Art Contemporary

Guion y dirección: Yeo Siew Hua
Coreografía: Eng Kai Er y Chloe Chotrani
Producción ejecutiva: Francesca Thyssen-Bornemisza
Fotografía: Russel Morton
Diseño de máscaras y efigies: Mike Chang
Investigación y redacción: Dan Koh
Conjuro: Zarina Muhammad
Sonido directo: Hussin Ismail
Diseño y mezcla de sonido: Yen Yu Ting
Asistente de dirección: Yang Ysiwanxuan Vicki
Montaje: Daniel Hui
Primer asistente de cámara: Calvin Phua
Segundo asistente de cámara: Istravino Manuel
Segundo operador de cámara: Eric Lee
Dirección de arte: Nicole Ho y Tricia Lim
Key grip: Zhang Yuanhui
Locución: Zarina Muhammad, Tini Aliman, Marco Viaña y K. Rajagopal
Diseño sonoro de criaturas: Jared Chan
Efectos de sala: Jared Chan, Loo Zhen Yang, Jeremiah Chew y Elijay Castro Deldoc
Asistentes de arte: Lim Sham, Chloe Tan, Suzie Shin, Renee Ting, Melissa Lim y Zou Zhao
Grip: Nelson Yeo
Supervisión del fuego: Chester Hey
Con el apoyo de Akanga Film Asia, NTU Centre for Contemporary Art Singapore, GRYD y 13 Little Pictures

Invocación a la Tierra, del cineasta Yeo Siew Hua, habla de la difícil situación de las personas que luchan por la protección de los ecosistemas en una época de crisis planetaria y de los derechos humanos. Concebida durante el mes del Festival de los Fantasmas de 2019, cuando enormes incendios consumían los bosques de Indonesia, esta obra se aproxima al colapso climático a través de la óptica de los relatos tradicionales precoloniales y de los rituales animistas. En la profundidad de la selva tropical del sudeste asiático, una serie de conjuros invocan a los espíritus de antaño, incluido el travieso Kancil (ciervo ratón) y el feroz Buaya (cocodrilo). Estos antiguos animales interpretan su *vendetta* folclórica en una furiosa danza de dominación, pero su ansiada venganza está envuelta en humo. Mientras tanto, la efigie de un árbol arde convocando a su alrededor toda una cohorte de espectros y ancestros.

El vídeo está dedicado a los activistas medioambientales caídos en el sudeste asiático, una región desgarrada por amenazas ecológicas, con la esperanza de que sus espíritus renazcan. En Filipinas, más de 150 defensores y defensoras del medioambiente han sido asesinados impunemente entre 2016 y 2020, lo que convierte a este país en uno de los más mortíferos para los activistas que se oponen a la deforestación ilegal, la minería destructiva y la agricultura corrupta. La Ley Antiterrorista filipina de 2020 empeora todavía más su situación, al señalar a los activistas medioambientales como terroristas y permitir detenciones de hasta 24 días sin cargos, así como arrestos sin garantías y la eliminación del derecho a la privacidad.

Nacido en Singapur, en 1985. Vive en Singapur.

Para más información, visita la plataforma digital TBA21 on st_age

Heimo Zobernig
Sin título, 2019
Acrílico sobre lienzo
200 x 200,5 cm

Poniendo a prueba el lenguaje formal de la modernidad y la naturaleza expositiva del arte, la obra de Heimo Zobernig despliega estrategias de simplificación, estandarización, sistematización y apropiación de modelos y patrones industriales. Desde el inicio de su carrera a mediados de los años ochenta del pasado siglo, ha trabajado en series de pintura, escultura, vídeo, performance, instalaciones *site-specific*, intervenciones arquitectónicas, libros y proyectos de diseño.

Algunos motivos recurrentes en las pinturas de Zobernig son los elementos monocromos, las retículas, las franjas y una paleta de colores a la que vuelve constantemente. Sus efectos pictóricos son el resultado de decisiones metodológicas conscientes. En 2012 Zobernig comenzó una serie de pintura gestual inspirada por una retrospectiva de Pablo Picasso que tuvo lugar en la Kunsthaus de Zúrich en 2011. En ella se reformulaba la revolucionaria exposición que el artista español había protagonizado en 1932 en el mismo espacio y que marcó un punto de inflexión en la historia museística moderna por ser la primera gran retrospectiva de un artista vivo. Al reconfigurar elementos formales como líneas y campos de color amorfos, Zobernig retoma aquí su indagación sobre la obra de Picasso. Esta obra pertenece a una serie de pinturas protagonizadas por motivos estilizados de flores y hojas donde la vibración del color y la línea se intensifica a pesar de que la retícula permanece como marco de referencia.

Nacido en Mauthen, Austria, en 1958. Vive en Viena, Austria.

Sobre TBA21
Thyssen-Bornemisza Art Contemporary

TBA21 Thyssen-Bornemisza Art Contemporary es una destacada fundación internacional de arte creada en 2002 por la filántropa y coleccionista Francesca Thyssen-Bornemisza, que representa la cuarta generación del compromiso de la familia Thyssen con las artes y el servicio público. La Fundación TBA21, con sede en Madrid y Viena, y con proyectos específicos en Venecia y Córdoba, promueve la Colección TBA21 y sus actividades de difusión, que incluyen exposiciones, becas, residencias, actividades educativas y públicas e intervenciones políticas. El motor fundamental de todas sus actividades son los y las artistas y la creencia en el arte y la cultura como vehículos de transformación social y medioambiental.

En 2011, TBA21 fundó el centro de investigación TBA21–Academy, un ecosistema cultural que aboga por una relación más profunda con el océano a través del arte, con el objetivo de invitar al cuidado y a la acción. A lo largo de esta década, la Academia ha sido una incubadora que ha dado cabida a investigaciones colaborativas, producciones artísticas y nuevas formas de conocimiento que combinan arte y ciencia. En 2019, TBA21–Academy inauguró Ocean Space en Venecia, un centro planetario que acoge exposiciones, investigación y actividades públicas que catalizan el conocimiento crítico de los océanos a través del arte. Mediante este programa diverso, TBA21–Academy ha creado una comunidad local e internacional, vibrante y dinámica, en Venecia y más allá.

En 2022, en el vigésimo aniversario de la fundación, se lanzó un nuevo proyecto de tres años de duración que plasma la colaboración de TBA21, la Junta de Andalucía y el Ayuntamiento de Córdoba, y que incluirá varias exposiciones surgidas a partir de la colección, así como residencias, performances y programas educativos en el C3A Centro de Creación Contemporánea de Andalucía y en el espacio público de la ciudad de Córdoba. Esta colaboración moviliza nuevas formas de producción artística, investigación, implicación comunitaria y conservación medioambiental, y también propaga la urgencia de un cambio en el pensamiento ecológico y artístico en un momento de grandes pérdidas medioambientales en un planeta dañado.

A principios de este año, TBA21 se constituyó oficialmente en España, lo que consolidó el traspaso de tareas y responsabilidades a la sede de Madrid y supuso la continuación del acuerdo con el Museo Nacional Thyssen-Bornemisza. TBA21 también pasó a formar parte del consorcio para la Bauhaus of the Seas como parte de la iniciativa New European Bauhaus; por invitación del presidente francés Emmanuel Macron, TBA21 participó en la One Ocean Summit que tuvo lugar en Brest en la primavera de 2022, y ejerció de observador en la asamblea general de la Autoridad Internacional de los Fondos Marinos en el verano de 2022.

Así es como TBA21 aspira a definir su futuro: desea distanciar su trabajo del coleccionismo tradicional y dirigirlo hacia una programación más generosa, creativa y participativa que reduzca la huella de carbono y permita desarrollar nuevas estrategias de emergencia cultural. Por este motivo, TBA21 trabaja en fomentar constantemente nuevas conexiones entre el arte, las humanidades y las ciencias, colaborando con otras organizaciones, instituciones, organismos y comunidades de investigación y educación, con el objetivo de promover la regeneración y el cuidado.

Sobre el C3A
Centro de Creación Contemporánea de Andalucía

El C3A Centro de Creación Contemporánea de Andalucía, sede en Córdoba del Centro Andaluz de Arte Contemporáneo, de la Consejería de Cultura y Patrimonio Histórico de la Junta de Andalucía, se inauguró en diciembre de 2016 en un edificio de Nieto Sobejano Arquitectos, estrechamente vinculado a la tradición arquitectónica hispanomusulmana de la ciudad. Con la intención de convertirse en un centro de referencia para la creación y la producción artística, el C3A ha llevado a cabo durante estos años una completa programación compuesta por exposiciones, actividades, cursos, talleres, performances, conciertos y residencias artísticas, que ha posibilitado forjar un lugar de encuentro y desarrollo de distintas disciplinas artísticas.

A diferencia de otros museos o centros de arte contemporáneo, el C3A se dedica fundamentalmente a la producción, creación y experimentación, siendo una de sus características diferenciadoras el acento puesto no solo en las obras acabadas, sino también en el proceso creativo, con el objetivo de acompañar a los artistas en sus prácticas y acercar los resultados a los públicos. Por ello, tienen gran relevancia en la actividad del centro las residencias artísticas y las artes en vivo, para lo que cuenta con estudios de artistas equipados y el espacio Caja Negra, entre otros recursos.

El C3A desarrolla, además, un programa anual de exposiciones temporales en el que se incluyen propuestas nacionales e internacionales que buscan dar a conocer las últimas tendencias del arte contemporáneo, así como otra línea centrada en artistas andaluces y en la muestra de los trabajos resultantes de los programas de producción.

TBA21

Presidenta y Fundadora
Francesca Thyssen-Bornemisza

Director
Carlos Urroz

Directora Artística
Daniela Zyman

Comisaria Jefa
Soledad Gutiérrez Rodríguez

Colección
Simone Sentall, Jefa de Colección
Cristina Guerras, Registradora
Andrea Hofinger, Registradora de Colección y Préstamos
Lucia Terán Viadero, Registradora de Colección y Exposiciones
Sara Tafalla, Archivista de Vídeo y Fotografía

Responsable de publicaciones
Eva Ebersberger

Asistentes de comisariado
Marina Avia Estrada
Beatrice Forchini
Berta Gutiérrez Casaos
Jon Aranguren Juaristi (st_age)

Asistentes de investigación curatorial
Henar Alonso
Verónica Mari
Isabel Taylor

Asistente Ejecutiva de la Presidenta
Renata Strenger

TBA21 MADRID
Directora de Administración, Finanzas y RR. HH.
Bárbara Cruz-Conde

Responsables de Proyectos
Araceli Galán
Nina Šperanda (st_age)

Responsable de Proyectos, Eventos y Oficina TBA21 Madrid
Elena Utrilla

Administración
Angela Costantino, Contabilidad y Finanzas
Belen Ocaña, Contabilidad y Finanzas
Lorea Ibañez, Abogada
Christiane Wicke, Responsable de RR. HH.

Comunicación
Victoria de Gracia, Responsable de Comunicación
Pablo García Contreras, Redes Sociales
Patricia Esteban González, Especialista en Comunicación Digital

TBA21 CÓRDOBA
Coordinadora de Proyecto
Ana Ballesteros

Coordinador de Programas Públicos
Javier Sánchez

Asistente de Proyectos
Francisco Estepa

Coordinadoras de Comunicación
Julia Zafra
Arancha Ríos

Becarias de Programa Público
Sara Martínez
Isabel Merino

TBA21–ACADEMY
Director
Markus Reymann

Gerente
Niall Smith

Comisarias
Chus Martínez, Comisaria de Ocean Space 2021-2022
Barbara Casavecchia, Líder de The Current III
Sofia Lemos, Comisaria de Meandering

Directora de Compromiso Público
Mareike Dittmer

Director de Desarrollo y Promoción
Marco Zappalorto

Directora de Innovación Digital
Petra Linhartová

Responsable del Programa
María Montero Sierra

Coordinadora de Estrategia de Contenido
Katarina Rakuščeк

Coordinadora de Comunicación
Barbora Horská

Coordinador de Contenido Digital
Michal Kučerák

Coordinadora de Proyectos Digitales y Transformación
Aleksandra Czerniak

Coordinadora de Proyectos
Miriam Calabrese

Diseño Gráfico
Lana Jerichová

Becaria
Anna Numi

Investigadores
Fiona Middleton, Investigación y comunidad
Maya Saravia, Asistente de investigación Meandering
Pietro Consolandi, Investigador principal de OCEAN / UNI
Mekhala Dave, Investigadora de Deep Sea Mining
Louise Carver, Responsable de prácticas situadas

JUNTA DE ANDALUCÍA

Presidente
Juan Manuel Moreno Bonilla

CONSEJERÍA DE TURISMO, CULTURA Y DEPORTE

Consejero
Arturo Bernal Bergua

Viceconsejero
Víctor Manuel González García

Secretario General para la Cultura
Salomón Castiel Abecasis

CENTRO ANDALUZ DE ARTE CONTEMPORÁNEO

Director
Juan Antonio Álvarez Reyes

Conservadora Jefa del Servicio de Actividades y Difusión
Yolanda Torrubia Fernández

Conservador Jefe del Servicio de Conservación
Bosco Gallardo Quirós

Jefe del Servicio de Administración
Luis Arranz Hernán

Gerente del Centro de Creación Contemporánea de Andalucía
Francisco Álvarez Expósito

Conservadores de Museos
Alberto Luis Marcos Egler
Francisco Javier Morales Salcedo

Restauración
José Carlos Roldán
Teresa Torres Pedregosa

Asistentes técnicas para la coordinación de actividades, exposiciones y proyectos pedagógicos
Elena González Alcántara
Noelia Centeno

Coordinador de montaje
Guillermo Garrido Giménez

Asistentes de montaje
José Manuel Blanes Almedina
Carlos Blanes Carmona
Manuel Guillén Sánchez

Servicios Informáticos
Juan de Dios Fernández Díez

Negociado de Gestión
Francisco Ángel Salces Castillero

Asesor informático
Juan de Dios Fernández Díez

Ordenanzas
Milagros Pino Padillo
Mari Paz Ruiz Nieto

Vigilantes
Miguel Gálvez Ortiz
María José Patiño Osuna
Francisco Manuel Molina Jiménez
Lourdes Blancas Sánchez

Auxiliares de Instituciones
María José Relaño Medina
Concepción Osorio Gómez
María del Mar Soriano Gil

Atención al Visitante
Integra Mgsi Cee Andalucía, S. L.
Manuela María Reyes Gómez
Marta Jiménez Sanz
Adalia Sotomayor
Silvia Lopera Cerro
Víctor Lozano Campillos

Limpieza y Jardinería
Ferronol Servicio Integral Precision S. L.
Juan Bueno Cuevas
Luis Sepúlveda Lorenzo Arroyo
Estefanía González Nula
Perla Montenegro Ruiz Día
Ernesto Rodríguez Santana

Mantenimiento de Instalaciones y Equipamiento
Ingeses
José Manuel Blanes Almedina
Manuel Guillén Sánchez
Carlos Blanes Carmona

Vigilancia y Seguridad
UTE GSI profesionales de la seguridad y sistemas sa / ibercra
Marco Tulio Murillo Baglietto
María de la Concepción González Vera
David Soto Gálvez
Francisco Lara Lara
Juan Manuel Jiménez Carmona

AYUNTAMIENTO DE CÓRDOBA

Alcalde
José María Bellido Roche

Teniente Alcalde de Cultura y Patrimonio Histórico
María Antonia Aguilar Rider

Coordinadora General de Cultura
Eva María Delgado Sánchez

Director General de Cultura
Juan Carlos Limia Mateo

Subdirector General de Cultura
Leopoldo Tena Guillaume

Jefe del Departamento de Gestión Cultural
Emeterio Gavilán González

Jefe de Comunicación de Alcaldía
Raúl Ramos García

Coordinador de la Sala de Exposiciones Vimcorsa
Óscar Fernández López

Créditos de la exposición

Futuros abundantes

Obras de la colección TBA21
Thyssen-Bornemisza Art Contemporary

Una exposición coorganizada por el C3A Centro de Creación Contemporánea de Andalucía y TBA21 Thyssen-Bornemisza Art Contemporary con el apoyo del Ayuntamiento de Córdoba

C3A Centro de Creación Contemporánea de Andalucía
Carmen Olmedo Checa, s/n, 14009 Córdoba
www.c3a.es

Del 2 de abril de 2022 al 5 de marzo de 2023

AGRADECIMIENTOS
Alcázar de los Reyes Cristianos; Casa Árabe; Centro de Recepción de Visitantes - Turismo de Córdoba (IMTUR); Cervezas Alhambra; Córdoba, Ciudad de las Ideas; IMGEMA - Real Jardín Botánico de Córdoba; Institute for Postnatural Studies; Museo Arqueológico de Córdoba; Universidad de Córdoba.
Gracias a los equipos de TBA21, C3A y CAAC

#Abundantfutures
#Futurosabundantes
#TBA21C3A
#TBA21cordoba

Comisaria
Daniela Zyman

Coordinación de la exposición
Ana Ballesteros Sierra
Elena González Alcántara
Alberto Marcos Egler

Coordinación general
Simone Sentall
Yolanda Torrubia Fernández

Registro
Andrea Hofinger
Lucía Terán Viadero

Asistentes de comisariado
Marina Avia Estrada
Beatrice Forchini
Berta Gutiérrez Casaos

Asistentes de investigación curatorial
Henar Alonso
Verónica Mari

Responsable de publicaciones
Eva Ebersberger

Coordinador de programas públicos
Javier Sánchez

Asistente de proyectos
Francisco Estepa

Educación y visitas guiadas
Noelia Centeno González

Restauradores
Mónica Ruiz Trilleros
Teresa Torres Pedregosa
José Carlos Roldán Saborido

Arquitectura de la exposición
Philipp Krummel

Coordinación de montaje y transporte
Guillermo Garrido Giménez
Faustino Escobar Romero

Asistencia de montaje
José Manuel Blanes Almedina
Carlos Blanes Carmona
Manuel Guillén Sánchez

Montaje
Museographia
Hasenkamp
Manmaku

Diseño de iluminación
Carlos Alzueta

AV
Creamos Technology

Carpintería
Ebanistería Carpintería Obregón

Pintura
José Antonio Zea Escudero

Estructuras metálicas
El Arcángel Industrias Metálicas

Transporte
Grupo Eulen
Hasenkamp
Crisóstomo Fine Art Services

Diseño gráfico
Alex Gifreu

T B A 21 Thyssen Bornemisza Art Contemporary
Centro Andaluz de Arte Contemporáneo
Consejería de Turismo, Cultura y Deporte
AYUNTAMIENTO DE CÓRDOBA
Delegación de Cultura

MOSTAZA
BLANCA
(SINAPIS ALBA)

Futuros abundantes
Obras de la colección TBA21 Thyssen-Bornemisza Art Contemporary
Abundant Futures
Works from the TBA21 Thyssen-Bornemisza Art Contemporary

Este catálogo ha sido publicado con motivo de la exposición homónima en el:
This catalog is published on the occasion of the eponymous exhibition at:
C3A Centro de Creación Contemporánea de Andalusía, Córdoba
del 1 de abril de 2022 al 5 de marzo de 2023
April 1, 2022 to March 5, 2023

Edición/Editors
Daniela Zyman
Eva Ebersberger

Equipo editorial/Editorial Team
Marina Avia Estrada
Berta Gutiérrez Casaos

Traducción/Translations
Carlos Primo: 13-15, 17-28, 74-75, 154-156; 220-221, 257-261, 298-301, 306-325
Philipp Sutton: 40-43
Casa Árabe, Córdoba: 118, 121, 123

Revisión y edición de textos/Copyediting
Marta Alonso-Buenaposada (español)
Orit Gat (English)

Fotografía de la exposición/Exhibition Photography
Imagen Subliminal (Miguel de Guzmán + Rocío Romero)
Roberto Ruiz

Litografía / Lithography
Eberle & Eisfeld, Berlín

Diseño gráfico/Graphic Design
Matteo Guarnaccia

Impresión/Printing
Grafiche Veneziane, Venecia

Papel/Paper
Munken Lynx Rough 120 gsm

Imagen de la portada basada en un dibujo original de Naufus Ramírez-Figueroa
Cover image based on an original drawing by Naufus Ramírez-Figueroa

Créditos de imágenes / Image credits
Roberto Ruiz: 4, 5, 16, 34-39, 48, 64-65, 72-73, 79 (abajo / bottom), 87, 92-97, 102-105, 110-112, 114-117, 119, 120, 126, 127, 128, 134, 136-137, 139, 140-141, 144-149, 152-153, 157-159, 164-167, 170, 171, 192-199, 200-201, 222, 223, 224-227, 236-239, 270-271
Imagen Subliminal (Miguel de Guzmán + Rocío Romero): 66-71, 76-77, 78 (abajo / bottom), 79 (arriba / top), 80-81, 84-85, 86, 98-99, 101, 108-109, 124-125, 129, 132-133, 150-151, 160-161, 172-180, 183-185, 188-191, 204-207, 228-233, 246-251
The Harrisons / Various Small Fires, LA: 75; TBA21: 78 (arriba / top), 234-235, 278-283; Rafael Suárez: 82-83, 90-91, 100, 122, 130-131, 142-143, 168-169, 170-171; Cortesía de Naufus Ramírez-Figueroa: 89; Cortesía de Diana Policarpo: 113; Francesca Thyssen-Bornemisza: 135, 162-163; Fernando Sendra: 182, 218-219, 252, 286-287, 289, 292-293, 296-297, 302-303; Jens Ziehe: 186-187; Cortesía de Susanne M. Winterling: 202-203; Cortesía de Seba Calfuqueo: 220; Cortesía de Patricia Domínguez: 208-209, 211-215; Cortesía de Mario García Torres | neugerriemschneider, Berlín: 234-235; Cortesía de Rirkrit Tiravanija | neugerriemschneider, Berlín: 240-241; Cortesía de Asunción Molinos Gordo: 242-243; Cortesía de Yeo Siew Hua: 244-245; Javier Sánchez: 252; Plata: 254-255, 263-264, 272-273; Miguel Covarrubias, Vanity Fair © Condé Nast: 259; Eva Ebersberger: 269; Martín Nuñez: 274-275, 276-277; Cortesía de Wikimedia Commons: 285

Distribución a cargo de /Distribution in charge of Turner
www.turnerlibros.com

Distribuido en España por/Distributed in Spain by
Machado Grupo de Distribución
machadolibros@machadolibros.com
www.machadolibros.com

Distribuido en Latinoamérica por/Distributed in Latin America by
Océano
info@oceano.com
www.oceano.com

Distribuido en Estados Unidos y Canadá por/Distributed in United States and Canada by
DAP
orders@dapinc.com
www.artbook.com

Distribuido en Europa por/Distributed in Europe by
ACC
sales@antique-acc.com
www.accdistribution.com/uk

ISBN: 978-84-19539-01-4

Impreso en Italia/Printed in Italy

Publicado por /Published by
Turner

Fundación TBA21
C/ Amor de Dios 1
28014 Madrid, Spain
www.TBA21.org